A GUARDIÃ DE HISTÓRIAS

OBRAS DA AUTORA PUBLICADAS PELO GRUPO EDITORIAL RECORD:

Série Vilões

Vilão

Vingança

Série Os Tons de Magia

Um tom mais escuro de magia

Um encontro de sombras

Uma conjuração de luz

Série A Guardiã de Histórias

A guardiã de histórias

A guardiã dos vazios

Série A Cidade dos Fantasmas

A cidade dos fantasmas

Túnel de ossos

A vida invisível de Addie LaRue

Victoria Schwab

A GUARDIÃ DE HISTÓRIAS

Tradução
Daniel Estill

6ª edição

BERTRAND BRASIL
Rio de Janeiro | 2024

Título original: The Archived

Capa: Igor Campos

Editoração: Futura

Texto revisado segundo o
Acordo Ortográfico da Língua Portuguesa de 1990

2024
Impresso no Brasil
Printed in Brazil

Cip-Brasil. Catalogação na publicação.
Sindicato Nacional dos Editores de Livros, RJ.

S425g Schwab, Victoria, 1987-

6. ed. A guardiã de histórias / Victoria Schwab; tradução Daniel Estill. — 6. ed. —
Rio de Janeiro: Bertrand Brasil, 2024.
320 p.; 23 cm.

Tradução de: The archived
ISBN 978-85-286-2056-6

1. Ficção americana. I. Estill, Daniel. II. Título.

15-28620 CDD: 813
CDU: 821.111(73)-3

EDITORA BERTRAND BRASIL LTDA.
Rua Argentina, 171 — 3º andar — São Cristóvão
20921-380 — Rio de Janeiro — RJ
Tel.: (21) 2585-2000

Atendimento e venda direta ao leitor:
sac@record.com.br

Para Bob Ledbetter, cuja História eu adoraria ler.

E para Shelley McBurney, que deixa uma marca em tudo que toca, e em todos que conhece.

Não vá se pôr a chorar em meu túmulo
Não é lá que estou; eu não durmo

— Mary Elizabeth Frye

OS ESTREITOS me fazem lembrar das noites de agosto no Sul.

Me fazem lembrar de rochas antigas e lugares aonde a luz não chega.

Me fazem lembrar de fumaça — estagnada, fedida —, tempestades e terra molhada.

Acima de tudo, Da, me fazem lembrar de você.

Caminho pelo corredor e respiro o ar pesado; tenho nove anos de novo, estamos no verão.

Meu irmão caçula, Ben, está esparramado na frente do ventilador, desenhando monstros, e eu estou na varanda dos fundos, olhando para as estrelas, todas com halos na noite úmida. Você está ao meu lado, um cigarro na boca, soltando fumaça enquanto fala, girando o velho anel e contando histórias sobre o Arquivo, os Estreitos e o Exterior, com toda a calma e aquela cadência do sotaque da Louisiana. É como se estivéssemos falando do tempo, do café da manhã ou de nada. Você desabotoa os punhos da camisa e dobra as mangas até os cotovelos, e, pela primeira vez, percebo como você é cheio de cicatrizes. Das três linhas gravadas no antebraço às dezenas de outras marcas, elas traçam desenhos rústicos na sua pele, como rachaduras no couro velho. Tento me lembrar de quando foi a última vez que você usou uma camisa de mangas curtas. Não consigo.

Como sempre, aquela velha chave enferrujada está pendurada no seu pescoço, de alguma forma refletindo a luz, mesmo a noite estando escura como breu. Você brinca com um pedaço de papel, enrolando e desenrolando, os olhos percorrendo sua superfície como se alguma coisa devesse estar escrita ali, mas está em branco. Você enrola o papel de novo, até ficar do tamanho e formato de um cigarro, e o enfia atrás da orelha. Começa a desenhar linhas na poeira da varanda enquanto fala. Nunca consegue ficar parado.

Ben vem até a porta da varanda e pergunta alguma coisa; eu queria conseguir me lembrar do que ele disse. Queria conseguir me lembrar do som da voz dele. Mas não consigo. Lembro-me de você rindo e passando os dedos nas três linhas que desenhou na poeira do corrimão, destruindo o desenho. Ben sai andando de volta para dentro e você me manda fechar os olhos. Você me passa alguma coisa pesada e lisa e me diz para ouvir, para encontrar o fio da lembrança, para esperar e te dizer o que vejo, mas não vejo nada. Você manda eu me esforçar, me concentrar, chegar ao âmago, mas não consigo.

No verão que vem, vai ser diferente, e vou ouvir o zumbido, chegar ao âmago e ver alguma coisa, e você vai ficar orgulhoso, triste e cansado ao mesmo tempo e, no verão, depois disso, vai me dar um anel idêntico ao seu, só que mais novo, e no outro verão, depois que você estiver morto, sua chave será minha, assim como seus segredos.

Mas este verão é simples.

Neste verão tenho nove anos, você está vivo e ainda há tempo. Neste verão, quando eu te disser que não consigo ver nada, você só vai dar de ombros, acender outro cigarro e voltar a contar histórias.

Histórias sobre corredores tortuosos e portas invisíveis, sobre lugares onde os mortos ficam guardados como livros em prateleiras. Cada vez que você termina uma história, me manda contá-la de novo, como se tivesse medo de eu esquecer.

Mas nunca esqueço.

UM

Não há nada de novo neste começo.

Me encosto no carro e olho para o Coronado, o hotel que virou prédio residencial e que minha mãe e meu pai achavam "muito charmoso". Ele me olha de volta, ingênuo, esquelético. Fiquei o caminho inteiro girando o anel no dedo, passando o polegar pelas três linhas gravadas na superfície, como se o círculo de prata fosse um rosário ou um amuleto. Rezei por um lugar simples, arrumado e novo. E foi isso que me deram.

Dá para ver a poeira do outro lado da rua.

— Não é divino? — grita minha mãe.

— É... velho.

Tão velho que as pedras se acomodaram, as rachaduras tão profundas que dão um ar cansado a toda a fachada. Uma pedra do tamanho de um punho se solta diante dos meus olhos e cai do lado do prédio.

Olho para cima e vejo um telhado com gárgulas espalhadas. Não nos cantos, onde seria de se esperar, mas empoleiradas em intervalos aleatórios, como corvos. Meu olhar desliza pelas janelas rugosas, descendo os seis andares até a marquise de pedra lascada e rachada sobre a entrada do saguão.

Mamãe sai correndo na frente, mas para no meio da rua, maravilhando-se com o calçamento "antiquado", que dá à calçada "tanta personalidade".

— Querida — chama papai, atrás dela. — Não pare no meio da rua.

Devíamos ser quatro. Mamãe, papai, Ben e eu. Mas não somos. Da morreu há quatro anos, mas não faz nem um ano que Ben se foi. Um ano de palavras que ninguém consegue dizer porque trazem imagens que ninguém suporta. As coisas mais tolas nos deixam arrasados. Uma camiseta encontrada atrás da máquina de lavar.

Um brinquedo que rolou sob o armário da garagem, esquecido até alguma coisa cair perto dele e a pessoa se abaixar para pegar, e, de repente, estar sentada no cimento, soluçando agarrada a uma luva de beisebol empoeirada.

Mas, depois de um ano levando a vida na ponta dos pés, tentando não disparar lembranças como minas terrestres, meus pais resolvem desistir, mas chamam de mudança. Chamam de um novo começo. Dizem que é exatamente o que a família precisa.

Eu chamo isso de fugir.

— Você está vindo, Mackenzie?

Sigo meus pais até o outro lado da rua. Debaixo da marquise há uma porta giratória com duas portas normais de cada lado. Algumas pessoas, a maioria idosa, circulam devagar por elas, ou por um pátio que tem ao lado.

Antes de Ben morrer, mamãe tinha caprichos. Queria ser tratadora de animais de um zoológico, advogada, chef. Mas eram *caprichos*. Depois que ele morreu, viraram alguma outra coisa. Em vez de apenas sonhar, começou a fazer. Com vontade. Se alguém pergunta sobre Ben, ela finge que não ouviu, mas se perguntar sobre o mais novo projeto de estimação — seja lá qual for — ela começa a falar por horas, com energia suficiente para acender a sala inteira. A energia de mamãe é tão instável quanto brilhante, no entanto. Ela começou trocando de carreira do mesmo jeito que Ben troca — trocava — de comida favorita: uma semana era queijo, na outra era purê de maçã. No ano passado, ela experimentou sete. Acho que eu deveria agradecer por também não ter resolvido trocar de vida enquanto estava nesse ritmo. Papai e eu poderíamos acordar um dia e achar só um bilhete com sua letra quase ilegível. Mas ela ainda está aqui.

Outra pedra despenca da lateral do prédio.

Talvez isso a mantivesse ocupada.

O espaço deserto no primeiro andar do Coronado, espremido atrás do pátio e debaixo dos toldos, é o futuro lar do maior dos caprichos de minha mãe — ela prefere chamar de uma de suas "buscas pelos sonhos" —: a Cafeteria Bishop. E, se alguém perguntar, ela vai dizer que esse é o único motivo, que não tem nada a ver com Ben (só que ela não fala o nome dele).

Passamos pelas portas giratórias e papai apoia a mão no meu ombro, enchendo minha cabeça com uma confusão de estática e zumbidos graves. Eu me contraio e faço força para não me afastar. Os mortos são silenciosos, e os objetos, quando guardam impressões, nada dizem até que os toquemos. Mas o toque dos vivos é ruidoso. Pessoas vivas não foram compiladas, organizadas — o que significa que são um amontoado de lembranças, pensamentos e emoções, tudo misturado e mantido a distância apenas pelo anel de prata no meu dedo. O anel ajuda, mas não é capaz de bloquear o ruído, apenas as imagens.

Tento imaginar uma parede entre a mão de meu pai e meu ombro, como Da me ensinou, uma segunda barreira, mas não funciona. O som ainda está lá, tons em camadas e estática, como rádios mal sintonizados, e, depois de alguns segundos apropriados, dou um passo à frente, para fora de seu alcance. A mão de papai cai e o silêncio retorna. Eu giro os ombros.

— O que você acha, Mac? — pergunta ele, olhando para cima, para a estrutura colossal do Coronado.

Penso que preferia sacudir minha mãe até uma nova ideia cair de sua cabeça e nos levar para algum outro lugar.

Mas sei que não posso dizer isso, não para papai. A pele debaixo dos olhos dele está quase azul, e, ao longo do ano, ele passou de esbelto para magricela. Mamãe pode ser capaz de abastecer uma cidade inteira com eletricidade, mas papai mal consegue se manter aceso.

— Acho... — falei, forçando um sorriso — que será uma aventura.

Tenho dez anos, quase onze, e uso a chave de casa pendurada no pescoço só para ser que nem você.

Eles me dizem que eu tenho os mesmos olhos cinzentos que você e também o mesmo cabelo — do tempo em que ainda era castanho-avermelhado em vez de branco — mas não me importo com essas coisas. Todo mundo tem olho e cabelo. Quero as coisas que a maioria das pessoas não percebe. O anel e a chave, e o jeito como você veste tudo por dentro.

Estamos indo para o norte, então estarei em casa no meu aniversário, mesmo preferindo ficar com você a soprar velas. Ben está dormindo no banco de trás, e, durante todo o caminho para casa, você me conta histórias sobre esses três lugares.

O Exterior, com o qual você não gasta muito fôlego porque é tudo que está ao nosso redor, o mundo normal, o único que a maioria das pessoas vai conhecer a vida toda.

Os Estreitos, um lugar de pesadelo, uma porção de corredores manchados, com sussurros distantes, portas e uma escuridão densa como camadas de poeira engordurada.

E o Arquivo, uma biblioteca dos mortos, vasta e acolhedora, madeira, pedra e vidro colorido e, por todo o lugar, uma sensação de paz.

Enquanto você dirige e conversa, uma mão fica na direção, e a outra, brincando com a chave pendurada em seu pescoço.

— As únicas coisas que os três lugares têm em comum — diz você — são portas. Portas para dentro e portas para fora. E portas precisam de chaves.

Observo o jeito como você brinca com a sua, passando o polegar pelos dentes. Tento te imitar, e você percebe o cordão no meu pescoço e pergunta o que é aquilo. Mostro para você minha ridícula chave de casa pendurada num cordão. Um silêncio estranho toma conta do carro, como se o mundo inteiro segurasse a respiração, e então você sorri.

Você me diz que eu posso ganhar meu presente de aniversário mais cedo, mesmo sabendo que mamãe gosta de fazer as coisas direito, e tira uma caixinha desembrulhada do bolso. Dentro dela há um anel de prata, as três linhas do Arquivo cuidadosamente gravadas no metal, idêntico ao seu.

Não sei para que serve, não ainda — um anteparo, um silenciador, um filtro contra o mundo e suas memórias, contra as pessoas e seus pensamentos confusos —, mas estou tão animada que prometo nunca tirá-lo. E, nesse momento, o carro dá um solavanco e deixo o anel cair debaixo do banco. Você ri, mas eu peço que pare no acostamento para eu pegar o anel de volta. É muito grande e tenho que usar no polegar. Você me diz que vou crescer para caber nele.

Arrastamos as malas pela porta giratória e entramos no saguão. Mamãe gorjeia de alegria; eu estremeço.

O saguão amplo lembra uma daquelas fotos em que é preciso descobrir o que está errado. À primeira vista, é brilhante, coberto de mármore, acabamento em gesso e detalhes dourados. Mas um segundo olhar revela que o mármore está coberto de pó, o gesso está rachado e os detalhes descascam e sujam o carpete. O sol entra pelas janelas, brilhante apesar do vidro envelhecido, mas o espaço tem o cheiro do forro velho das cortinas. Um dia, inegavelmente, esse lugar foi espetacular. O que aconteceu?

Duas pessoas caminham perto de uma das janelas, aparentemente alheias à nuvem de poeira que as envolve.

Do outro lado do saguão, uma grande escada de mármore sobe para o segundo andar. A pedra cor de creme provavelmente ficaria brilhante se alguém a polisse o suficiente. As laterais da escada são revestidas de papel de parede, e, do outro lado do salão, vejo uma ruga na estampa de flor de lis. Daqui, parece ser uma rachadura. Duvido que alguém fosse notar, não num lugar como esse, mas, a princípio, devo perceber essas coisas. Estou arrastando minha bagagem em direção à ruga quando ouço meu nome e me viro. Meus pais estão sumindo, entrando num corredor. Levanto minhas malas e me apresso.

Encontro-os parados diante de um trio de elevadores, na saída do saguão.

As gaiolas de ferro parecem seguras para levar dois passageiros. As pessoas perto da janela da frente nos olham com um jeito de *Vocês tem certeza de que querem fazer isso?*, mas é tarde demais. Já estamos entrando numa das gaiolas, três pessoas e quatro malas. Eu murmuro alguma coisa que pode ser uma prece ou uma maldição ao fechar a grade enferrujada e apertar o botão para o terceiro andar.

O elevador geme ao ganhar vida. Talvez também esteja tocando música ambiente, mas é impossível ouvir através da barulheira que a máquina faz simplesmente nos levando para cima. Passamos pelo segundo andar num ritmo glacial, abafado pela bagagem. No meio do caminho entre o segundo e o terceiro andar, o elevador faz uma pausa para pensar e depois volta a se mover para cima. No terceiro andar, estrebucha como se estivesse morrendo, e eu escancaro suas mandíbulas para nos libertarmos.

Anuncio que dali em diante vou usar a escada.

Mamãe tenta se safar da barricada de malas.

— Tem um certo...

— Charme? — Eu a imito, mas ela ignora a provocação e consegue passar uma perna por cima das malas, quase caindo quando prende o salto numa alça.

— Tem personalidade — completa meu pai, segurando-a pelo braço.

Eu me viro para seguir pelo corredor e meu estômago se revira. As paredes estão cobertas de portas. Não como se poderia esperar, mas muitas dezenas a mais — inúteis, pintadas e cobertas de papel, pouco mais que contornos e bordas.

— Não é fascinante? — diz minha mãe. — As portas extras são do tempo que era um hotel, antes de começarem a derrubar as paredes e juntar os quartos, convertendo os espaços. Eles deixaram as portas e as cobriram com o papel.

— Fascinante — repito como um eco. E sinistro. Como uma versão bem iluminada dos Estreitos.

Chegamos ao apartamento no final do corredor, papai destranca a porta, que tem um 3F ornamentado pregado no topo, e a escancara. Do lado de dentro, o apartamento tem a mesma natureza decadente de tudo mais. Gasto. Esse lugar tem marcas, mas nenhuma delas é nossa. Em nossa velha casa, mesmo com todos os móveis retirados e tudo embalado, as coisas de lá eram as nossas marcas. A marca na parede onde eu joguei aquele livro, a mancha no teto da cozinha da experiência fracassada de mamãe com a batedeira, os riscos azuis nos cantos dos quartos onde Ben desenhou. Sinto um aperto no peito. Ben jamais deixará uma marca neste lugar.

Mamãe é toda *oohs* e *ahhs*, papai percorre os aposentos silenciosamente e estou prestes a tomar coragem e cruzar a porta quando sinto.

O arranhar das letras sendo escritas. Um nome no papel do Arquivo dentro do meu bolso. Pego o papel — é quase do tamanho de um recibo e estranhamente amassado — enquanto o nome da História se escreve sozinho, com letra caprichada.

Emma Claring. 7.

— Mac — chama papai —, você vem?

Dou um passo para trás e volto para o corredor.

— Deixei minha bolsa no carro — respondo. — Já volto.

Algo passa pelo rosto de papai, mas ele já está concordando e se virando. A porta fecha com um clique, eu suspiro e me viro para o corredor.

Preciso encontrar essa História.

Para isso, preciso chegar aos Estreitos.

E para isso, preciso encontrar uma porta.

DOIS

Tenho onze anos e você está sentado na minha frente, do outro lado da mesa da cozinha, falando. O barulho dos pratos como som de fundo. Suas roupas começam a sobrar em você — camisas, calças, até o anel. Sem querer, ouvi mamãe e papai conversando e eles disseram que você está morrendo — não do jeito rápido, caindo duro feito pedra, uma hora está ali e depois já foi —, mas lentamente. Não consigo parar de te olhar intensamente, como se desse para ver a doença te levando, roubando você de mim, um pouquinho de cada vez.

Você está me contando sobre o Arquivo de novo, alguma coisa sobre o jeito como ele muda e cresce, mas não estou prestando muita atenção. Estou girando o anel de prata no meu dedo. Preciso dele agora. Fragmentos de lembranças e sentimentos começam a me atravessar sempre que alguém me toca. Ainda não são estridentes ou violentos, apenas um pouco confusos. Eu te conto isso e você me diz que vai piorar; então, fica com um jeito triste. Você disse que era genético, o potencial, mas não se manifesta até que o predecessor faça a escolha. E você me escolheu. Eu não queria que você ficasse triste. Eu não estou. Só lamento que, enquanto fico mais forte, você parece ficar mais fraco.

— Está me ouvindo? — você me pergunta, porque é óbvio que não estou.

— Não quero que você morra — digo, nós dois nos surpreendendo, e o instante se fixa, se interrompe, seus olhos prendem os meus. Você então relaxa e se ajeita na cadeira, e parece que consigo ouvir seus ossos se mexendo.

— Do que você tem medo, Kenzie? — pergunta.

Você disse que passou o trabalho para mim e não consigo não pensar se não é por isso que você está piorando agora. Desvanecendo mais rápido.

— Perder você.

— Nada se perde. Nunca.

Tenho certeza de que você só está tentando fazer com que eu me sinta melhor; quase espero que você diga algo como *Estarei vivo em seu coração*. Mas você jamais diria isso.

— Você acha que eu te conto histórias só para ouvir a minha própria voz? Eu sei o que falei. Nada se perde. É para isso que existe o Arquivo.

Madeira e pedra e vidro colorido, e tudo em meio a uma sensação de paz...

— É para onde vamos quando a gente morre? Para o Arquivo?

— Não a gente, não exatamente, mas sua história vai — você fala com aquela sua voz de Preste Atenção, aquela que faz as palavras grudarem em mim e nunca mais se soltarem. — Você sabe o que é uma História?

— É o passado — respondo.

— Não, Kenzie. Isso é história com h minúsculo. Estou falando de História com H maiúsculo. Uma História é... — Você pega um cigarro e o gira entre os dedos. — Você pode pensar nela como um fantasma, mas não se trata realmente disso. Histórias são registros.

— De quê?

— De nós. De todo mundo. Imagine um arquivo da sua vida inteira, de cada momento, cada experiência. Tudo. Agora, em vez de uma pasta ou de um livro, imagine que esses dados são guardados num corpo.

— Eles se parecem com o quê?

— Do jeito que eram quando morreram. Bem, *antes* de morrer. Nada de ferimentos fatais ou corpos inchados. O Arquivo não consideraria isso de bom gosto. E o corpo é só um invólucro para a vida lá dentro.

— Como a capa de um livro?

— Sim. — Você coloca o cigarro na boca, mas sabe que é melhor não acendê-lo dentro de casa. — Uma capa fala alguma coisa sobre o livro. Um corpo diz algo sobre a História.

Mordo meu lábio.

— Então... Quando a gente morre, uma cópia da nossa vida é guardada no Arquivo?

— Exatamente.

Fico séria.

— O que há, Kenzie?

— Se o Exterior é onde a gente vive, e o Arquivo é para onde nossas Histórias vão, pra que servem os Estreitos?

Você sorri de um jeito sombrio.

— Os Estreitos são uma separação entre os dois. Às vezes, uma História acorda. Às vezes, Histórias saem pelas fendas do Arquivo e entram nos Estreitos. Quando isso acontece, o Guardião precisa mandá-las de volta.

— O que é um Guardião?

— É o que eu sou — diz você, apontando para o anel na sua mão. — E o que você vai ser — acrescenta, apontando para o meu próprio.

Não consigo segurar um sorriso. Você me escolheu.

— Que bom que eu vou ser que nem você.

Você aperta minha mão e faz um barulho que parece alguma coisa entre uma tosse e uma risada, então diz:

— Ótimo. Porque você não tem escolha.

As portas para os Estreitos estão por toda parte.

A maioria delas começou como portas de verdade, mas o problema é que prédios mudam — paredes são derrubadas, outras são erguidas — e essas portas, quando são feitas, ficam no mesmo lugar. O que sobra então são rachaduras, do tipo que quase todo mundo nem percebe, leves distúrbios em que dois mundos — os Estreitos e o Exterior — se encontram. É fácil, quando se sabe o que está procurando.

Mas mesmo com bons olhos, encontrar uma porta para os Estreitos pode levar algum tempo. Tive que procurar no meu antigo bairro por dois dias para achar a mais próxima, que acabei descobrindo ficar na metade da viela, atrás do açougue.

Penso na ruga no papel de parede com estampas de flor-de-lis no saguão e rio para mim mesma.

Sigo para a escada mais próxima — são duas, uma do meu lado do corredor, ao sul, e outra do lado oposto, ao norte, passando as gaiolas de metal —, quando alguma coisa me faz parar.

Meu olhar é atraído por uma pequena falha, uma sombra vertical no papel de parede amarelo e coberto de poeira. Me aproximo do lugar e me posiciono perto da parede, deixando meus olhos se ajustarem à rachadura, que está ali, sem sombra de dúvida. O sentimento de triunfo diminui um pouco. Duas portas tão próximas uma da outra? Talvez a rachadura no saguão fosse apenas isso: uma rachadura.

Já essa outra, no entanto, é algo mais. Ela atravessa a parede entre os apartamentos 3D e 3C, num espaço da parede sem nenhum espectro de porta, uma área interrompida apenas por um quadro do mar numa velha moldura branca. Franzo a testa e tiro o anel do dedo, sinto a mudança, como se uma tela fosse removida. Agora quando olho para a rachadura, eu a vejo, bem no centro da fenda. O buraco de uma fechadura.

O anel funciona como um bloqueio. É uma proteção, tanto quanto possível, contra os vivos e um bloqueio de minha capacidade de ler as impressões que deixam nas coisas. Mas também me bloqueia para os Estreitos. Não consigo ver as portas, muito menos passar por elas.

Tiro a chave de Da do pescoço, passando o polegar pelos dentes dela, do mesmo jeito que ele costumava fazer. Para dar sorte. Da costumava esfregar a chave, fazer um sinal da cruz, beijar os dedos e tocar na parede — uma porção de coisas. Costumava dizer que um pouco mais de sorte podia ser útil.

Enfio a chave na fechadura e vejo os dentes sumirem dentro da parede. Primeiro ouço o ruído de metal roçando metal. Logo a porta para os Estreitos aflora, flutuando como um corpo na água até firmar-se contra o papel amarelo. Por fim, uma única faixa de luz clara desenha-se ao redor dela, sinalizando que a porta está pronta.

Se alguém vier pelo corredor neste exato momento, não vai ver a porta. Mas ouviria o clique da fechadura quando giro a chave enferrujada de Da, e me veria entrar direto pelo papel de parede amarelo, para o nada.

Não há céu nos Estreitos, mas parece sempre ser noite; têm cheiro de noite. Noite em uma cidade depois da chuva. Por cima desse cheiro, há uma brisa, suave porém contínua, carregando o ar pelos corredores. Como se estivéssemos num poço de ventilação.

Eu sabia como eram os Estreitos muito antes de vê-los. Tenho essa imagem na minha cabeça, gravada por Da ano após ano. Feche os olhos e imagine isso: um beco escuro, apenas largo o bastante para que você abra os braços e raspe os dedos pelas paredes ásperas de pedra. Se olhamos para cima, vemos... nada, apenas as paredes subindo, subindo e subindo para a escuridão. A única luz vem das portas enfileiradas nas paredes, seus contornos deixando passar um brilho suave, um feixe passando pelas fechaduras como fios de luz atravessando o ar empoeirado. É luz suficiente para enxergar através deles, mas não muito bem.

O medo fica atravessado na minha garganta, uma coisa primitiva, uma pontada aguda ao entrar, fechar a porta atrás de mim e ouvir as vozes. Não são vozes de verdade, realmente, mas murmúrios, sussurros e palavras que chegam perdidas na distância. Poderiam estar a corredores ou mesmo a territórios inteiros de distância. Os sons viajam aqui pelos Estreitos, enroscam-se pelos corredores, ecoam nas paredes e lhe encontram a quilômetros de distância, fantasmagóricos e difusos. Podem fazer com que você se perca.

Os corredores se espalham como uma teia, bifurcando-se, atravessando, paredes interrompidas apenas por aquelas portas. As portas de quarteirões inteiros da cidade ficam a poucos palmos umas das outras, no espaço comprimido. A maioria delas está trancada. Todas são marcadas. Com códigos.

Cada Guardião tem um sistema, uma maneira de distinguir uma porta boa de uma ruim; é impossível contar todos os Xs, barras, círculos e pontos rabiscados em cada porta e depois apagados. Pego um pedaço fino de giz no bolso — é engraçado o tipo de coisa que se aprende a carregar o tempo todo — e uso para rabiscar rapidamente um número romano I na porta pela qual acabei de passar, bem em cima da fechadura (as portas não têm maçanetas; sequer podem ser testadas sem uma chave). O número se destaca, branco sobre dezenas de antigas marcas semiapagadas.

Eu me viro para avaliar o corredor e a infinidade de portas alinhadas. A maioria delas está trancada — inativas, como Da as chamava —, portas que levavam de volta ao Exterior, para diferentes quartos em diferentes casas, desativadas porque iam para lugares onde não havia Guardião algum a postos. Mas os Estreitos são uma zona intermediária, meio campo, com diversos pontos de saída. Algumas portas entram e saem do Arquivo. Outras levam aos Retornos, que não são o nosso próprio mundo, mas poderiam muito bem ser. Um lugar onde nem mesmo os Guardiões são autorizados a entrar. E nesse exato momento, com uma História na minha lista, essa é a porta que preciso encontrar.

Testo a porta à direita da Porta I, que, para minha surpresa, está destrancada e abre para o saguão do Coronado. Então não era apenas uma ruga no papel de parede, afinal. Bom saber. Uma velha passa apressada, alheia ao portal, e eu fecho a porta de novo e desenho um II em cima da fechadura.

Dou um passo para trás para observar as portas numeradas, uma ao lado da outra — meus caminhos de saída —, e depois continuo pelo corredor, testando cada tranca. Nenhuma das outras portas se mexe, e eu marco cada uma com um X. Escuto um som, uma fração mais alta do que os outros, um *tump tump tump*, como passos abafados. Somente um tolo, contudo, caça uma História antes de encontrar um lugar para onde enviá-la. Por isso apresso meus passos, viro uma esquina e testo outras duas portas até encontrar uma que cede.

A tranca gira e a porta se abre, desta vez para uma sala feita de luz, ofuscante e sem fim. Eu me afasto e fecho a porta rapidamente, piscando para me livrar dos pequenos pontos brancos enquanto marco a superfície da porta com um círculo e o preencho apressadamente. *Retornos.* Viro para a próxima porta e sequer me preocupo em testar a tranca antes de desenhar um círculo sobre ela, só que vazio. *O Arquivo.* O que há de bom nas portas do Arquivo é que estão sempre à direita dos Retornos, portanto, se você encontra uma, encontra a outra.

E agora, é hora de encontrar Emma.

Flexiono as mãos e coloco os dedos na parede, o anel de prata em segurança dentro do bolso. Histórias e humanos precisam tocar uma superfície para deixar uma impressão, e é por isso que o chão aqui é feito do mesmo concreto que as paredes. Na verdade, sequer há separações onde a parede se transforma em chão — é tudo uma peça só —, o que me permite ler todo o corredor com um toque. Se Emma botar o pé aqui, vou saber.

A superfície da parede murmura sob minhas mãos. Fecho os olhos e aumento a pressão. Da costumava dizer que havia um fio na parede, que era preciso pegá-lo, agarrá-lo através da parede e não soltar mais. O murmúrio se espalha pelos meus dedos, que ficam entorpecidos conforme me concentro. Aperto os olhos com mais força e busco, sinto o fio formigando minhas palmas. Seguro firme, e minhas mãos ficam dormentes. Por trás dos meus olhos, a escuridão se modifica, tremula, e os Estreitos voltam a ganhar forma, uma versão borrada do presente, distorcida. Eu me vejo em pé ali, tocando a parede, e dirijo minha memória para longe.

Ela passa como um carretel de filme acelerado, retrocedendo do presente ao passado, tremeluzindo no interior de minhas pálpebras. O nome apareceu em minha lista há uma hora, quando a fuga de Emma Claring foi registrada, portanto, não preciso voltar muito. Quando retrocedo a memória em duas horas e não encontro sinal dela, me afasto da parede e abro os olhos. O passado dos Estreitos desaparece, substituído apenas pelo brilho fraco, mas certamente mais nítido, do presente. Sigo pelo corredor até a próxima bifurcação e tento de novo: fechando os olhos, tocando a parede, segurando, avançando e retrocedendo o tempo, percorrendo a última hora em busca de sinais de...

Uma História tremula na cena, sua forma pequena vacilando pelo corredor até uma esquina logo à frente e virando à esquerda. Pisco e solto a parede, os Estreitos ficando mais nítidos enquanto avanço, faço a curva e encontro... um corredor sem saída. Mais precisamente, uma falha de território, uma parede plana marcada por uma fechadura brilhante. Os Guardiões têm acesso apenas a seus próprios territórios; o ponto de luz não serve para nada além de ser um sinal de parada. Mas impede as Histórias de se afastarem muito; sentada no chão, bem em frente da falha, está uma menina.

Emma Claring está sentada no meio do corredor, abraçando os joelhos com força. Está descalça, usando apenas shorts sujos de grama e uma camiseta; tão pequena que o corredor parece enorme ao seu redor.

— Acorda, acorda, acorda.

Ela se balança para frente e para trás enquanto repete isso, o corpo batendo na parede e fazendo o *tum tum tum* que ouvi antes. Ela aperta os olhos bem fechados e depois abre, arregalando-os, a voz transparecendo o pânico quando os Estreitos não desaparecem.

Obviamente, ela está desgarrando.

— Acorda — implora novamente.

— Emma — chamo, e ela se assusta.

Dois olhos aterrorizados se voltam para mim no escuro. As pupilas se dilatam, seu negror toma conta da cor em torno. Ela choraminga, mas ainda não me reconhece. Isso é bom. Quando as Histórias se desgarram para muito longe, começam a ver outras pessoas quando nos olham. Veem quem quer que seja que elas queiram, precisem, odeiem, amam ou lembrem, e isso só piora a confusão. Faz com que mergulhem ainda mais rápido na loucura.

Dou um passo para frente, devagar. Ela esconde o rosto nos braços e continua a sussurrar.

Eu me ajoelho diante dela.

— Estou aqui para ajudar — digo.

Emma Claring não levanta os olhos.

— Por que não consigo acordar? — murmura ela. Sua voz falha.

— Alguns sonhos — respondo — são mais difíceis de deixar.

Ela diminui o balanço e gira a cabeça de um lado para o outro sobre os braços.

— Mas sabe o que é incrível nos sonhos? — imito o tom que minha mãe costumava usar comigo e com Ben. Tranquilo, paciente. — Quando você sabe que está sonhando, consegue controlá-los. Você pode fazê-los mudar. Pode encontrar uma saída.

Emma olha para mim por cima dos braços cruzados, os olhos brilhando, bem abertos.

— Quer que eu te mostre como? — pergunto.

Ela concorda com um aceno.

— Quero que você feche os olhos. — Ela me obedece. — Imagine agora uma porta. — Olho ao redor deste trecho do corredor, todas as portas sem marcas, e lamento não ter demorado mais para encontrar uma porta mais próxima para os Retornos. — Agora, sobre a porta, quero que você imagine um círculo branco cheio. E atrás da porta, quero que imagine uma sala cheia de luz. Nada mais além de luz. Consegue ver?

Ela concorda.

— Certo. Abra os olhos. — Eu me levanto. — Vamos lá encontrar sua porta.

— Mas são tantas — murmura ela.

Eu sorrio.

— Vai ser uma aventura.

Ela estica o braço e pega minha mão. Eu me contraio instintivamente, mesmo sabendo que seu toque é apenas isso, um toque, muito diferente da onda de pensamentos e sentimentos que vem com a ardência da pele de uma pessoa viva. Ela pode estar cheia de lembranças, mas não consigo vê-las. Apenas os Bibliotecários do Arquivo sabem como ler os mortos.

Emma ergue os olhos para mim, eu lhe dou a mão e aperto de leve, guiando-a pela curva e pelo corredor, tentando refazer meus passos. Enquanto seguimos pelos Estreitos, pergunto-me o que a fez acordar. A grande maioria de nomes em minha lista é de crianças e adolescentes, inquietos, mas não necessariamente maus

— são apenas aqueles que morreram antes de poderem viver com calma. Que tipo de criança era ela? De que morreu? Ouço a voz de Da, me alertando sobre a curiosidade. Sei que há um motivo para que os Guardiões não aprendam a ler as Histórias. Para nós, seus passados são irrelevantes.

Sinto a mão de Emma se contorcer com nervosismo na minha.

— Tudo bem — falo, baixinho, quando chegamos a outro corredor de portas sem marcas. — Vamos encontrar. — Espero. Não tenho exatamente muito tempo sobrando para aprender a geografia deste lugar, mas, no momento em que eu mesma começo a ficar inquieta, viramos em outro corredor e lá está.

Emma se solta e corre até a porta, esticando-se para passar seus dedinhos sobre o círculo de giz. Eles voltam a ficar brancos enquanto enfio e giro a chave na fechadura. A porta dos Retornos se abre, revelando uma luz brilhante para nós duas. Emma suspira.

Por um momento, não há nada além de luz. Como eu prometi.

— Está vendo? — digo, pressionando a mão em suas costas e a conduzindo para a frente, através do limiar para o interior dos Retornos.

Emma está se virando para ver por que eu não fui atrás dela quando fecho os olhos, puxo a porta e a fecho com firmeza entre nós. Não há gritos ou batidas na porta; apenas um silêncio mortal do outro lado. Fico parada ali por algum tempo, com minha chave na fechadura, algo como culpa debatendo-se dentro de meu peito. A sensação desaparece igualmente rápido. Lembro a mim mesma de que os Retornos são misericordiosos. Retornar faz com que as Histórias voltem a dormir, termina com o pesadelo de seu despertar fantasmagórico. Ainda assim, odeio o medo que toma conta dos olhos dos mais jovens quando os tranco lá.

Às vezes, imagino o que acontece nos Retornos, como as Histórias voltam para os corpos sem vida das prateleiras do Arquivo. Uma vez, com um garoto, fiquei para ver, parada na porta daquele branco infinito (achei melhor não pisar lá dentro). Mas nada aconteceu até eu ir embora. Sei porque finalmente fechei a porta, apenas por um segundo, um pulsar — tempo suficiente, no entanto, para trancar e destrancar e, quando abri de novo, o menino tinha sumido.

Uma vez perguntei aos Bibliotecários como as Histórias saíam. Patrick disse alguma coisa sobre portas se abrindo e fechando. Lisa disse que o Arquivo era uma máquina enorme, e que todas as máquinas tinham defeitos, falhas. Roland disse que não fazia ideia.

Suponho que não importa *como* elas saem. Tudo o que importa é que acontece. E quando saem, precisam ser encontradas. Precisam voltar. Caso aberto, caso fechado.

Afasto-me da porta e confiro o pedaço de papel do Arquivo no meu bolso, para ter certeza de que o nome de Emma desapareceu. Sumiu. Tudo o que resta é uma mancha no giz branco, na forma de seus dedos.

Refaço o círculo e me viro para voltar para casa.

TRÊS

— Pegou o que você precisava no carro? — pergunta papai quando eu entro.

Ele me poupa do trabalho de mentir me mostrando a chave do carro, que me esqueci de levar. Pouco importa: considerando a pouca luz entrando pela janela e o fato de que cada centímetro da sala atrás dele está coberto de caixas, estive fora muito tempo. Eu xingo silenciosamente os Estreitos e o Arquivo. Tentei usar um relógio, mas é inútil. Não importa como é feito — no momento em que saio do Exterior, ele para de funcionar.

Então agora tenho que escolher: verdade ou mentira.

O primeiro truque para mentir é contar a verdade com a maior frequência possível. Se a gente começa a mentir sobre tudo, mentiras grandes e pequenas, fica impossível manter o controle e acabamos pegos. Uma vez semeada a desconfiança, torna-se exponencialmente mais difícil convencer nas vezes seguintes.

Minha ficha com meus pais não é limpa em se tratando de mentiras, desde os sumiços aos ocasionais machucados inexplicáveis — algumas Histórias não querem ser retornadas —, então preciso seguir com cuidado e, como papai preparou o caminho para a verdade, avanço por aí. Além disso, às vezes um pai ou uma mãe aprecia um pouco de honestidade, certa confidência. Faz com que se sintam o preferido.

— Essa coisa toda — digo, desabando contra a porta — é muita mudança. Eu só estava precisando de um pouco de espaço.

— Espaço é o que não falta por aqui.

— Eu sei — respondo. — É um prédio enorme.

— Você subiu os sete andares?

— Só até o quinto. — A mentira sai com tanta facilidade que deixaria Da orgulhoso.

Ouço mamãe a vários quartos de distância, a música do rádio se sobrepondo ao barulho das malas sendo desfeitas. Ela odeia o silêncio; enche qualquer espaço com o máximo de som e movimento possível.

— Viu alguma coisa boa? — pergunta papai.

— Poeira. — Dou de ombros. — Talvez um ou dois fantasmas.

Ele sorri com ar de cumplicidade e chega para o lado para me deixar passar.

Meu peito se aperta diante da visão das caixas, explodindo em cada centímetro da sala. Quase metade delas tem escrito apenas COISAS. Se mamãe estivesse se sentindo ambiciosa, teria rabiscado uma listinha de itens debaixo da palavra, mas considerando que sua letra é praticamente ilegível, a gente só saberia o conteúdo de cada caixa quando a abríssemos de fato. Como no Natal. Com exceção de que aquilo tudo já era da gente.

Papai está prestes a me dar uma tesoura quando o telefone toca. Eu não sabia que já tínhamos um telefone. Papai e eu começamos a vasculhar em meio às caixas quando mamãe grita, "Balcão da cozinha, ao lado da geladeira", e, é claro, lá está.

— Alô? — atendo, sem fôlego.

— Você me decepciona — diz uma garota.

— Hein? — Tudo é tão estranho, tão rápido; não consigo identificar a voz.

— Você chegou na casa nova há algumas horas e já se esqueceu de mim.

Lyndsey. Eu relaxo.

— Como é que você sabe este número? — pergunto. — Eu não sei esse número.

— Sou mágica — responde ela —, e se você pelo menos tivesse um celular...

— Eu tenho um celular.

— Quando foi a última vez que você recarregou ele?

Tento lembrar.

— Mackenzie Bishop, se você pensar bem, já faz muito tempo.

Tento pensar numa boa resposta, mas não consigo. Nunca precisei carregar o telefone. Lyndsey é — foi — minha vizinha de porta por dez anos. Foi — é — minha melhor amiga.

— Sei, sei — digo, desviando das caixas e entrando no corredor curto. Lyndsey me manda esperar e começa a falar com outra pessoa, cobrindo o bocal do telefone com a mão. Só ouço fragmentos.

No final do corredor tem uma porta com um Post-it colado nela. Tem uma letra que lembra vagamente um *M*, e suponho que seja o meu quarto. Empurro a porta com o pé e olho lá para dentro, mais caixas, uma cama desmontada e um colchão.

Lyndsey ri do que alguém diz e, mesmo a mais de noventa quilômetros de distância, pelo telefone e atravessando sua mão, o som chega cheio de luz. Lyndsey Newman é feita de luz. A gente vê isso em seus cachos loiros, na pele beijada pelo sol, e na faixa coberta de sardas das bochechas. Ouvimos a luz em sua voz. Sentimos quando estamos perto dela. Ela possui essa lealdade incondicional e o tipo de alegria que começamos a desconfiar que não existe mais no mundo até conhecê-la. E nunca faz as perguntas erradas, aquelas que não se pode responder. Jamais me faz mentir.

— Você está aí? — pergunta.

— Sim, estou — respondo, tirando uma caixa do caminho para conseguir chegar até a cama. A base está apoiada na parede, o colchão e o box de molas empilhados no chão.

— Sua mãe já cansou?

— Lamentavelmente, ainda não. Desabo no colchão nu.

Ben era loucamente apaixonado por Lyndsey, ou tão apaixonado quanto seria possível para um garotinho. E ela o adorava. Ela faz o tipo "filha única que sonha em ter irmãos", então a gente combinou que íamos compartilhá-lo. Quando Ben morreu, Lyndsey ficou ainda mais brilhante, intensa. Um tipo de otimismo que quase chegava a ser desafiador. Mas, quando meus pais me disseram que a gente ia se mudar, eu só consegui pensar: *E a Lynds? Como pode ela perder nós dois?* No dia em que contei a ela sobre a mudança, vi sua força finalmente fraquejar. Alguma coisa se deslocou dentro dela, e ela cedeu. Mas momentos depois, estava de volta. Um sorriso quase forçado — ainda assim, mais largo do que o de qualquer pessoa da minha casa seria capaz de mostrar.

— Você tem que convencê-la a abrir uma sorveteria em alguma cidade incrível à beira-mar... — Enquanto Lynds fala, deslizo o anel até a ponta do dedo e depois de volta, girando em torno do nó, e ela completa — Ou na, sei lá, na Rússia. Sair fora, pelo menos ir ver o mundo.

Lyndsey pode estar certa. Meus pais podiam estar fugindo, mas acho que tinham medo de fugir para tão longe que não pudessem se virar e ver o que haviam deixado para trás. Estávamos a apenas uma hora de nossa velha casa. A apenas uma hora de nossas antigas vidas.

— De acordo — respondo. — E quando é que você vem cair de paraquedas no esplendor do Coronado?

— É incrível, não é? Me diz que é incrível.

— É... velho.

— É mal-assombrado?

Depende muito da definição de assombrado, na verdade. *Fantasma* é só um termo usado pelas pessoas que não sabem das Histórias.

— Você está demorando horrivelmente para responder, Mac.

— Ainda não tenho confirmações de fantasmas — respondi. — Me dê mais tempo.

Escuto a mãe dela falando no fundo:

— Vamos lá, Lyndsey. Mackenzie pode ter o luxo de ficar à toa, mas você não.

Ai. Ficar à toa. Como será isso de ficar à toa? Não que eu possa me defender. O Arquivo pode criar caso se eu falar dele apenas para provar que sou uma adolescente produtiva.

— Ah, desculpa — diz Lyndsey. — Preciso ir treinar.

— Exatamente o quê? — provoco.

— Futebol.

— É claro.

— A gente se fala logo, tá? — diz ela.

— Claro.

A ligação silencia.

Sento e passo os olhos pelas caixas empilhadas ao redor da cama. Cada uma tem um *M* em algum lugar dos lados. Já vi *Ms* e *As* (minha mãe se chama Allison) e *Ps* (meu pai se chama Peter) por toda a sala, mas nenhum *B*. Sinto-me enjoada, com o estômago se contraindo.

— Mãe! — chamo, afastando-me da cama e voltando direto pelo corredor.

Papai está oculto num canto da sala, um estilete para abrir caixas numa mão e um livro na outra. Parece mais interessado no livro.

— Alguma coisa errada, Mac? — pergunta, sem levantar os olhos. Mas papai não fez isso. Sei que não foi ele. Papai também pode estar fugindo, mas não é o líder do bando.

— Mãe! — chamo de novo. Encontro ela no quarto, ouvindo alguma entrevista aos berros no rádio enquanto desfaz a bagagem.

— O que foi, meu bem? — pergunta, jogando uns cabides em cima da cama.

Quando falo, as palavras saem baixinho, como se eu não quisesse perguntar. Como se não quisesse saber.

— Onde estão as caixas do Ben?

Ela faz uma pausa, uma longa pausa.

— Mackenzie — fala, devagar. — Trata-se de um novo começo...

— Onde estão?

— Algumas estão guardadas. O resto...

— Você não fez isso.

— Colleen disse que a mudança às vezes requer medidas...

— Você vai culpar sua terapeuta por ter jogado fora as coisas do Ben? Sério? — O tom da minha voz deve ter subido, pois papai apareceu atrás de mim na porta. A expressão de mamãe despenca, ele se dirige para ela e, subitamente, eu sou a vilã por querer me segurar em alguma coisa. Algo que eu possa ler.

— Diga que você guardou alguma coisa — digo entre os dentes.

Mamãe concorda com a cabeça, o rosto ainda enfiado no colarinho do papai.

— Uma caixa pequena. Apenas umas poucas coisas. Estão no seu quarto.

Já estou no corredor. Bato a porta atrás de mim e tiro as caixas do caminho até encontrar. Enfiada num canto. Um *B* pequeno num dos lados. Pouco maior que uma caixa de sapato.

Corto a fita adesiva com a chave de Da e viro a caixa em cima da cama, espalhando tudo o que restou de Ben pelo colchão. Meus olhos ardem. Não que mamãe não tenha guardado nada; ela guardou as coisas erradas. Grandes superfícies como paredes e pisos guardam quase todas as lembranças, mas objetos menores, como os que estão nessa caixa, só guardam impressões se vierem com emoções suficientemente fortes, de anos de uso. Deixamos lembranças nas coisas que amamos e guardamos, coisas que usamos a ponto de as deixarmos gastas.

Se mamãe tivesse guardado a camisa favorita dele — com um *X* em cima do coração — ou qualquer um de seus lápis azuis — mesmo que só uma ponta —, ou o broche que ganhou numa prova de trilhas e que levava no bolso, orgulhoso demais para deixar em casa, mas não o suficiente para prender na mochila... Mas as coisas espalhadas na minha cama não são realmente dele. Fotos que ela emoldurou, testes corrigidos, um boné que ele usou uma vez, um troféu pequeno do concurso de soletrar, um urso de pelúcia que ele detestava e uma xícara que fez na aula de artes, quando tinha só cinco ou seis anos.

Tiro meu anel e pego a primeira coisa.

Talvez encontre algo.

Tem que ter alguma coisa.

Alguma coisa.

Qualquer coisa.

— Não é uma mágica de salão, Kenzie — você me corta.

Largo a coisa e ela rola pela mesa. Você está me ensinado como ler — coisas, não livros —, e devo ter feito algo engraçado, dando ao ato um toque dramático.

— Só há um motivo para os Guardiões terem a habilidade de ler coisas — diz, sério. — Ela nos torna caçadores melhores e nos ajuda a rastrear as Histórias.

— Está vazio, de qualquer modo — resmungo.

— Claro que está — diz você, pegando o negócio e virando-o entre os dedos. — É um peso de papel. E você devia ter sabido no momento em que tocou nele.

Eu poderia. Tinha um silêncio oco revelador. Não zumbia entre meus dedos. Você me devolve o anel, e eu o enfio de volta.

— Nem todas as coisas contêm lembranças — diz você. — Nem todas as lembranças valem ser guardadas. Superfícies lisas, paredes, mesas, esse tipo de coisa, são como telas, ótimas para gravar imagens. Quanto menor o objeto, mais difícil é reter uma impressão. Mas — acrescenta, levantando o peso de papel de forma que consigo ver o mundo distorcido no vidro — se existe uma lembrança, você deve ser capaz de saber com o toque de uma das suas mãos. E esse vai ser todo o tempo que você terá. Se uma História sai para o Exterior...

— Como elas fazem isso? — pergunto.

— Matam um Guardião? Roubam uma chave? As duas coisas. — Você tosse, um som violento, úmido. — Não é fácil. — Você tosse de novo e quero fazer alguma coisa para ajudar; mas a única vez que te ofereci água, você resmungou que água não ia resolver coisa nenhuma a não ser que eu quisesse te afogar nela. Então agora fingimos que a tosse não está ali, pontuando suas lições. — Mas — diz você, recuperando-se — se uma História realmente se desgarrar, você tem que partir atrás dela, e rápido. Ler as superfícies tem quer ser sua segunda natureza. Este dom não é um jogo, Kenzie. Não é um truque de mágica. Lemos o passado por uma razão, somente uma. Para caçar.

Sei qual é a finalidade do meu dom, mas isso não me impede de examinar minuciosamente cada foto emoldurada, cada pedacinho de papel, cada uma das coisas do lixo sentimental que minha mãe escolheu, esperando qualquer indício de uma lembrança de Ben, nem que seja por um sussurro. E, de qualquer maneira, isso não importa, porque é tudo inútil. Quando acabei pegando aquela caneca de acampamento ridícula, estava desesperada. Eu a pego e meu coração dispara quando sinto o zumbido leve na ponta dos dedos, como uma promessa; mas, quando fecho os olhos — mesmo enquanto a seguro —, não há nada além do padrão e da luminosidade, borrados além da legibilidade.

Tenho vontade de jogar a caneca com toda a força na parede, deixar outro arranhão nela. Estou prestes a realmente jogá-la quando um pedaço preto de plástico me chama a atenção e percebo que não tinha visto uma coisa. Largo a caneca na cama e pego um par de óculos velhos, enfiado debaixo do troféu e do urso.

Meu coração dá um pulo. Os óculos são pretos, de aro grosso, só a armação, nenhuma lente, a única coisa aqui que é realmente de Ben. Ele costumava colocá-los quando queria ser levado a sério. Fazia-nos chamá-lo de professor Bishop, mesmo esse sendo o nome do papai, e o próprio papai nunca ter usado óculos. Tento imaginar Ben com eles. Tento me lembrar da cor exata de seus olhos atrás da armação, do jeito que sorria logo antes de colocá-los.

Não consigo.

Meu peito dói quando aperto os dedos em torno daquela armação idiota. Mas quando estou prestes a largar os óculos de lado, eu sinto, fraco e distante e, ainda assim, bem ali, na palma da minha mão. Um tinido suave, como o som de um sino sumindo. O tom é leve como uma pluma, mas está ali, fecho os olhos, respiro devagar e profundamente e busco o fio da lembrança. É muito fino e escorrega entre meus dedos, mas finalmente consigo segurá-lo. A escuridão se move atrás dos meus olhos, clareando para um tom cinza, e a sombra achatada do cinza assume formas, e as formas revelam uma imagem.

Sequer são lembranças suficientes para criar uma cena completa, apenas um tipo de imagem incerta, uns quadros borrados, os detalhes se desfazendo. Mas não importa, pois Ben está lá — pelo menos algo na forma dele — em pé diante de uma forma que é papai, os óculos sobre o nariz e o queixo para frente enquanto olha para cima e tenta não rir, pois acha que apenas testas franzidas são levadas a sério, e mal dá tempo para que a linha borrada de sua boca comece a tremer e se abrir num sorriso antes que a lembrança comece a falhar e se dissolver de volta no cinza, e o cinza de volta à escuridão.

Meu coração martela enquanto aperto os óculos. Não preciso rebobinar, levar a lembrança de volta ao começo, pois há apenas uma lamentável sequência de imagens repetindo-se dentro dessas molduras plásticas; e, de fato, logo depois, a escuridão volta a oscilar para o cinza e a imagem se repete. Deixo a lembrança fragmentada de Ben se repetir cinco vezes — sempre com a esperança de que fique mais nítida, de que evolua para uma cena em vez de apenas uns momentos embaçados — até finalmente me forçar a deixá-la ir, me forçar a piscar, e lá se vai ela e cá estou eu, de volta a um quarto lotado de caixas, agarrada aos óculos do meu irmão morto.

Minhas mãos tremem e não sei dizer se é de raiva, tristeza ou medo. Medo de estar perdendo Ben, pedacinho por pedacinho. Não apenas seu rosto — que começou a sumir imediatamente — mas as marcas que ele deixou no mundo.

Deixo os óculos do lado da cama e retorno o resto das coisas de Ben à caixa. Estou quase botando o anel de volta quando um pensamento me ocorre. *Marcas.* Nossa última casa era nova quando nos mudamos para lá. Cada marca no chão era nossa, cada arranhão era nosso, e todos eles tinham histórias.

Agora, ao olhar em volta, num quarto cheio não apenas de caixas, mas coberto por suas próprias marcas, quero saber as histórias por trás delas. Ou melhor, uma parte de mim quer saber essas histórias. A outra parte acha que essa é a pior ideia do mundo, mas não dou ouvidos para isso. A ignorância pode ser uma benção, mas só se superar a curiosidade. *A curiosidade é a porta de entrada para o vício da compaixão*, a voz de Da ecoa na minha cabeça. Eu sei, eu sei; mas não tem nenhuma História aqui pela qual me compadecer. Exatamente o motivo pelo qual o Arquivo não aprovaria. Eles não aprovam qualquer forma de leitura recreacional.

Mas é o *meu* talento e nenhuma luzinha se apaga cada vez que faço uso dele. Além disso, já quebrei a regra uma vez esta noite lendo as coisas do Ben, portanto, posso muito bem acumular minhas infrações. Libero um espaço no chão, o que provoca um leve tamborilar quando as pontas dos meus dedos pressionam as tábuas. Aqui no Exterior, é o chão que guarda as melhores impressões.

Consigo ir além do zumbido, e minhas mãos começam a formigar. A dormência desliza, subindo pelos pulsos enquanto a linha entre a parede e minha pele parece se desfazer. Atrás dos meus olhos fechados, o quarto volta a ganhar forma, igual, só que diferente. Em primeiro lugar, eu me vejo ali dentro, exatamente como eu estava um pouco antes, os olhos abaixados para a caixa do Ben.

As cores parecem desbotadas, deixando uma paisagem incerta de lembrança, e todo o quadro está pouco nítido, como um desenho na areia, recente, mas já se desfazendo.

Consigo me firmar logo antes de as lembranças começarem a retroceder

Funciona como um filme indo de trás para frente.

O tempo vira uma espiral e o quarto se enche de sombras que vão e vêm e vão e vêm, tão rápido que se sobrepõem. O pessoal da mudança. As caixas desaparecem até o espaço ficar vazio. Numa questão de minutos, a cena escurece. Vazia. Mas ainda incompleta. Vaga. Posso sentir as lembranças mais antigas além da escuridão. Volto mais rápido, procurando mais gente, mais histórias. Não há nada, nada, e então as memórias voltam a piscar.

Superfícies amplas retêm qualquer impressão, mas existem dois tipos — as que ardem com emoções e as gastas pela repetição — e seus registros são diferentes. As primeiras são intensas, brilhantes, definidas. Este quarto está tomado pelas do segundo tipo — monótonas, longos períodos de hábitos repetidos entranhados nas superfícies, anos gravados num momento mais parecido com uma foto do que com um filme. A maior parte do que vejo são instantâneos desbotados: uma escrivaninha de madeira escura e uma parede coberta de livros, um homem caminhando como um pêndulo, de um lado para outro entre as duas coisas; uma mulher esticada num sofá; um casal mais velho. O quarto arde com claridade durante uma briga, mas, quando a mulher bate a porta, a cena se apaga, retornando para as sombras e em seguida para a escuridão.

Uma escuridão pesada e duradoura.

E, no entanto, sinto algo além.

Algo brilhante, vívido, promissor.

O torpor sobe pelos meus braços e chega até o peito conforme aperto as mãos com força contra as tábuas do piso, atravessando o intervalo escuro até uma dor surda se formar atrás dos meus olhos e a escuridão finalmente ceder à luz, ganhar forma e trazer uma lembrança. Forcei com muita intensidade, retrocedi demais. As cenas voltam a aparecer muito rapidamente, um borrão, uma espiral fora de controle, o que me obriga a segurar o tempo com força até a velocidade diminuir, um grande esforço até tudo parar ao meu redor com um tremor.

Quando para, estou ajoelhada num quarto que é o meu ao mesmo tempo que não é. Estou prestes a retomar o movimento quando algo me detém. No chão, a poucos palmos das minhas mãos, há uma gota de algo escuro, e cacos de vidro espalhados. Levanto os olhos.

À primeira vista, é um quarto bonito, com móveis brancos delicados e um jeito antigo, flores pintadas... mas as cobertas da cama estão fora de lugar, o conteúdo das prateleiras da cômoda — livros e bugigangas —, quase todo derrubado no chão.

Procuro por uma data, do jeito como Da me ensinou — migalhas de pão, marcadores de livros, caso eu precise voltar a esse momento —, e encontro um pequeno calendário em cima da mesa, a palavra MARÇO visível, mas nenhum ano. Procuro outros marcadores temporais: um vestido azul, esmaecido pela lembrança embaçada, dobrado numa pequena cadeira num canto; um livro preto na mesa de cabeceira.

Sou tomada por um sentimento pesado ao fazer o tempo avançar e ver um jovem entrar, trôpego. A mesma substância lisa e escura se espalha por sua camisa, cobrindo os braços e os cotovelos. Pinga dos dedos dele e, mesmo neste mundo desbotado das lembranças, sei que é sangue.

Dá para ver pelo jeito como olha para a própria pele, como se quisesse se arrastar para fora dela.

Ele balança e cai de joelhos ao meu lado, e, mesmo que não possa me tocar, mesmo que eu esteja ali, não consigo evitar o reflexo de recuar, mantendo as mãos cuidadosamente no chão, enquanto ele cruza os braços manchados por cima da camisa. Não deve ser muito mais velho do que eu: final da adolescência, os cabelos escuros penteados para trás, mechas caindo sobre os olhos enquanto ele oscila para a frente e para trás. Os lábios se mexem, mas raramente as vozes se mantêm nas lembranças. Tudo o que ouço é um zumbido, parecido com estática.

— Mackenzie — chama minha mãe. O som chega distorcido, vago e abafado pelo véu da lembrança.

O homem para de se balançar e fica em pé. Volta a soltar as mãos ao lado do corpo, e meu estômago se contorce. Está coberto de sangue, mas não é dele. Não há nenhum corte em seus braços ou no peito. Uma das mãos parece cortada, mas não a ponto de sangrar tanto.

De quem é o sangue, então? E de quem é esse *quarto*? Tem aquele vestido, e duvido que a mobília, decorada com florezinhas, seja dele, mas...

— Mackenzie — chama minha mãe novamente, mais perto, o som da maçaneta girando vindo logo em seguida. Xingo, abro os olhos e tiro as mãos do chão bruscamente, a lembrança se desfazendo, substituída por um quarto cheio de caixas e uma profunda dor de cabeça. Mal consigo me por de pé e minha mãe já invade o ambiente. Antes de conseguir tirar o anel de prata do bolso e enfiá-lo no dedo, ela me envolve num abraço.

Eu suspiro e subitamente não é apenas ruído, mas *frio cavernoso buraco frio vazio muito claro lá fora mais claridade gritando no travesseiro até não respirar mais claridade quarto menor caixas com* B *escrito ainda aparece não consegui salvar ele deveria estar lá deveria* antes de eu conseguir respirar e afastar seu confuso fluxo de consciência para fora da minha cabeça. Tento forçar um muro entre nós, uma versão mental instável da barreira do anel. É frágil como vidro. Empurrá-la para fora piora a dor de cabeça, mas pelo menos bloqueia seus pensamentos desordenados.

Acabo ficando nauseada ao me afastar do abraço e conseguir colocar o anel de volta no dedo, e o que restava de ruído desaparece.

— Mackenzie. Sinto muito — diz ela, e preciso de alguns segundos para me orientar no presente, para me dar conta de que ela não está se desculpando pelo abraço, de que ela não sabe por que não gosto de ser tocada. Para lembrar que o garoto que acabei de ver coberto de sangue não está aqui, mas anos no passado, e que estou segura e ainda furiosa com ela por ter jogado as coisas de Ben fora. Quero continuar furiosa, mas a raiva está passando.

— Tudo bem — respondo. — Eu entendo. — Mesmo que não esteja tudo bem e que eu não entenda e que minha mãe deveria ser capaz de perceber isso. Mas não é. Ela suspira de leve e ajeita um cachinho de cabelo atrás da minha orelha, e eu deixo, me esforçando ao máximo para conter o reflexo de me contrair sob seu toque.

— O jantar está pronto — avisa.

Como se tudo estivesse normal. Como se estivéssemos em casa e não numa fortaleza de caixas de papelão num hotel velho da cidade, tentando nos esconder das lembranças do meu irmão.

— Vamos arrumar a mesa? — pede minha mão.

Antes de perguntar se ela sequer sabia onde estava a mesa, sou levada para a sala onde ela e papai deram um jeito de abrir um espaço entre as caixas. Montaram nossa mesa de jantar e ajeitaram cinco caixas de comida chinesa no meio dela, numa espécie de buquê.

A mesa é o único móvel montado, o que nos faz parecer estar jantando numa ilha feita de caixas. Comemos em pratos retirados de uma caixa com um rótulo surpreendentemente esclarecedor: COZINHA-FRÁGIL. Mamãe solta arrulhos sobre o Coronado e papai concordou dizendo os monossílabos de apoio de sempre; eu fico olhando para minha comida, vendo formas borradas de Ben sempre que fecho os olhos, as imagens disputando meu olhar com os legumes no prato.

Depois do jantar, guardo a caixa de Ben de volta no armário junto com outras duas com a etiqueta DA. Eu mesma embalei aquelas duas e me ofereci para guardá-las, principalmente por medo de que mamãe finalmente resolvesse se livrar das coisas dele se eu não encontrasse algum lugar onde deixá-las. Nunca imaginei que ela fosse se livrar das coisas do Ben.

Fico com aquele urso azul idiota, que coloco do lado da cama com os óculos de Ben equilibrados sobre seu nariz de botão.

Tento desfazer as caixas, mas meus olhos insistem em voltar para o centro do quarto, para o ponto no chão onde o garoto ensanguentado havia desabado. Quando afasto as caixas, quase dá para ver algumas manchas escuras na madeira, e agora isso é tudo o que consigo ver ao olhar para o chão. Mas quem sabe se as manchas eram gotas do sangue dele? Não *dele*, eu me lembro. De *alguém*. Quero ler a lembrança novamente — bem, uma parte de mim quer; a outra não está tão a fim, pelo menos não na primeira noite num quarto estranho —, mas mamãe continua encontrando desculpas para entrar lá, metade das vezes sem nem mesmo bater na porta, e, se vou ler aquilo, vou precisar evitar qualquer interrupção na hora. Vou ter que esperar até de manhã.

Desencavo os lençóis e faço minha cama, remoendo a ideia de dormir aqui com o que quer que tenha acontecido, mesmo sabendo que tinha sido há muitos e muitos anos. Digo a mim mesma que é uma bobagem ficar com medo, mas mesmo assim, não consigo dormir.

Minha mente oscila da forma borrada de Ben para o chão manchado de sangue, misturando as duas lembranças até meu irmão aparecer cercado de vidro quebrado, olhando para seu corpo coberto de sangue, e eu me sento na cama. Meus olhos vão para a janela, esperando ver meu quintal, e logo depois a lateral de tijolos da casa de Lyndsey, mas vejo uma cidade e, neste momento, desejo estar em casa. Gostaria de poder me inclinar para fora da janela e ver Lyndsey deitada no telhado da casa dela, olhando as estrelas.

Tarde da noite era a única hora em que ela se permitia relaxar e posso dizer que ela se revoltava por perder até mesmo uns poucos minutos. Eu costumava escapar de casa pelos Estreitos — três ruas acima e mais duas atrás do açougue — e subir para o lado dela, sem que jamais me perguntasse de onde eu vinha. Ela olhava para as estrelas e começava a falar, continuava uma frase pelo meio como se eu estivesse com ela ali o tempo todo. Como se tudo estivesse perfeitamente normal.

Normal.

Uma confissão: às vezes, sonho que sou normal. Sonho com esta menina que se parece comigo e fala como eu, mas não sou eu. Sei que ela não sou eu, pois tem um sorriso aberto e fácil, como o de Lynd. Não precisa usar um anel de prata ou uma chave enferrujada. Não lê o passado nem caça mortos inquietos. Sonho com ela fazendo coisas mundanas. Mexe no seu armário numa escola lotada. Fica deitada ao lado da piscina, cercada de garotas mergulhando e falando com ela enquanto folheia revistas bobas. Senta-se afundada em almofadas e assiste a um filme, uma amiga jogando pipocas para ela pegar com a boca. Erra quase sempre.

Ela dá uma festa.

Vai dançar.

Beija um garoto.

E é tão... feliz.

M. É assim que eu a chamo, esse eu normal que não existe.

Não que eu jamais tenha feito essas coisas, beijado e dançado, ou só ficado à toa por aí. Já fiz. Mas é um fingimento, um personagem, uma mentira. Sou muito boa nisso — mentir —, mas não tem como mentir para mim mesma. Posso fingir ser M; posso usá-la como uma máscara. Mas não posso *ser* ela. Jamais serei.

M nunca veria garotos cobertos de sangue no seu quarto.

M jamais passaria o tempo mexendo nos brinquedos do irmão morto para um vislumbre da vida dele.

A verdade é que eu sei por que a camisa favorita de Ben não estava naquela caixa, ou seu broche, ou a maioria de seus lápis. Tudo isso estava com ele no dia em que morreu. Vestia a camisa e levava o broche no bolso, os lápis na mochila, como num dia como outro qualquer. Porque era um dia como outro qualquer, até a hora em que um carro cruzou um sinal vermelho duas quadras antes da escola dele, no momento exato em que meu irmão pisava no asfalto para atravessar.

E foi-se embora.

O que fazer quando *existe* um culpado, mas sabemos que jamais vamos encontrá-lo? Como encerrar um caso do jeito que os policiais fazem? Como seguir em frente?

Aparentemente, não seguimos; apenas nos afastamos.

Eu só queria vê-lo. Não algo com a forma de Ben, mas ele de verdade. Só por um momento. Um vislumbre. Quanto mais sinto falta, mais ele parece desaparecer. Ben parece tão distante, e segurar objetos vazios — ou semiarruinados — não vai trazê-lo para mais perto. Mas sei o que pode fazer isso.

Levanto, trocando o pijama pela calça preta e uma camiseta de mangas compridas, meu uniforme de costume. Meu papel do Arquivo está na mesa de cabeceira, aberto e em branco. Guardo-o no bolso. Não me importa que não mostre nenhum nome. Não estou indo para os Estreitos. Vou além deles.

Para o Arquivo.

QUATRO

Fora do quarto, o apartamento está silencioso, mas, quando me esgueiro para o corredor, um fio de luz aparece sob a porta do quarto dos meus pais. Prendo a respiração. Espero que papai tenha acabado de cair no sono com a luz de cabeceira acesa. A chave da casa pende de um gancho ao lado da porta da frente. Os pisos são muito mais velhos do que os de nossa última casa, e eu penso que cada passo iria me expor, mas de algum jeito consigo chegar à chave sem um rangido e a tiro do gancho. Agora, falta só a porta. O truque é ir soltando a maçaneta gradualmente. Saio, fecho porta do 3F com cuidado e me viro para olhar para o corredor do terceiro andar.

E paro.

Não estou sozinha.

No meio do corredor, um garoto da minha idade está encostado no papel de parede desbotado, bem ao lado da pintura do mar. Está olhando para o teto, ou para além dele, o fio preto e fino dos fones de ouvido traçando uma linha pelo lado do rosto e descendo pelo pescoço. Dá para ouvir o chiado da música. Dou um passo silencioso, mas mesmo assim ele vira a cabeça, preguiçosamente, e olha para mim. E sorri. Sorri como se tivesse me pegado no flagra, tentando escapar.

O que, muito sinceramente, é o que estava acontecendo.

Seu sorriso me faz lembrar das pinturas que tem aqui. Acho que nenhuma delas está pendurada direito. Um dos lados de sua boca é inclinado para cima, como se estivesse desnivelada. O cabelo preto espetado tem vários centímetros, e tenho certeza de que o menino estava usando delineador.

Ele fecha os olhos e encosta a cabeça na parede, como se dissesse *Eu não vi nada*. Mas o sorriso fica, e seu silêncio conspiratório não muda o fato de que ele está em pé entre meu irmão e eu, as costas apoiadas na parede onde deveria estar a porta para os Estreitos, a fechadura mal aparecendo no meio do triângulo formado entre a curva do braço e a camisa.

E pela primeira vez, sou grata pelo Coronado ser tão velho, pois preciso daquela segunda porta. Faço o máximo para bancar a garota normal dando uma escapada. As calças e mangas compridas no meio do verão complicam essa imagem, mas não há nada a fazer sobre isso agora, e mantenho a cabeça erguida ao seguir pelo corredor até a escada do outro lado (dar a volta e seguir pela escada de trás só levantaria suspeitas).

O garoto fica de olhos fechados, mas seu sorriso se abre um pouco mais quando eu passo. Estranho, penso, sumindo escada abaixo. A escada vai do último até o segundo andar, onde me lança no patamar da grande escadaria, que desce como uma cascata até o saguão. Uma faixa de tecido vinho cobre os degraus de mármore como uma língua, e, quando desço, o carpete solta pequenas plumas de poeira.

A maior parte das luzes tinha sido apagada, e, na estranha semiescuridão, a sala que se abria na base da escadaria está envolta em sombras. Uma placa na parede oposta sussurra *CAFÉ*, em letras cursivas desbotadas. Franzo a testa e volto minha atenção para o lado da escada, onde vi a rachadura pela primeira vez. A parede forrada com papel agora está oculta pela escuridão pesada entre duas luzes. Penetro na escuridão com ela, passando os dedos pela estampa de flores de lis até encontrar. A ruga. Guardo o anel no bolso e tiro a chave de Da do pescoço, percorrendo a fenda com a outra mão até sentir a ranhura da fechadura. Enfio a chave, giro e, segundos depois do clique metálico, um fio de luz contorna a porta junto à escada.

Os Estreitos suspiram ao meu redor quando entro, o som de respiração úmida e palavras tão distantes que se desfazem em ruídos até não sobrar quase nada. Começo a avançar pelo corredor com a chave na mão até encontrar as portas que marquei antes, o círculo branco preenchido indicando os Retornos e, à direita dele, o círculo vazio que leva para o Arquivo.

Faço uma pausa, me aprumo e avanço.

No dia em que me tornei uma Guardiã, você segura minha mão.

Você nunca segura minha mão. Você evita o toque do mesmo jeito que estou rapidamente aprendendo a fazer, mas no dia em que me leva ao Arquivo, envolve minha mão com seus dedos emaciados enquanto cruzamos a porta. Não estamos usando nossos anéis e espero sentir aquilo, a confusão de lembranças, pensamentos e emoções vindo por sua pele, mas não sinto nada além do aperto de sua mão. Imagino se é porque você está morrendo, ou se é porque é ótimo em bloquear o mundo exterior, um conceito que parece que não consigo aprender. Seja qual for a razão, sinto apenas a pressão de seus dedos e agradeço por isso.

Entramos numa primeira sala, um espaço grande e circular, feito de madeira escura e pedras claras. Uma antecâmara, como você chama. Não há qualquer fonte de luz visível e, mesmo assim, o lugar brilha iluminado.

A porta pela qual entramos parece maior deste lado do que nos Estreitos, além de mais antiga, gasta.

Um lintel de pedra sobre a porta do Arquivo traz escrito SERVAMUS MEMORIAM. Uma frase que eu ainda não sei o que significa. Três linhas verticais, a marca do Arquivo, separam as palavras, debaixo das quais há uma sequência de numerais romanos. Do outro lado da sala, uma mulher está sentada atrás de uma grande mesa, escrevendo rapidamente num livro-caixa e, na beira da mesa, há uma placa dizendo SILÊNCIO POR FAVOR. Ela nos vê e baixa rapidamente a caneta, sugerindo que éramos esperados.

Minhas mãos tremem, mas você a aperta com mais força.

— Você vale ouro, Kenzie — você cochicha para mim enquanto a mulher faz um gesto com a caneta sobre o ombro na direção de

um par de portas enormes atrás dela, que se abriam e fechavam como asas. Do outro lado, vejo o coração do Arquivo, o átrio, uma sala enorme coberta de fileiras e mais fileiras de prateleiras. A mulher não se levanta, não vai com a gente, mas nos observa passar com um aceno da cabeça, cordialmente murmurando "Antony".

Você me conduz pela porta.

Não há janelas, pois não existe lado de fora. Apesar disso, acima das prateleiras há uma abóbada de vidro e luz. O lugar é vasto, feito de madeira e mármore, as mesas longas partindo do centro parecem uma espinha dupla, com prateleiras se ramificando de ambos os lados, como costelas. As divisões fazem com que o espaço cavernoso pareça menor, mais aconchegante. Ou, ao menos, concebível.

O Arquivo é tudo o que você me disse que seria: uma colcha de retalhos... madeira, pedra e vidro colorido... por tudo em volta, uma sensação de paz...

Mas você não me falou uma coisa.

Que ele é lindo.

Tão lindo que, por um momento, esqueço que as paredes estão cobertas de corpos. Que as estantes e os armários que compõem as paredes, embora adoráveis, guardam Histórias. Em cada gaveta, um suporte de bronze com etiquetas cuidadosamente impressas com um nome e datas. Tão fácil se esquecer disso.

— Incrível — digo em voz alta demais. As palavras ecoam e eu estremeço, lembrando da placa na mesa da bibliotecária.

— É mesmo — responde uma nova voz, suave, e me viro para ver um homem sentado na beira de uma mesa, com as mãos nos bolsos. É uma visão estranha: a constituição de um boneco de palitos, o rosto jovem, mas com olhos cinzentos, velhos, e cabelos escuros espalhados na testa. As roupas são bem comuns, suéter e calças, mas nos pés há um par de tênis vermelhos de cano alto, o que me fez sorrir. E, no entanto, ele tem um olhar cortante, algo sinuoso em sua postura. Mesmo se eu passasse por ele na rua em vez de aqui, no Arquivo, saberia imediatamente que era um Bibliotecário.

— Roland — diz você, cumprimentando com a cabeça.

— Antony — responde ele, escorregando da mesa. — Esta é sua escolha?

O Bibliotecário está falando de *mim*. Sua mão escorrega da minha e você dá um passo atrás, me apresentando para ele.

— É.

Roland levanta uma sobrancelha. Mas depois, sorri. Um sorriso divertido, caloroso.

— Isso vai ser legal... — diz. Ele aponta para o primeiro dos dez corredores que se ramificam a partir do átrio. — Se vocês me seguirem... — E, em seguida, se afasta. Você se afasta. Eu espero. Quero ficar por aqui. Absorver aquela estranha sensação de tranquilidade. Mas não posso ficar.

Ainda não sou uma Guardiã.

Há um momento, quando entro na antecâmara circular do Arquivo e meus olhos pousam no Bibliotecário sentado atrás da mesa — um homem que eu nunca tinha visto antes — em que me sinto perdida. Sou tomada por um medo estranho, simples e profundo, de que minha família foi para muito longe, de que eu atravessei alguma fronteira invisível e entrei numa outra seção do Arquivo. Roland me garantiu que isso não aconteceria, que cada seção é responsável por centenas de quilômetros de cidade, subúrbio, país, mas ainda sou dominada pelo pânico.

Olho por cima do ombro, para o lintel acima da porta, onde está gravado o conhecido SERVAMUS MEMORIAM — que, segundo dois semestres de latim (ideia do meu pai), significa "Protegemos o passado". Numerais romanos sublinham a inscrição, tão pequenos e numerosos que mais parecem um padrão do que um número. Perguntei uma vez do que se tratava, e me disseram que era o número daquela seção. Ainda não consigo lê-lo, mas memorizei o padrão, e ele não mudou. Meus músculos começam a relaxar.

— Senhorita Bishop

A voz é calma, tranquila e familiar. Volto-me para a mesa e vejo Roland vindo na minha direção, passando por uma série de portas, mais alto e magro do que nunca — não envelheceu um só dia —, os olhos cinzentos, o sorriso fácil e os tênis vermelhos de cano alto. Solto um suspiro de alívio.

— Você já pode ir, Elliot — diz ele ao homem sentado atrás da mesa, que se levanta, acena com a cabeça e desaparece pelas portas.

Roland se senta e apoia os pés na mesa. Ele mexe nas gavetas e tira uma revista. A edição do mês passado de alguma revista de estilo de vida que eu trouxe para ele. Minha mãe fez a assinatura há um tempo e Roland insiste em se manter no circuito o máximo possível quando o assunto é o Exterior. Sei bem que ele passa boa parte do tempo dando uma lida nas Histórias novas, observando o mundo através de suas vidas. Imagino se ele faz isso por tédio ou se por algo mais. Os olhos cinzentos de Roland têm algo entre a dor e a saudade.

Ele sente falta de lá, penso; do Exterior. Não deveria. Os Bibliotecários se comprometem com o Arquivo de todas as formas possíveis, deixando o Exterior para trás durante toda a sua permanência, por mais longo que seja o período que escolheram ficar; e ele mesmo me disse que ser promovido é uma honra, ter todo aquele tempo e conhecimento na ponta dos dedos, proteger o passado — SERVAMUS MEMORIAM e aquela história toda. Mas se ele sente falta do nascer do sol, ou do mar, ou de ar fresco, quem pode culpá-lo? É preciso abrir mão de muita coisa em troca de um título bacana, a suspensão de um ciclo de vida e um suprimento interminável de material de leitura.

Ele estende a revista para mim.

— Você está pálida.

— Pode ficar com a revista — digo, ainda um pouco abalada. — E estou bem... Roland sabe o pânico que tenho de perder esta seção. Alguns dias penso que minha constância em vir aqui é a única coisa que ainda mantém minha sanidade. E sei que isso é uma fraqueza. — Por um instante, achei que tivesse me afastado demais.

— Ah, você fala de Elliot? Ele foi cedido — diz Roland, pegando um radinho do fundo de uma gaveta da mesa e pondo ao lado da placa de SILÊNCIO, POR FAVOR. A música clássica toca baixinho, e me pergunto se ele não ligou o rádio só para chatear Lisa, que leva o aviso de silêncio o mais literalmente que pode. — Uma transferência. Queria uma mudança de cenário. Então, o que trás você ao Arquivo esta noite?

Quero ver Ben. Quero falar com ele. Preciso estar mais perto. Estou perdendo a cabeça.

— Não consegui dormir — disse, dando de ombros.

— Você chegou aqui bem rápido.

— Minha nova casa tem *duas* portas. No próprio prédio.

— Só duas? Então, você está se ajeitando lá?

Passo os dedos pelo velho livro de registros que fica em cima da mesa.

— Tem... personalidade.

— Ah, vai, o Coronado não é tão ruim.

É velho. E me deixa apavorada. E alguma coisa horrível aconteceu no meu quarto. São pensamentos de fraqueza. Não os vocalizo.

— Senhorita Bishop?

Odeio a formalidade quando se trata dos outros Bibliotecários, mas, por um motivo qualquer, não me importo quando é com Roland. Talvez porque ele pareça estar prestes a rir, quando fala isso. Apesar dos tênis e do material de leitura de gosto duvidoso, ele tem alguma coisa de velho mundo. Às vezes, me pergunto há quanto tempo Roland foi promovido para o seu posto. A cadência de sua voz fica mais forte quando está cansado, mas, mesmo assim, é indefinível.

— Não, não é tão ruim — digo afinal, com um sorriso. — Só é velho.

— Não tem nada demais em ser velho.

— É você quem está dizendo — falo. É uma conversa batida. Roland se recusa a me dizer há quanto tempo está aqui. Não pode ser tão velho, pelo menos não parece ser, pois um dos benefícios do emprego é que, enquanto você estiver nele, não envelhece, mas sempre que pergunto sobre sua vida *antes* do Arquivo, seus anos de caçador de Histórias, ele muda de assunto ou simplesmente me ignora.

Quanto aos seus anos como bibliotecário, ele é igualmente vago. Já soube de bibliotecários que trabalharam por dez ou quinze anos antes de se aposentar — não é porque a idade não aparece que eles não se sintam mais velhos —, mas, com Roland, é difícil dizer. Lembro-me de ele mencionar uma filial em Moscou e, outra vez, casualmente, uma na Escócia.

A música flutua ao nosso redor.

Ele volta a pôr os pés no chão e começa a arrumar a mesa.

— O que mais posso fazer por você?

Ben. Não posso ficar dançando em torno do assunto, e não posso mentir. Preciso da ajuda dele. Apenas os Bibliotecários têm permissão de mexer nas prateleiras.

— Na verdade... Eu esperava que...

— Não me peça isso.

— Você nem sabe o que eu ia...

— A pausa e o olhar culpado te entregaram.

— Mas eu...

— Mackenzie.

O uso do meu primeiro nome faz com que eu me encolha.

— Roland. Por favor.

Seus olhos pousam nos meus, mas ele não diz nada.

— Não consigo encontrar sozinha — insisto, tentando manter minha voz equilibrada.

— Você não deve encontrá-lo.

— Há semanas que eu não peço — digo. *Porque fiquei pedindo para Lisa, em vez de para você.*

Mais uma longa pausa e finalmente Roland fecha os olhos, piscando devagar, se rendendo. Seus dedos percorrem um pequeno bloco, do mesmo tamanho e formato que meu papel do Arquivo, e ele rabisca alguma coisa ali. Meio minuto depois, Elliot reaparece, segurando o próprio bloco. Ele olha para Roland com uma interrogação.

— Me desculpe por te chamar de volta — diz Roland. — Não vou demorar.

Elliot concorda com a cabeça e se senta em silêncio. A mesa da frente jamais fica vazia. Sigo Roland pelas portas e entramos no átrio. Alguns Bibliotecários estão por lá e reconheço Lisa, do outro lado, o cabelo curto e escuro sumindo por um corredor lateral rumo às prateleiras mais antigas. Mas, por outro lado, não olho para cima, para o teto abobadado com os vidros coloridos; não fico maravilhada diante da beleza tranquila; não me demoro — tudo para evitar qualquer pausa que faça com que Roland mude de ideia. Concentro-me nas prateleiras enquanto ele me leva até Ben.

Tentei memorizar a rota — lembrar por qual das dez alas nós fomos, anotar as escadas pelas quais passamos, contar as viradas para a esquerda e para a direita pelos corredores —, mas jamais consigo guardar o mapa na minha cabeça. Mesmo quando pareço ter conseguido, não funciona na vez seguinte. Não sei se sou eu, ou se o caminho muda. Talvez eles reordenem as prateleiras. Penso em como eu costumava organizar os filmes: um dia, do melhor para o pior; no outro, por cores, então, por títulos... Todos nessas prateleiras morreram na jurisdição da filial, mas, fora isso, não parece haver nenhum critério coerente que ordene os livros. No final, apenas os Bibliotecários podem percorrer essas prateleiras.

Hoje, Roland me leva pelo átrio, entra na sexta ala, atravessa diversos corredores menores, cruza um pátio e sobe um pequeno lance de escadas de madeira até finalmente parar numa espaçosa sala de leitura.

Um tapete vermelho cobre a maior parte do chão e as cadeiras estão encostadas nos cantos, mas quase todo o cômodo é tomado por gaveteiros.

A frente de cada gaveta é quase do tamanho da extremidade do um caixão.

Roland se aproxima de uma parede de gavetas e encosta a mão suavemente em uma delas. Sob seus dedos, vejo a etiqueta branca no suporte de cobre. Sob o suporte, uma fechadura.

E, então, ele se afasta.

— Obrigada — sussurro quando ele passa.

— Sua chave não vai funcionar.

— Eu sei.

— Não é ele — complementa ele, com delicadeza. — Não realmente.

— Eu sei — digo, já me esticando para as prateleiras. Passo os dedos por cima de um nome.

BISHOP, BENJAMIN GEORGE
2003-2013

CINCO

Percorro as datas com os dedos e estou no ano passado de novo, sentada numa daquelas cadeiras de hospital que até parecem ser confortáveis, mas não são, pois não há nada confortável em hospitais. Da já se foi há três anos. Tenho quinze agora, e Ben, dez; ele está morto.

Os policiais estão falando com papai, e o médico está explicando para mamãe que Ben morreu no impacto e aquela palavra — *impacto* — faz com que eu me vire e vomite numa das latas de lixo cinza do hospital.

O médico tenta dizer que não deu tempo de ele sentir, mas isso não é verdade. Minha mãe sente. Meu pai sente. Eu sinto. Sinto como se meu esqueleto estivesse sendo arrancado da pele e abraço minhas costelas para segurá-lo. Caminhei com Ben por todo o trajeto até a esquina da Lincoln com a Smith, como sempre, e ele desenhou um homem palito Ben na minha mão e eu desenhei uma mulher palito Mac na dele, como sempre, e então ele me disse que não se parecia com um ser humano e respondi que não era, e ele disse que eu era esquisita, e falei que ele estava atrasado para a escola.

Dá para ver os rabiscos pretos nas costas da mão dele através do lençol branco. O lençol não sobe e desce, nem um milímetro, e não consigo tirar os olhos dele enquanto mamãe, papai e o médico conversam. Ouço choro e palavras, mas não faço nada disso, porque estou concentrada no fato de que vou vê-lo novamente. Eu giro o anel, um ponto de prata sob as luvas de tricô pretas sem dedos que vêm até meus cotovelos, porque eu não posso, não posso, não posso olhar o boneco do Ben desenhado nas costas da minha mão.

Giro o anel e passo o polegar sobre as dobras e digo a mim mesma que está tudo bem. Não está tudo bem, é óbvio.

Ben tem dez anos e está morto. Mas não se foi. Não para mim.

Horas mais tarde, depois que voltamos para casa do hospital, três fracos em vez de quatro fortes, saio pela janela do quarto e percorro ruas escuras até a porta dos Estreitos, no beco atrás do açougue.

Lisa está de serviço na mesa do Arquivo, e peço a ela para me levar até Ben. Quando ela tenta me dizer que isso não é possível, peço que me mostre o caminho; e quando ela repete que isso tampouco é possível, eu saio correndo. Corro por horas pelos corredores e salas e pátios do Arquivo, mesmo sem ter a menor ideia de para onde estou indo. Como se simplesmente fosse saber onde está Ben da mesma forma que os Bibliotecários sabem, mas não sei. Passo correndo pelas prateleiras e colunas e filas e paredes de nomes e datas impressas em pequenas letras pretas.

Corro para sempre.

Corro até que Roland agarra meu braço e me puxa para uma sala lateral. Lá, no meio da parede do outro lado, vejo o nome. Roland me solta o suficiente para se virar e fechar a porta, e é então que vejo a fechadura sob as datas de Ben. Nem é do mesmo tamanho ou formato que a minha chave, mas ainda assim eu arranco o cordão do pescoço e forço a entrada da fechadura. A chave não gira. Claro que não gira. Tento de novo, e de novo.

Bato no armário para acordar meu irmão, o som metálico abalando o silêncio precioso, e lá está Roland, me puxando, apertando meus braços contra meu corpo com uma mão, abafando meus gritos com a outra.

Eu não chorei em momento algum.

Agora afundo no chão diante do armário de Ben, os braços de Roland ainda me segurando, e soluço.

Sento no tapete vermelho com as costas apoiadas na prateleira de Ben, puxando as mangas da camisa sobre minhas mãos enquanto conto para o meu irmão sobre o novo apartamento, sobre o mais recente projeto de mamãe e o novo emprego de papai na universidade. Às vezes, quando fico sem mais o que contar para ele, recito as histórias de Da. É assim que passo a noite, o tempo ficando turvo ao meu redor.

Algum tempo mais tarde, sinto um arranhão familiar junto à coxa e tiro a lista do bolso. A caprichada letra cursiva anuncia:

Thomas Rowell. 12.

Guardo a lista e volto a me encostar na estante. Poucos minutos depois, ouço passos leves e olho para cima.

— Você não devia estar na mesa? — pergunto.

— É o turno de Patrick agora — responde Roland, cutucando-me com um tênis vermelho. — Você não pode ficar aqui para sempre. Ele escorrega pela parede ao meu lado. — Vá fazer seu trabalho. Encontre essa História.

— É minha segunda, hoje.

— É um prédio antigo, esse Coronado. Você sabe o que isso significa.

— Eu sei, eu sei. Mais Histórias. Sorte a minha.

— Você nunca será promovida para a Equipe conversando com uma prateleira.

Equipe. A próxima etapa depois de Guardiã. Ser da Equipe significa trabalhar em pares, rastrear e devolver aos Retornos os Matadores de Guardiões, as Histórias que conseguem sair para o mundo real escapando pelos Estreitos. Algumas pessoas permanecem como Guardiões a vida inteira, mas a maioria busca ser da Equipe. A única coisa acima da Equipe é o próprio Arquivo — o posto de Bibliotecário —, embora seja difícil imaginar por que alguém desistiria da emoção da caçada, do jogo, da luta, para catalogar os mortos e assistir a vida pelos olhos de outras pessoas. Ainda mais difícil é imaginar que todos os Bibliotecários primeiro foram guerreiros; mas em algum lugar sob as mangas, Roland carrega a marca da Equipe, assim como Da carregava. Os Guardiões também têm marcas, as três linhas, mas gravadas nos nossos anéis. As marcas da Equipe são feitas na pele.

— Quem disse que quero ser da Equipe? — questionei com um tom desafiador, mas, no fundo, sem muita determinação.

Da trabalhava na Equipe, até Ben nascer. Ele então voltou a ser um Guardião. Nunca conheci sua parceira, e ele nunca falou dela, mas achei uma foto deles depois que ele morreu. Os dois, lado a lado, separados por um pequeno espaço, ambos com um sorriso que não combinava com os olhos. Dizem que os parceiros de Equipe são ligados por sangue, vida e morte. Imagino se ela o perdoou por deixá-la.

— Da desistiu — digo, mesmo que Roland certamente já saiba disso.

— Você sabe por quê? — ele pergunta.

— Disse que queria uma vida... — Guardiões que não entram para a Equipe se dividem em dois campos quando se trata de trabalho: os que adotam profissões que se beneficiam do entendimento do passado dos objetos, e aqueles que querem ficar o mais longe possível disso. Da deve ter tido dificuldade em seguir em frente, pois se tornou detetive particular. Costumavam mexer com ele no seu escritório, falando que tinha vendido as mãos ao diabo, sendo capaz de resolver um crime apenas tocando nas coisas. — Mas o que ele quis dizer era que queria continuar vivo. Pelo menos por tempo suficiente para me treinar.

— Ele te disse isso? — pergunta Roland.

— Não é esse o meu trabalho? — questiono — Saber sem que me digam?

Roland não responde. Ele está se virando para olhar para o nome e as datas de Ben. Estica o braço e passa um dedo sobre a etiqueta, com sua impressão em letras e números pretos e nítidos, que deveriam estar gastos e totalmente apagados, considerando a frequência com que eu os tocava.

— É estranho — diz Roland — que você sempre venha ver Ben, mas nunca Antony.

Franzo a testa diante do nome real de Da.

— Eu poderia vê-lo, se quisesse?

— Claro que não — diz Roland, com o tom oficial de Bibliotecário antes de retomar seu jeito confortante usual. — Mas também não pode ver Ben e mesmo assim nunca para de tentar.

Fecho os olhos, em busca das palavras certas.

— Da está tão gravado na minha memória... não acho que consiga esquecer qualquer coisa sobre ele, nem que quisesse. Mas com Ben, tem só um ano e já estou esquecendo. Fico esquecendo das coisas, e isso me aterroriza.

Roland concorda, mas não responde; simpático, mas resoluto. Não pode me ajudar. Não *vai*. Vim até a prateleira do Ben mais de vinte vezes nesse ano, desde que ele morreu, e o Bibliotecário jamais cedeu e a abriu. Jamais me deixa ver meu irmão.

— Onde é que fica a prateleira de Da, então? — pergunto, mudando de assunto antes que o aperto no meu peito fique ainda mais forte.

— Todos os membros do Arquivo são mantidos em Coleções Especiais.

— Onde fica isso?

Ele levanta uma sobrancelha, e nada mais.

— Por que são mantidos separados?

Ele dá de ombros.

— Não sou em quem faz as regras, senhorita Bishop.

Ele se levanta e me estende a mão. Eu hesito.

— Não tem problema, Mackenzie — diz ele, pegando minha mão. Eu não sinto nada. Bibliotecários são profissionais em bloquear os pensamentos, os toques. Mamãe me toca e não consigo deixá-la de fora, mas Roland me toca e me sinto cega e surda, normal.

Começamos a caminhar.

— Espera — digo, virando-me de volta para a prateleira do Ben. Roland espera enquanto tiro a chave do pescoço e enfio na fechadura sob a etiqueta do meu irmão. Ela não gira. Nunca gira.

Mas eu jamais deixo de tentar.

• • •

Eu não deveria estar aqui. Posso ver nos olhos deles.

Mesmo assim, aqui estou, em pé diante de uma mesa numa grande câmara junto à segunda ala do átrio. A sala é fria, o chão é de mármore, não há corpos cobrindo as paredes, apenas livros de registros, e as duas pessoas do outro lado da mesa falam um pouco mais alto, sem temer despertar os mortos. Roland senta-se em seu lugar ao lado deles.

— Antony Bishop — chama o homem barbado na ponta. Olhos pequenos e afiados examinam um papel na mesa. — O senhor está aqui para nomear sua... — Ele levanta os olhos e as palavras vêm atrás. — Senhor Bishop, o senhor entende que existe uma restrição de idade. Para que sua neta possa se qualificar, ela precisa de mais... quatro anos — ele fala após consultar uma pasta e tossir.

— Ela está pronta para o teste — responde você.

— Ela não tem como passar — diz a mulher.

— Sou mais forte do que pareço — digo.

O primeiro homem suspira, esfrega a barba.

— O que você está fazendo, Antony?

— Ela é minha única escolha — responde Da.

— Bobagem. Você pode indicar Peter. Seu filho. E se, com o tempo, Mackenzie estiver disposta e for apta, ela será considerada...

— Meu filho não se encaixa.

— Talvez você não esteja sendo justo com ele...

— Ele é inteligente, mas não tem nenhuma violência, e acredita nas próprias mentiras. Ele não se encaixa.

— Meredith, Allen — diz Roland, juntando as pontas dos dedos das mãos. — Vamos dar uma chance a ela.

O homem de barba, Allen, se apruma.

— De jeito nenhum.

Olho inquieta para Da, ansiando por um sinal, um aceno de cabeça, mas ele olha firme para frente.

— Eu consigo — digo. — Não sou a única escolha. Sou a melhor.

Allen franziu ainda mais o cenho.

— Como é que é?

— Vá para casa, garotinha — diz Meredith, com um aceno.

Você me avisou que eles resistiriam. Você passou semanas me ensinando a não ceder terreno.

Fiquei firme, ereta.

— Só depois que eu fizer o teste.

Ela solta um gemido de desânimo, mas Allen interrompe dizendo:

— *Você não está qualificada.*

— Abram uma exceção.

A boca de Roland se movimenta rapidamente para cima. Isso me dá força.

— Me deem uma chance.

— Você acha que isso é um esporte? Um clube? — corta Meredith, lançando a você um olhar fulminante. — O que pode estar pensando? Trazer uma criança para este...

— Eu acho que é um trabalho — interrompo, com cuidado para minha voz não tremer. — E estou pronta para ele. Talvez vocês achem que estão me protegendo, ou então que não sou suficientemente forte, mas estão errados.

— Você é uma candidata inadequada. Isso é tudo.

— Seria, Meredith... — diz Ronald calmamente — se você fosse a única pessoa nesta avaliação.

— Eu realmente não posso tolerar essa... — diz Allen.

Eu os estou perdendo; não posso deixar que isso aconteça. Se os perder, perco você.

— Eu acho que estou pronta, vocês acham que não. Vamos descobrir quem está certo.

— Sua confiança é impressionante. — Roland se levanta. — Mas você está ciente de que nem todas as Histórias podem ser vencidas com palavras. — Ele dá a volta na mesa. — Algumas são problemáticas. — Enrola as mangas. — Algumas são violentas.

Os outros dois Bibliotecários ainda estão tentando dizer alguma coisa, mas não os ouço. Estou atenta a Roland. Da me avisou para estar pronta para qualquer coisa, e foi bom ele ter me dito isso, pois, de um momento para outro, a postura de Roland muda. É sutil: seus ombros se soltam, os joelhos se dobram, as mãos se fecham. Desvio do primeiro golpe, mas ele é rápido, mais até do que Da, e antes que eu possa reagir, um tênis vermelho acerta meu peito e me joga no chão. Rolo para trás e me agacho, mas, quando olho para cima, ele sumiu.

Ouço-o um instante antes de seus braços envolverem meu pescoço e consigo enfiar uma mão entre nós e não sou enforcada. Ele puxa para trás e para cima, meus pés deixam o chão, mas a mesa está ali; apoio meu pé nela e a uso como alavanca, empurrando para cima e para fora, livrando-me de seu braço ao girar por cima de sua cabeça e aterrissar atrás dele. Roland se vira e eu chuto, mirando o peito; mas ele é muito alto e acerto a barriga, e ali o Bibliotecário me segura. Protejo-me com os braços, mas ele não revida. Ri e solta meu sapato, relaxando ao apoiar-se na mesa. Os dois outros Bibliotecários sentados atrás dele parecem chocados, embora eu não saiba se estão mais surpresos pela luta ou pelo bom humor de Roland.

— Mackenzie — diz ele, ajeitando as mangas —, você quer esse emprego?

— Ela não sabe realmente do que se trata o trabalho — diz Meredith. — E daí que ela tem a boca afiada e consegue se livrar de um soco? É uma criança. Isso é uma piada...

Roland levanta a mão, e ela fica em silêncio. Seus olhos não desviam dos meus. São ternos. Encorajadores.

— Você quer isso? — pergunta de novo.

Eu quero. Eu quero que você fique. O tempo e a doença estão te tirando de mim. Você me disse, deixou claro, que essa é a única maneira de eu manter você perto de mim. Não vou perder isso.

— Quero — respondo com segurança.

Roland se endireita.

— Então eu aprovo a indicação. — Meredith solta um suspiro abafado de consternação. — Ela demonstrou segurança contra *você*, Meredith, isso não é pouca coisa — diz Roland, finalmente abrindo um sorriso. — E quanto à luta, estou na melhor posição para julgar e digo que ela tem mérito. — Ele olha para além de mim, depois para você. — Você criou uma garota incrível, Antony. — Ele olha para Allen. — O que você diz?

O homem de barba raspa os dedos na mesa, o olhar incerto.

— Você realmente está considerando... — murmura Meredith.

— Se fizermos isso e ela se mostrar incapaz — diz Allen —, perderá a posição.

— E se ela se mostrar incapaz — completa Meredith —, vai ser você mesmo, Roland, quem vai removê-la.

Ele sorri diante do desafio.

Avanço um passo.

— Eu compreendo — digo, o mais alto que ouso.

Allen se levanta devagar.

— Então eu aprovo a indicação.

O rosto de Meredith enrubesce momentaneamente antes de ela também se levantar.

— Estou em minoria e, portanto, devo aprovar a indicação.

Só então você apoia a mão no meu ombro. Sinto o orgulho na ponta de seus dedos. Sorrio.

Vou mostrar para todos eles.

Por você.

SEIS

Solto um bocejo enquanto Roland me leva de volta pelo Arquivo. Fiquei lá por horas; posso dizer que a noite está no fim. Meus ossos doem de ficar sentada no chão, mas valeu a pena passar um tempo com Ben.

Não com Ben, eu sei. Com a *prateleira* dele.

Mexo os ombros, duros de ficar tanto tempo encostada nas estantes, enquanto vamos andando pelos corredores até voltarmos ao átrio. Vários Bibliotecários circulam por lá, ocupados com livros de registros e cadernos e, aqui e ali, até mesmo com gavetas abertas. Pergunto-me se eles nunca dormem. Olho para cima, para o arco de vidro pintado, mais escuro agora, como se houvesse uma noite além dele. Respiro fundo. Estou começando a me sentir melhor, mais calma, quando chego à mesa da frente.

Um homem grisalho, óculos pretos e uma boca zangada atrás de um cavanhaque espera por nós. A música de Roland foi desligada.

— Patrick — cumprimento. Não é meu Bibliotecário favorito. Está lá há quase tanto tempo quanto eu, e raramente nos encontramos cara a cara.

No momento em que me vê, franze a boca.

— Senhorita Bishop — responde com desprezo. Ele é do Sul, mas tenta disfarçar o sotaque sendo seco, cortando rapidamente as consoantes. — Procuramos desencorajar esses atos recorrentes de desobediência.

Roland revira os olhos e dá uma batidinha no ombro de Patrick.

— Ela não está fazendo mal algum.

Patrick olha furioso para Roland.

— E também não está fazendo bem algum. Eu deveria denunciá-la para Agatha. — O olhar se volta para mim. — Está ouvindo? Eu deveria te denunciar.

Não sei quem é essa tal de Agatha, mas tenho certeza de que não quero saber.

— As restrições existem por um motivo, senhorita Bishop. Não existe horário de visita. Guardiões não se ocupam com as Histórias aqui. Você não deve entrar nos corredores sem ter um *bom* motivo. Estamos entendidos?

— Sim!

— Isso significa que você vai parar com essas perseguições fúteis e um tanto cansativas?

— É claro que não.

Roland disfarça uma risada tossindo e dá uma piscadela. Patrick suspira e esfrega os olhos, e não consigo evitar me sentir ligeiramente vitoriosa. Mas quando ele vai pegar seu caderno, me sinto abalada. A última coisa de que preciso é de uma anotação no meu registro. Roland também vê o gesto e encosta a mão levemente no braço de Patrick.

— E por falar em se ocupar com as Histórias — sugere ele —, você não tem que ir capturar uma, senhorita Bishop?

Sei perceber um jeito de escapar quando aparece.

— Realmente — respondo, me virando para a porta. Ouço os dois homens conversando em voz baixa, tensos, mas sei que é melhor não olhar para trás.

Encontro e devolvo o jovem Thomas Rowell, de doze anos, saído há tão pouco tempo que volta sem fazer muitas perguntas, que dirá lutar. Verdade seja dita, acho que ele fica feliz de encontrar alguém nos corredores escuros em vez de topar com *alguma coisa*. Passo o resto da noite testando cada uma das portas no meu território. Quando acabo, os corredores — e diversos pontos no chão — estão rabiscados de giz, a maioria marcados com X, apesar de um círculo aqui e ali. Encontro o caminho de volta até as minhas duas portas numeradas e descubro uma terceira depois delas, que se abre com a minha chave.

A porta I abre no terceiro andar, com a pintura do mar. A porta II sai na lateral da escadaria no saguão do Coronado.

Mas a porta III? Ela se abre para o escuro. Para nada. Então por que está destrancada? A curiosidade me empurra, dou um passo para dentro da escuridão e fecho a porta atrás de mim. O espaço é silencioso e apertado, com um cheiro de poeira tão denso que dá para sentir o gosto quando respiro. Consigo tocar as paredes dos dois lados, e meus dedos encontram uma floresta de cabos de vassoura encostadas nelas. Um armário de material de limpeza?

Quando coloco o anel de volta e volto a tatear desajeitada no escuro, sinto o arranhar de um nome na lista dentro do bolso. De novo? O cansaço está começando a consumir meus músculos, tomar meus pensamentos. A História vai ter que esperar. Quando dou mais um passo, minha canela bate em algo duro. Fecho os olhos para bloquear a crescente claustrofobia; minhas mãos finalmente encontram a porta pouco mais à frente. Suspiro aliviada e giro a maçaneta de metal.

Trancada.

Eu poderia voltar para os Estreitos pela porta atrás de mim e seguir por uma rota diferente, mas uma pergunta persiste: *Onde* estou? Ouço atentamente, mas nenhum som chega até mim. Entre a poeira dentro desse armário e a absoluta falta de qualquer coisa similar a um barulho do outro lado, acho que estou em algum local abandonado.

Da sempre disse que havia dois jeitos de passar por uma porta trancada: com uma chave ou à força. E não tenho uma chave, portanto... Eu me inclino para trás e levanto a bota, apoiando a sola contra a madeira da porta. Deslizo o sapato para a esquerda até encostar na base de metal da maçaneta. Afasto o pé diversas vezes, testando para ver se a área está limpa para um golpe direto antes de tomar fôlego e chutar.

A madeira estala ruidosamente e a porta se move; mas é preciso um segundo chute para que se abra totalmente, espalhando um monte de vassouras e um balde sobre um chão de pedra. Passo por cima da bagunça para examinar o local e encontro um mar de lençóis. Lençóis cobrindo balcões, janelas e partes do chão, a pedra suja espiando pelas beiradas do tecido. Vejo um interruptor na parede a alguns metros de distância e passo por cima dos lençóis até me aproximar e acender as luzes.

Um zumbido incômodo ocupa o espaço. A luz é fraca e ofuscante ao mesmo tempo, e eu recuo e volto a desligar o interruptor. A luz do dia força a entrada com uma claridade abafada pelos lençóis sobre as janelas — é mais tarde do que pensei. Atravesso um espaço amplo e puxo uma cortina improvisada para baixo, fazendo cair poeira e a luz da manhã sobre tudo. Do lado de fora das janelas há um pátio, um grupo suspeito de toldos acima...

— Estou vendo que você já achou!

Viro-me e vejo meu pai e minha mãe passando por baixo de um lençol e entrando na sala.

— Achou o quê?

Mamãe exibe o lugar, com a poeira, os lençóis, balcões e a porta quebrada do armário de vassouras, como se estivesse me mostrando um castelo, um reino.

— O Café Bishop.

Fico realmente sem palavras por um tempo.

— Não deu para descobrir pela placa no saguão? — pergunta papai.

Talvez se eu tivesse vindo pelo saguão.

Ainda estou atordoada pelo fato de ter saído dos Estreitos direto para o mais novo projeto de estimação de mamãe. Porém, anos de mentiras me ensinaram a jamais parecer tão perdida quanto estivesse me sentindo; portanto, sorri e fui na onda.

— Isso, estava desconfiando — respondo, enrolando a cortina de lençol. — Acordei cedo e pensei em dar uma olhada.

É uma mentira capenga, mas mamãe nem está ouvindo. Parece ocupada correndo pelo lugar, segurando a respiração como uma criança prestes a soprar as velas do bolo de aniversário enquanto puxa os lençóis. Papai ainda está me olhando de um jeito bastante intenso, os olhos examinando minhas roupas escuras e mangas compridas, todas as peças que não se encaixam.

— Então — digo animada, pois aprendi que, se eu conseguir falar mais alto do que ele consegue pensar, meu pai costuma perder a linha de raciocínio —, vocês acham que tem uma máquina de café debaixo de um desses lençóis?

Ele se anima. Meu pai precisa de café como outros homens precisam de comida, água e abrigo. Entre as três aulas que ele dá no departamento de História e a série de artigos que está escrevendo, a cafeína está no topo de sua lista de prioridades. Acho que isso é tudo do que ele precisa para apoiar o sonho de mamãe de ser dona de um café: um convite da universidade local e a garantia de um suprimento contínuo de café. Passe o café e eles virão.

Tento disfarçar um bocejo.

— Você parece cansada — diz ele.

— Você também — devolvo, puxando a coberta de uma máquina que um dia pode ter sido um moedor. — Ih, olha só.

— Mackenzie... — insiste ele, mas eu ligo o interruptor e o equipamento de fato começa a moer, cobrindo sua voz com um barulho horrível, como se estivesse devorando as próprias peças, mastigando porcas e parafusos e engolindo ar. Papai faz uma careta e eu desligo, o barulho da agonia mecânica ecoando pelo ambiente junto com um cheiro parecido com torrada queimada.

Não consigo evitar um relance de volta para o armário de vassouras, e mamãe parece ter acompanhado meu olhar, pois vai direto para lá.

— Me pergunto o que aconteceu aqui — diz ela, puxando a porta com as dobradiças quebradas.

Dou de ombros e vou até um forno, ou algo parecido com um, para espiar pela porta aberta. Por dentro, é tudo velho e queimado.

— Pensei em preparar uns *muffins* — diz mamãe. — *Muffins* de boas-vindas! — Ela não fala como se dissesse boas-vindas, mas *Boas-Vindas!* — Assim, para todo mundo saber que estamos aqui. O que você acha, Mac?

Para responder, cutuco a porta do forno, que se fecha com um estrondo. Alguma coisa se solta e cai, *tinctinctinctinc* pelo piso de pedra, rolando até o sapato dela.

Seu sorriso sequer se abala. Fico de estômago revirado com sua doçura fingida de que tudo está melhor do que nunca. Vi o interior de sua mente e sei isso tudo é uma encenação idiota. Eu perdi Ben. Não deveria perder ela também. Quero sacudi-la. Quero dizer para ela... Mas não sei o que dizer. Não sei como atingi-la, como mostrar que está piorando ainda mais as coisas.

Então falo a verdade.

— Acho que está caindo aos pedaços.

Ela não entende o que quero dizer. Ou desvia do assunto.

— Muito bem, então — diz alegremente, abaixando-se para pegar o parafuso. — A gente usa o forno do apartamento até consertar esse aqui.

Com isso, ela dá meia-volta e se afasta. Olho em volta, esperando encontrar meu pai e alguma dose de simpatia da parte dele, ou pelo menos de comiseração, mas ele está no pátio, olhando para os toldos.

— Vamos em frente, Mackenzie — chama ela, da porta — Você sabe, como todo mundo fala...

— Eu tenho certeza de que só você fala isso...

— Deus ajuda a quem cedo madruga.

Olho para a janela iluminada, meu corpo se contrai e vou atrás dela.

Passamos o resto da manhã no apartamento, assando *muffins* de *Boas-vindas!* Ou melhor, papai escapa para fazer algumas compras e mamãe prepara os *muffins*, enquanto eu me empenho ao máximo em parecer ocupada. Eu adoraria poder dar uma dormida e tomar um banho, mas cada vez que tento sair, mamãe pensa em alguma coisa para eu fazer. Enquanto ela se distrai tirando uma fornada fresca, tiro a lista do Arquivo do bolso. Mas, quando abro o papel, está em branco.

Sou tomada por uma sensação de alívio até lembrar que deveria haver um nome ali. Eu poderia jurar que senti os rabiscos de uma nova História sendo escritos quando fiquei presa na despensa do café. Provavelmente foi minha imaginação. Mamãe ajeita o tabuleiro de *muffins* no balcão enquanto eu dobro o papel e o guardo de volta. Ela coloca um pano sobre eles e, do nada, eu me lembro de Ben na ponta dos pés para espiar sob o pano e roubar um pedacinho, mesmo que estivessem sempre pelando e ele queimasse os dedos. É como receber um soco no peito, e aperto os olhos até a dor passar.

Imploro por uma folga de cinco minutos da boca do forno para trocar de roupa — a minha está com o cheiro dos Estreitos, das prateleiras do Arquivo e da poeira do café. Visto uma calça jeans e uma camisa limpa, mas meu cabelo se recusa a me obedecer e, finalmente, tiro um lenço amarelo de uma mala e ajeito uma bandana na cabeça, tentando esconder a confusão da melhor maneira possível. Estou enfiando a chave do Da gola adentro quando vejo as manchas escuras no chão do meu quarto e me lembro do menino ensanguentado.

Ajoelho-me, tento bloquear o barulho das bandejas do outro lado da porta ao tirar o anel e pousar a ponta dos dedos nas tábuas do piso. A madeira murmura contra minhas mãos, fecho os olhos, busco e...

— Mackenzie! — chama minha mãe lá de fora.

Suspiro, pisco e me levanto do chão. Eu me ajeito rapidamente no momento em que mamãe bate na porta bruscamente.

— Cadê você?

— Já estou indo — digo, enfiando o anel de volta e ouvindo seus passos se afastarem. Olho mais uma vez para o chão antes de sair. Na cozinha, os *muffins* já estão enrolados em papel celofane. Mamãe está enchendo uma cesta, falando dos moradores e é aí que tenho a ideia.

Da era um Guardião, mas era também detetive e costumava dizer que a gente pode aprender tanto fazendo perguntas para as pessoas quanto lendo as paredes. As respostas são diferentes. Meu quarto tem uma história para contar e, assim que eu conseguir um mínimo de privacidade, vou lê-la; mas, enquanto isso, que melhor maneira de aprender sobre o Coronado do que perguntando para as pessoas que moram nele?

— Ei, mãe — digo puxando as mangas para cima —, eu tenho certeza de que você tem uma tonelada de trabalho para fazer. Que tal me deixar distribuir esses aí?

Ela faz uma pausa e olha para cima.

— Sério? Você faria isso? — pergunta ela, como se estivesse surpresa por eu ser capaz de ser gentil. Sim, as coisas têm sido áridas entre nós, e estou oferecendo ajuda porque isso vai me ajudar. Mesmo assim...

Ela enfia o último *muffin* numa cesta e empurra ela para mim.

— Com certeza — respondo, forçando um sorriso. O sorriso dela em resposta é tão genuíno que quase me sinto mal. Em seguida, ela me envolve num abraço e os sons agudos, de portas batendo e estática de papel amassado que são sua vida me arranham até os ossos. Fico enjoada.

— Obrigada — diz, me apertando ainda mais. — Isso é muito gentil. Quase não escuto as palavras em meio ao estardalhaço na minha cabeça.

— Não... é... nada de mais... sério — respondo, tentando, sem conseguir, imaginar uma parede entre nós — Mãe, não consigo respirar — digo, afinal. Ela dá uma risada e me solta. Sinto-me tonta, mas livre.

— Certo, pode ir — diz mamãe, voltando-se para o trabalho; eu nunca me senti tão alegre em obedecer.

Vou saindo pelo saguão e tiro o celofane de um dos *muffins*, torcendo para que mamãe não os tenha contado conforme furto meu café da manhã. A cesta balança para a frente e para trás pendurada no meu braço, cada *muffin* individualmente embrulhado e etiquetado com CAFÉ BISHOP, escrito em uma letra caprichada. Uma cesta de guloseimas para iniciar as conversas.

Concentro-me na tarefa pela frente. O Coronado tem sete andares — uma portaria e mais seis de residências, seis apartamentos em cada um, de A até F. Muita gente, e boas chances de alguém saber alguma coisa.

E talvez alguém saiba mesmo, mas parece não ter ninguém em nenhum dos apartamentos. Essa é a falha nos planos tanto da minha mãe quanto nos meus. Final da manhã de um dia da semana, o que você encontra? Um monte de portas trancadas. Saio do 3F e sigo pelo corredor. Os apartamentos 3E e 3D estão ambos em silêncio, o 3C está vazio (segundo um pedacinho de papel colado na porta), e embora eu ouça uns sinais abafados de vida no 3B, ninguém atende. Depois de bater insistentemente no 3A, começo a me sentir frustrada. Deixo um *muffin* em cada porta e vou em frente.

Um andar acima, e mais do mesmo. Deixo os *muffins* no 4A, B e C, mas, quando estou me afastando do D, a porta se abre.

— Mocinha — diz a voz.

Me viro e vejo uma mulher enorme, preenchendo toda a porta como um bolo na forma. O *muffin* no papel celofane fica minúsculo na mão dela. Acho que ela poderia me esmagar. Facilmente.

— Como é seu nome? E de que se trata esta pequena e adorável gentileza? — pergunta. O *muffin* parece um ovo aninhado na palma de sua mão.

— Mackenzie — respondo, aproximando-me. — Mackenzie Bishop. Minha família acabou de se mudar para o 3F e estamos renovando o café no térreo.

— Muito bem. Prazer em conhecê-la, Mackenzie — diz ela, engolindo minha mão na dela. Ela é feita de tons baixos e sinos, e de tecido rasgando. — Sou a senhora Angelli.

— Prazer em conhecê-la. — retiro minha mão o mais educadamente possível.

E é então que ouço. Um som que faz minha pele se contrair. Um miado fraco atrás da parede que é a senhora Angelli. Imediatamente, um gato desesperado acha uma passagem junto aos pés da mulher e se espreme para fora, pulando para o corredor. Eu pulo para trás.

— Jezzie — repreende a senhora Angelli —, Jezzie, volte aqui. — É um gato pequeno, preto, e fica exatamente fora do alcance, avaliando a dona. E depois se vira para me olhar.

Odeio gatos.

Ou, na verdade, simplesmente odeio tocá-los. Aliás, odeio tocar qualquer animal. Animais são como as pessoas, mas cinquenta vezes piores — puro id, sem ego; pura emoção, nenhum pensamento racional. Isso os torna bombas de impulsos sensíveis enrolados em pelo.

A senhora Angelli se livra da porta e quase despenca sobre Jezzie, que prontamente foge na minha direção. Eu me encolho, colocando a cesta de *muffins* entre nós.

— Sai, gatinho — rosno.

— Ah, ela é um doce, a minha Jezzie. — A senhora Angelli se abaixa para pegar a gata, que agora se finge de morta, ou paralisada de medo, e dou uma olhada no apartamento atrás dela.

Cada centímetro é coberto de antiguidades. Meu primeiro pensamento é *Por que alguém tem tanta tralha?*

— A senhora gosta de coisas antigas — digo.

— Ah, sim — responde ela, se endireitando. — Sou uma colecionadora. — Jezzie está agora enfiada sob seu braço como uma bolsa de mão. — Meio que historiadora de artefatos — diz ela. — E você, Mackenzie? Você gosta de coisas antigas?

Gostar é a palavra errada. São coisas úteis, maiores chances de guardarem mais memórias do que as coisas novas.

— Gosto do Coronado — digo. — Ele conta como uma coisa antiga, certo?

— De fato. Um lugar antigo maravilhoso. E está por aqui há mais de um século, você acredita? Cheio de histórias, o Coronado.

— A senhora deve saber tudo sobre ele, então.

A senhora Angelli mexe os dedos.

— Ah, num lugar como este, não dá para ninguém saber tudo. Um pouco disso e daquilo, na verdade, rumores, histórias... — Interrompe.

— É mesmo? — Eu me animo. — Alguma coisa diferente? — Mas, preocupada por demonstrar entusiasmo demais, completo: — Meus amigos têm certeza que um lugar desses deve ter uns fantasmas, esqueletos, segredos.

A senhora Angelli fica séria, coloca Jezzie para dentro do apartamento e tranca a porta.

— Me desculpe — diz abruptamente. — Você me pegou de saída. Tenho que ir fazer uma avaliação na cidade.

— Ah. — eu me atrapalho. — Bem, talvez a gente possa conversar um pouco mais, outra hora.

— Alguma outra hora — repete ela, saindo pelo corredor com uma rapidez surpreendente.

Observo a mulher ir embora. Ela obviamente sabe de *alguma* coisa. Nunca me ocorreu que alguém pudesse saber e não quisesse contar. Talvez eu devesse ficar apenas com a leitura das paredes. Elas, pelo menos, não podem se recusar a responder.

Meus passos ecoam pela escada de concreto conforme subo para o quinto andar, onde, aparentemente, não há uma única pessoa em casa. Deixo um rastro de *muffins* ao passar. Será que esse lugar é vazio? Ou simplesmente pouco amigável? Já estou esticando a mão para abrir a porta da escada no final do corredor quando ela se abre abruptamente e dou de cara com uma pessoa. Tropeço para trás, apoiando-me na parede, mas não tão rápido para salvar os *muffins*.

Em me encolho e espero pelo barulho da cesta despencando, mas nada acontece. Quando levanto os olhos, um cara está de pé na minha frente, os braços em volta da cesta, que está em perfeita segurança. Cabelo espetado e um sorriso de lado. O meu coração dá um pulo.

O espião do terceiro andar da noite passada.

— Desculpe — diz, me entregando a cesta. — Tudo bem, nada quebrado?

— Tudo — respondo, me ajeitando. — Tudo bem.

Ele estende a mão.

— Wesley Ayers — diz, esperando o aperto da minha mão.

Preferia não dar o cumprimento, mas não quero ser rude. A cesta está na minha mão direita, então estendo a esquerda, desajeitadamente. Quando ele a pega, o som explode nos meus ouvidos, atravessa minha cabeça, ensurdecedor. Wesley parece uma banda de rock: bateria, baixo, com interlúdios de vidro se quebrando. Tento bloquear o rugido, empurrar para fora, mas só piora. E então, em vez de apertar a minha mão, ele se curva teatralmente e passa os lábios nos meus dedos, e perco a respiração. Não de um jeito prazeroso, com borboletas e suspiros. Literalmente fico sem ar com o som acachapante e a batida, que me cercam como uma parede de tijolos. Sinto o calor subir e minha expressão deve ter transparecido no meu rosto, pois ele dá uma risada, interpretando o desconforto da maneira errada e me solta, levando o barulho e a pressão embora.

— Que houve? — pergunta. — É o costume, você sabe. Direita com direita, aperto de mão. Esquerda com direita, beijo. Achei que fosse um convite.

— Não — digo de forma seca —, não exatamente. O mundo voltou a ficar em silêncio, mas ainda estou abalada e isso é difícil de esconder. Apresso-me para passar por ele e ir para a escada, mas ele se vira para mim de novo, de costas para o corredor.

— A senhora Angelli, do 4D — continua ele. — Ela sempre espera um beijo. Difícil, com todos aqueles anéis dela. — Ele levanta a mão esquerda e balança os dedos. Ele mesmo tem alguns anéis.

— Wes! — chama uma voz jovem de uma porta aberta, lá do meio do corredor. Uma cabeça pequena, de um louro quase ruivo, aparece no 5C. Tento me aborrecer por ela não ter atendido quando bati, mas ainda estou resistindo ao impulso de me sentar no tapete quadriculado. Wesley faz questão de ignorá-la, sua atenção toda voltada para mim. Agora de perto, confirmo que seus olhos castanho-claros estão pintados com delineador.

— O que você estava fazendo no corredor ontem de noite? — pergunto, tentando disfarçar meu desconforto. Ele faz uma cara de quem não está entendendo, e eu acrescento — No corredor do terceiro andar. Já era tarde.

— Não era tão tarde assim — responde ele dando de ombros. — Metade dos cafés da cidade ainda está aberta.

— Então por que você não estava num deles? — pergunto.

Ele dá uma risadinha.

— Gosto do terceiro andar. É tão... amarelo.

— Perdão?

— É amarelo. — Ele toca o papel de parede com uma unha pintada de preto. — O sétimo é roxo. O sexto é azul. O quinto — ele faz um gesto ao redor — claramente é vermelho.

Eu não chegaria a dizer que é claramente de qualquer cor.

— O quarto é verde — continua ele. — O terceiro é amarelo. Como sua bandana. Retrô. Legal.

Ponho a mão no cabelo.

— E o segundo? — pergunto.

— Alguma coisa entre marrom e laranja. Assustador.

Eu quase rio.

— Eu acho todos meio cinza.

— É só dar um tempo — diz ele. — Então, você acabou de se mudar? Ou curte ficar zanzando pelos corredores dos prédios, distribuindo... — ele espia o conteúdo da cesta — *muffins*?

— *Wes* — chama a garota de novo, batendo o pé, mas ele a ignora descaradamente, piscando para mim. Ela fica vermelha de raiva e desaparece dentro do apartamento. Reaparece momentos depois, empunhando uma arma.

Arremessa o livro girando pelo ar com uma mira incrível, e eu devo ter piscado, ou perdido algo, pois, no minuto seguinte, a mão de Wesley já subiu e o livro está seguro nela. E ele, sorrindo para mim.

— Só um minuto, Jill.

Ele descarta o livro, deixando-o cair ao lado enquanto examina a cesta de *muffins*.

— Esta cesta quase me matou. Acho que mereço uma compensação. — Ele já está com a mão enfiada no meio do celofane, fitas e etiquetas.

— Sirva-se — digo. — Então você mora aqui?

— Não posso dizer que sim. Aaaahh! Mirtilo! — Pega um *muffin* e lê o rótulo. — Você é uma Bishop, suponho.

— Mackenzie Bishop — confirmo. — Apartamento 3F.

— Prazer em conhecer, Mackenzie — diz, jogando o *muffin* para cima algumas vezes. — O que te trouxe a este castelo em ruínas?

— Minha mãe. Ela assumiu a missão de renovar o café.

— Você parece tão animada.

— É só que é velho... — *Informação suficiente*, adverte uma voz na minha cabeça. Uma das sobrancelhas pretas se levanta.

— Medo de aranha? Poeira? Fantasma?

— Não, essas coisas não me assustam. — *Tudo é muito barulhento aqui, como você.*

Seu sorriso é provocador, mas os olhos são sinceros.

— E então?

Sou salva por Jill, que aparece com outro livro. Uma parte de mim quer ver esse Wesley tentar se safar de um segundo arremesso, enquanto segura um livro e o *muffin* de mirtilo, mas ele se vira, conciliador.

— Certo, certo, já estou indo, fedelha. — Ele joga o primeiro livro de volta para Jill, que se atrapalha para pegá-lo. E me olha uma última vez, com seu sorrisinho de lado. — Obrigado pelo *muffin*, Mac. — Acabou de me conhecer e já me chama pelo apelido. Eu poderia mandá-lo passear, mas há um toque afetuoso no jeito como ele fala e, por algum motivo, não me importo.

— Te vejo por aí.

Um bom tempo depois que a porta do 5C se fechou, ainda estou parada ali. O arranhar das letras no meu bolso me despertam os sentidos. Vou para a escada e tiro o papel do bolso da calça.

Jackson Lerner. 16.

A História já tem idade suficiente para que eu não possa deixar de devolvê-la. Elas se desgarram muito mais rápido, quanto mais velhas ficam — de atormentadas a destruidoras numa questão de horas; até mesmo de minutos. Volto para o terceiro andar, largando a cesta no vão da escada e guardo o anel, enquanto me dirijo para a pintura do mar. Tiro o cordão com a chave do pescoço e dou várias voltas no pulso com ele, enquanto meus olhos se ajustam para localizar a fechadura dentro da pequena rachadura na parede. Enfio a chave e giro. Um clique oco; a porta desliza para a superfície, delineada pela luz. Retorno para a noite eterna dos Estreitos.

Fecho os olhos e pressiono a parede mais próxima com a ponta dos dedos até pegar o fio das lembranças, e atrás dos meus olhos os Estreitos reaparecem, sombrios, expostos e mais cinzentos, mas os mesmos. O tempo se desenrola sob meu toque, mas a lembrança para como um quadro, inalterada, até a História finalmente oscilar para dentro dele, capaz de desaparecer com um piscar de olhos. Da primeira vez, eu de fato a perco; e preciso forçar uma parada do tempo e fazer com que avance, expirando devagar, devagar, passando quadro a quadro até vê-la. Algo como *vazio vazio vazio vazio vazio vazio corpo vazio vazio* — peguei. Concentro-me, segurando a lembrança por tempo suficiente para identificar a forma de um adolescente com um casaco com capuz verde — deve ser Jackson —, e então faço a lembrança avançar. Observo-o andando da direita para a esquerda e virando na primeira esquina. Certo.

Pisco, os Estreitos mais nítidos ao meu redor quando me afasto da parede e sigo o curso de Jackson dando a volta na esquina. Começo então de novo, repetindo o processo a cada virada até fechar a lacuna, até estar quase no seu rastro. E então, quando estou lendo a quarta ou quinta parede, eu o *ouço*, não os sons abafados do passado, mas o som de passos de um corpo no presente. Abandono a lembrança e sigo o som pelo corredor, apressando-me pela curva onde me encontro cara a cara...

Comigo mesma.

Dois reflexos distorcidos do meu queixo pontudo e da minha bandana amarela mergulhados no negror que vai se espalhando pelos olhos da História, comendo a cor conforme ele se desgarra.

Jackson Lerner está parado ali, olhando para mim com a cabeça inclinada, um emaranhado de cabelo castanho-avermelhado caindo pelo rosto. Sob o capuz verde, tem aquele aspecto emaciado que os meninos, às vezes, exibem na adolescência. Como se tivessem sido esticados. Dou um pequeno passo para trás.

— Que diabos você está fazendo aqui? — diz bruscamente, as mãos enfiadas nos bolsos do jeans. — Isso é algum tipo de casa maluca, ou o quê?

Mantenho um tom neutro, equilibrado.

— Não, na verdade, não.

— Bem, aqui fede — diz ele, uma fina camada de bravata disfarçando o medo na voz. O medo é perigoso. — Quero dar o fora daqui.

Ele muda o peso de lado, sólido como carne e osso sobre o chão manchado. Bem, tão sólido quanto carne, pelo menos. As Histórias não sangram. Ele troca de lado de novo, inquieto, e então os olhos — que escurecem — encontram minha mão, onde a chave pende do cordão enrolado no meu pulso. O metal brilha.

— Você tem uma chave — aponta Jackson, o olhar acompanhando a pequena oscilação da chave. — Então, que tal você me deixar sair, hein?

Percebo a mudança de tom. O medo se transformando em raiva.

— Certo — Da diria para eu me manter firme. *As Histórias vão se desgarrar; você não pode tolerar.* Olho ao redor, para as portas mais próximas.

Mas todas estão marcadas com um *X*.

— O que você está esperando? — rosna ele. — Mandei me deixar sair.

— Certo — repito, recuando. — Vou te levar para a porta certa.

Dou mais um passo para trás. Ele não se mexe.

— É só abrir essa aqui — diz, apontando para o contorno mais perto, mesmo com um *X*.

— Não posso. Precisamos achar uma com um círculo e aí...

— Abra a porra da porta! — grita ele, tentando pegar a chave enrolada no meu pulso. Eu me esquivo.

— Jackson — digo enérgica, e o fato de eu saber seu nome faz com que ele pare. Tento uma abordagem diferente. — Você precisa me dizer para onde quer ir. Essas portas vão para lugares diferentes. Algumas nem mesmo se abrem. E outras sim, mas para lugares muito ruins.

A raiva escrita em seu rosto se transforma em frustração, uma ruga entre os olhos brilhantes, uma tristeza na boca.

— Só quero ir pra casa.

— Certo — digo, deixando escapar um pequeno suspiro de alívio. — Vamos para casa.

Ele hesita.

— Me siga — insisto. A ideia de dar as costas para ele faz disparar alguns sinais de alerta na minha cabeça, mas os Estreitos são muito, bem, *estreitos*, e saio andando, dando uma olhada para trás para ver se Jackson está comigo.

Não está.

Está parado, vários passos atrás, e olha para a fechadura de uma porta que fica no chão. A ponta do X aparece sob seu sapato.

— Vamos lá, Jackson, você não quer ir para casa?

Ele cutuca a fechadura com o pé.

— Você não está me levando para casa.

— Estou sim.

Ele ergue os olhos para mim, o olhar refletindo o fino feixe de luz vindo da fechadura a seus pés.

— Você não sabe onde é minha casa.

Claro, que esse é um argumento muito bom.

— Não, não sei.

Uma onda de raiva percorre sua expressão conforme completo.

— Mas as portas sabem — digo.

Aponto para a que está sob ele.

— É simples. O X significa que não é sua porta.

Aponto para a que está logo à frente, o círculo preenchido desenhado na superfície.

— Aquela ali, com o círculo de giz. Aquela é a sua porta. É para onde estamos indo.

A esperança passa por ele, e eu poderia me sentir mal por mentir, se tivesse escolha. Jackson me alcança e se apressa na minha frente.

— Rápido — diz, parado diante da porta, passando o dedo sobre o giz e continuando a percorrer o corredor com o olhar. Pego a chave para enfiá-la na fechadura. — Espera — diz. — O que é aquilo?

Olho para cima. Ele aponta para outra porta, bem no final do corredor, com um círculo desenhado acima da fechadura, grande o bastante para ver daqui. Droga.

— Jackson...

Ele se vira para mim.

— Você mentiu para mim, não está me levando para casa.

Ele avança um passo enquanto eu recuo, afastando-me da porta.

— Eu não...

Ele não me dá outra chance para mentir, mas tenta pegar a chave da minha mão. Eu desvio e seguro seu pulso coberto pela manga quando ele estica o braço. Torço-o em suas costas, ele grita, mas de algum jeito, numa combinação de sorte de lutador e vontade intensa, consegue se soltar. Vira-se para correr, mas alcanço seu ombro e o empurro para a frente, contra a parede.

Mantenho o braço firme contra seu pescoço, puxando para trás e para cima, com força suficiente para distraí-lo do fato que ele é quinze centímetros mais alto do que eu e ainda tem os dois braços e pernas para reagir.

— Jackson — digo, tentando manter a voz calma e equilibrada —, você está sendo ridículo. Qualquer porta com um círculo branco te leva para...

E é quando vejo metal e dou um pulo para trás bem a tempo; a faca vem num arco, rápida. Isso está errado. Histórias jamais têm armas. Seus corpos são revistados quando guardados nas prateleiras. Então, onde ele arranjou essa?

Dou um chute e o mando girando para trás. Ganho apenas um instante, mas longo o bastante para dar uma boa olhada na lâmina em sua mão. Ela brilha no escuro: aço novo, tão longa quanto a minha mão, um furo no cabo para que possa ser girada. Uma arma *ótima*. E não tem jeito de pertencer a um adolescente encrenqueiro com um casaco de capuz velho e péssima atitude.

Mas quer seja dele, quer tenha sido roubada, ou alguém tenha dado a ele — uma possibilidade que sequer quero considerar —, nada muda o fato de que, neste exato momento, é ele quem tem a faca na mão.

E eu não tenho nada.

SETE

Tenho onze anos e você é mais forte do que parece.

Você me leva para o sol de verão para me mostrar como lutar. Seus membros são armas, brutalmente rápidos. Passo horas tentando descobrir como evitá-los, como desviar, rolar, antecipar, reagir. É sair da frente ou ser atingida.

Estou sentada no chão, exausta e esfregando as costelas onde você me acertou, mesmo eu tendo visto você tentar se segurar.

— Você disse que ia me ensinar a lutar — digo.

— E estou ensinando.

— Você só está me mostrando como me defender.

— Acredite em mim. Você precisa aprender isso primeiro.

— Quero aprender a atacar. — Cruzo os braços. — Sou forte o bastante.

— Lutar não é uma questão de usar sua força, Kenzie, mas de usar a das Histórias. Elas sempre serão mais fortes. A dor não se mantém, então não dá para machucá-las, não de verdade. Elas não sangram e, se você matá-las, não ficam mortas. Morrem e voltam. Você morre e não volta.

— Posso ter uma arma?

— Não, Kenzie — diz você, bruscamente. — Jamais carregue uma arma. Jamais conte com qualquer coisa que não esteja presa a você, que possa ser tomada de você. Agora, de pé.

Tem horas em que quero quebrar as regras de Da. Como agora, olhando para a lâmina afiada nas mãos de uma História fugitiva. Mas não quebro as regras dele, nunca. Às vezes quebro as do Arquivo, ou as forço um pouco, mas não as de Da. E elas devem funcionar, pois ainda estou viva.

Por enquanto.

Jackson brande a faca e dá para perceber, pelo jeito como a segura, que não está familiarizado com a arma. Ótimo. Pelo menos, tenho uma chance de tirá-la dele. Arranco a bandana amarela da cabeça e a aperto entre as mãos. Forço minha boca a sorrir, pois ele pode ter a vantagem que as coisas afiadas oferecem, mas, mesmo quando o jogo se torna físico, jamais deixa de ser mental.

— Jackson — digo, esticando o tecido —, você não precisa...

Alguma coisa se move no corredor atrás dele. Uma sombra que passa e desaparece, uma forma escura com uma coroa prateada. Súbita o suficiente para chamar minha atenção, afastando-a de Jackson por apena um segundo.

Momento no qual, é claro, ele ataca.

Seus membros são mais longos que os meus e isso é tudo que posso fazer para me desviar. Ele luta como um animal. Descuidado. Mas também segura a faca da maneira errada, deixando um espaço entre o punho e a lâmina. Quase não dá para ver o golpe seguinte, de tão rápido; eu me inclino para trás, mas seguro o terreno. Tenho uma ideia, mas isso significa me aproximar, o que é sempre arriscado quando a outra pessoa tem uma faca. Ele golpeia novamente e tento girar o corpo, colocar os braços de um lado, um acima e outro abaixo da faca; mas não sou rápida o bastante, e a lâmina raspa meu antebraço. A dor queima a pele, mas eu quase consigo — e é certo que, na segunda vez, ele erra o golpe e eu me desvio corretamente, levantando um braço e abaixando o outro, de forma que a faca corta o espaço circular entre meus braços e a bandana. Ele percebe a armadilha tarde demais, pula para trás; mas eu giro a mão para baixo, enrolando o pano na faca, no espaço entre sua mão e a lâmina. Aperto firmemente e chuto no meio do casaco verde com minha bota, com toda força, ele se desequilibra e solta a arma.

Afrouxo o pano e a faca cai, com o cabo na palma da minha mão direita enquanto Jackson mergulha para a frente, agarrando-me pela cintura e jogando nós dois no chão. Ele arranca o ar dos meus pulmões como uma tijolada nas costelas, e a lâmina sai deslizando pela escuridão.

Pelo menos a luta agora ficou justa. Ele pode ser forte, fortalecido ainda mais ao se desgarrar, mas é claro que não teve um avô que via o treinamento de combate como uma oportunidade de estabelecer vínculos. Tiro a perna de debaixo dele e consigo apoiar o pé na parede, ao menos uma vez achando bom os Estreitos serem tão estreitos. Empurrando, rolo por cima de Jackson bem a tempo de escapar de um soco desajeitado.

E é quando vejo, bem em cima de seu ombro.

Uma fechadura.

Não a marquei, então não sei aonde vai dar, ou se minha chave ao menos funciona nela, mas tenho que fazer algo. Arrancando meu pulso e a chave do aperto dele, enfio os dentes de metal pelo buraco e giro, segurando o fôlego até ouvir um clique. Vejo os olhos enlouquecidos de Jackson logo antes da porta se abrir caindo e nós dois despencarmos para baixo.

O espaço muda de repente e, em vez de cair para baixo, caímos para a frente, esparramados pelo mármore frio do chão da antecâmara dos Arquivos.

Vejo a mesa da frente com o canto dos olhos, uma placa de SILÊNCIO, POR FAVOR, uma pilha de papéis e uma garota de olhos verdes observando por cima dela.

— Essa não é a sala dos Retornos — diz, a voz com um toque de humor. Ela tem o cabelo da cor de sol e areia.

— Deu para perceber — rosno enquanto tento imobilizar Jackson, que bufa, esperneia e xinga. — Dá para dar uma mãozinha?

Seguro Jackson no chão por uns dois segundos até ele dar um jeito de ficar de joelhos e botar o sapato entre nós dois.

A jovem Bibliotecária se levanta enquanto o rapaz usa a bota para me jogar longe, de costas no chão duro. Ainda estou ali, mas Jackson já está quase de pé quando a Bibliotecária dá a volta na mesa e alegremente enfia algo fino, pontudo e brilhante nas costas dele. O rapaz arregala os olhos e, quando ela torce a arma, ouço um barulho, como o de uma tranca se fechando ou de um osso se quebrando, e toda a vida desaparece dos olhos de Jackson Lerner. Ela recua e ele despenca no chão com o barulho surdo e repulsivo do peso morto. Vejo então que o que ela segura não é exatamente uma arma, mas uma espécie de chave. Tem um brilho dourado, um lugar para segurar e a lâmina, mas nenhum dente.

— Isso foi divertido — diz.

Algo similar a uma risada transparece nos cantos de sua voz. Eu já a vi circulando entre as estantes. Sempre chama minha atenção, pois é devastadoramente jovem. Um jeito de menina. Bibliotecários são alto escalão, e a grande maioria é mais velha, experiente. Mas essa garota parece ter uns vinte anos.

Levanto-me aos trancos.

— Preciso de uma chave dessas — digo.

Ela ri.

— Você não poderia segurá-la. Literalmente.

Ela a estende para mim, mas no momento em que meus dedos tocam o metal, começam a formigar e ficar entorpecidos. Tiro a mão e ela começa a rir de novo, enquanto some com a chave no bolso do casaco.

— Caiu pela porta errada? — pergunta, logo antes das grandes portas duplas atrás da mesa se escancararem.

— O que está acontecendo? — diz uma voz muito diferente.

Patrick irrompe na sala, os olhos atrás dos óculos pretos passando da Bibliotecária para o corpo de Jackson no chão e para mim.

— Carmen — diz ele, ainda prestando atenção em mim —, por favor, cuide disso.

Ela sorri e, apesar de seu tamanho, arrasta o corpo por um par de portas entalhadas diretamente nas paredes curvas da antecâmara. Pisco. Nunca as tinha percebido antes. No momento em que se fecham atrás dela, já não consigo mais discerni-las. Meus olhos se perdem.

— Senhorita Bishop — diz Patrick laconicamente. A sala está em silêncio, a não ser por minha respiração ofegante —, você está sangrando no meu piso.

Olho para baixo e percebo que ele tem razão. A dor se espalha, subindo pelo braço e eu olho o lugar onde a faca de Jackson cortou o tecido e arranhou a pele. Minha manga está manchada de vermelho, uma linha fina escorrendo por minha mão e pela chave, pingando no chão. Patrick olha com repugnância para as gotas que caem sobre o granito.

— A senhorita teve um problema com as portas? — pergunta.

— Não — respondo, tentando fazer graça. — As portas estão bem. Tive um problema com a *História*.

Sequer um sorriso.

— Necessita de cuidados médicos? — pergunta ele.

Estou zonza, mas acho melhor não demonstrar. Com certeza, não na frente dele.

Todas as seções contam com um Bibliotecário com treinamento médico, com a finalidade de manter a discrição dos ferimentos relacionados ao trabalho, e Patrick é o encarregado desta seção. Se eu disser que sim, ele vai me tratar; mas também terá uma desculpa para reportar o incidente e não haverá nada que Roland possa fazer para deixar isso fora dos livros. Minha ficha já não é limpa, então balanço a cabeça.

— Eu vou sobreviver. — Uma mancha amarela atrai meu olhar. Pego minha bandana do chão e a enrolo em torno do corte. — Mas gostava muito dessa camisa — adiciono, da maneira mais casual possível.

Ele franze a testa e acho que vai me passar um sermão ou me reportar, de qualquer jeito, mas quando fala novamente, apenas diz:

— Vá se limpar.

Aceno com a cabeça e volto para os Estreitos, deixando um rastro vermelho para trás.

OITO

Estou horrorosa.

Vasculhei os Estreitos, mas a faca de Jackson não estava em lugar nenhum; quanto à sombra estranha que vi durante a luta, aquela com a coroa prateada... talvez meus olhos tenham me pregado uma peça. Isso acontece às vezes, quando estou sem o anel. Basta encostar de modo errado numa superfície para ver o passado e o presente sobrepostos. As coisas podem ficar embaralhadas.

Concentro-me, procurando manter o foco na tarefa atual.

O corte no braço é mais profundo do que pensei e sangra pela gaze antes que eu consiga fechar o curativo. Jogo outro pedaço estragado de pano na bolsa plástica que, no momento, serve de lixeira e jogo água fria no corte enquanto vasculho no fundo do kit de primeiros socorros que juntei ao longo dos anos. Minha camisa está embolada no chão e dou uma olhada no meu reflexo, a teia de cicatrizes finas pela barriga e braços, o machucado no ombro. Nunca estou sem nenhuma marca do meu trabalho.

Tiro o antebraço da água, seco o corte e finalmente consigo cobri-lo com a gaze. Gotas vermelhas deixaram um caminho pela bancada do banheiro até dentro da pia.

— Eu te batizo — murmuro para a pia quando termino de enfaixar o corte. Na cozinha, pego a sacola de lixo e a enfio noutra maior, com cuidado para enterrar todas as provas dos meus primeiros socorros imediatamente antes de minha mãe aparecer com um *muffin* ligeiramente amassado, mas ainda dentro do celofane, numa mão e a cesta na outra. Os *muffins* ali dentro esfriaram, e uma camada de condensação embaça as embalagens. Droga. Sabia que tinha esquecido alguma coisa.

— Mackenzie Bishop — diz, largando a bolsa na mesa da sala de jantar, que ainda é a única peça da mobília montada —, o que é isso?

— Um *muffin* de boas-vindas?

Ela larga a cesta de lado, com uma batida surda.

— Você disse que ia *entregá-los*. Não deixá-los nos tapetes da entrada das casas e abandonar a cesta na escada. E onde esteve? — pergunta bruscamente. — Isso não pode ter levado a manhã inteira. Você não pode simplesmente desaparecer... — Ela é um livro aberto: raiva e preocupação mal disfarçadas por um sorriso apertado, que ela espera que pareça casual, mas que sugere dor. — Eu pedi sua ajuda.

— Eu bati, mas não tinha ninguém nas casas — respondo igualmente irritada, a dor e o cansaço me envolvendo. — A maioria das pessoas tem empregos, mãe. Empregos normais. Do tipo que as faz acordar e sair para o escritório e depois voltar para casa.

Ela esfrega os olhos, o que significa que, o que quer que esteja prestes a dizer, foi ensaiado.

— Mackenzie. Olha. Eu estava conversando com Colleen, e ela disse que você precisa viver o luto de sua própria maneira...

— Você só pode estar de brincadeira.

— ... e quando isso se soma à sua idade e o desejo natural pela rebelião...

— Pode parar. — Minha cabeça começa a doer.

— ... Sei que você precisa de espaço. Mas também precisa aprender a ter disciplina. O Café Bishop é um negócio da família.

— Mas não era um *sonho* da família.

Ela se espanta.

Quero ignorar a dor escrita em seu rosto. Quero ser egoísta, jovem e normal. A M seria assim. Ela precisaria de espaço para seu luto. Seria rebelde porque seus pais simplesmente não eram legais, não porque um estava usando uma horripilante máscara de felicidade e o outro era um fantasma. Ela ficaria distante por estar pensando nos garotos da escola, não porque está cansada de caçar as Histórias dos mortos por aí, ou distraída com a nova casa que já foi um hotel, onde as paredes estão repletas de crimes.

— Desculpa — digo. Então acrescento: — Acho que Colleen está certa. — As palavras se arrastam pela minha garganta. — Talvez eu só precise de um pouco de tempo. — São muitas mudanças. Mas eu não quis te enrolar.

— Aonde você foi?

— Estava conversando com uma vizinha — digo. — A senhora Angelli. Ela me convidou para entrar e eu não quis ser mal-educada. Ela é do tipo que parece solitária, e a casa dela é cheia de coisas antigas, então fiquei por lá com ela um pouco. Tomamos chá, e ela me mostrou suas coleções.

Da chamaria isso de extrapolação. É mais fácil do que uma mentira total, pois contém sementes de verdade. Não que mamãe seja capaz de saber se eu estava contando um mentira descarada, mas faz com que eu me sinta um pouco menos culpada.

— Ah. Isso foi... muito gentil — diz ela, parecendo magoada por eu preferir tomar chá com uma estranha do que conversar com ela.

— Eu deveria ter prestado mais atenção ao tempo — falei e, com mais culpa ainda, acrescentei: — Me desculpe. — Esfrego os olhos e começo a me virar para o quarto. — Vou esvaziar algumas caixas.

— Vai ser bom para nós — ela promete. — Será uma aventura. — Embora isso soe alegre quando o papai diz, deixa os lábios dela como se um pouco de ar fosse tirado de seus pulmões. Desesperada. — Prometo, Mac. Uma aventura.

— Eu acredito em você — respondo. E como não sei o que ela quer mais, consigo sorrir e dizer — Eu amo você.

As palavras têm um gosto estranho e quando vou para o quarto e para a cama à minha espera, não consigo saber por quê. Mas quando cubro minha cabeça com as cobertas, a ficha cai.

Foi a única coisa que eu disse que não era mentira.

Tenho doze anos, a menos de seis meses de me tornar uma Guardiã, e mamãe está furiosa porque você está sangrando. Ela te acusa de brigar, de beber, de se recusar a envelhecer com graça.

Você acende um cigarro e passa os dedos pelas mechas grisalhas do cabelo e deixa que ela acredite que foi uma briga de bar, deixa que ela acredite que você está procurando encrenca.

— É difícil — pergunto quando ela sai pela porta — mentir tanto assim?

Você dá uma tragada funda e bate as cinzas na pia, onde sabe que ela vai ver. Não deveria mais estar fumando.

— Não, difícil não. Mentir é fácil. Mas é solitário.

— Como assim?

— Quando a gente mente para todo mundo sobre tudo, o que sobra? O que é verdadeiro?

— Nada — respondo.

— Exatamente.

O telefone me acorda.

— Oi, oi — diz Lyndsey. — Check-in diário!

— Oi, Lynds — falo enquanto bocejo.

— Tava dormindo? Que preguiçosa!

— Estou tentando corresponder à imagem que sua mãe tem de mim.

— Não liga pra ela. Então, notícias do hotel? Já encontrou algum fantasma?

Eu me sento, as pernas penduradas para fora da cama. Tenho o garoto ensanguentado nas paredes, mas não acho que seja algo que eu possa compartilhar.

— Nada de fantasmas, mas vou continuar procurando.

— Preste mais atenção! Um lugar desses? Deve estar cheio de coisas assustadoras. Está por aí há uns, sei lá, cem anos.

— Como é que você sabe disso?

— Eu pesquisei! Você não acha que eu ia te deixar se mudar para uma mansão mal-assombrada sem dar uma olhada na história, né?

— E o que você descobriu?

— Nada, por incrível que pareça. Tipo, nada *suspeito*. Era um hotel, e o hotel virou prédio residencial depois da Segunda Guerra. Teve um grande boom financeiro na época e a conversão apareceu num monte de jornais, mas depois de uns anos, o lugar simplesmente sumiu do mapa... Nenhum artigo, nada.

Fico séria e me levanto da cama. A senhora Angelli admitiu que este lugar era cheio de histórias. Então, onde é que estão? Supondo que *ela* não possa ler as paredes, como sabe dos segredos do Coronado? E por que resistiu a falar deles?

— Aposto que é tipo uma conspiração do governo — Lynds continua falando. — Ou um programa de proteção a testemunhas. Ou um daqueles reality shows de terror. Você viu se tem alguma câmera?

Eu rio, mas em silêncio, olhando para o chão manchado de sangue, imagino se a realidade não é pior.

— Pelo menos você tem vizinhos que parecem ter saído de um filme do Hitchcock ou de um livro do Stephen King?

— Bem, até agora conheci uma colecionadora de antiguidades que sofre de obesidade mórbida e um garoto que passa delineador nos olhos.

— Eles chamam de *guyliner,* delineador para os caras — diz ela.

— Sei. Bem. — Espreguiço e vou para a porta do quarto. — Eu chamaria de idiota, mas ele até que é bonitinho. E não sei dizer se o delineador o deixa mais interessante ou se ele é bonitinho apesar do delineador.

— Pelo menos você tem coisas bonitas para olhar.

Desvio das gotas fantasmagóricas no chão e me arrisco pelo apartamento. Está anoitecendo, e não há nenhuma luz acessa.

— E como *você* está indo? — pergunto. Lyndsey tem o dom da normalidade. Eu me delicio com isso. — Cursos de verão? Pré-vestibular? Curso de línguas? Novos instrumentos? Salvando países sem ajuda de ninguém?

Lyndsey ri. É muito fácil para ela.

— Você faz parecer que sou uma perfeccionista.

Sinto o arranhão das letras e tiro a lista do bolso do jeans.

Alex King. 13.

— Isso é porque você *é* uma perfeccionista — digo.

— Só gosto de me manter ocupada.

Então venha para cá, penso, guardando a lista. *Este lugar ia te ocupar bastante.*

Ouço claramente o dedilhar nas cordas de um violão.

— Que barulho é esse? – pergunto.

— Estou afinando, só isso.

— Lyndsey Newman, você realmente está comigo no viva-voz só para poder conversar e afinar o violão ao mesmo tempo? Você está profanando a santidade de nossas conversas!

— Relaxa. Meus pais saíram. Algum tipo de baile de gala. Partiram com roupas bacanas há uma hora. E os seus?

Acho dois bilhetes no balcão da cozinha.

O da minha mãe diz: *Mercado! Beijos, mamãe.*

O do meu pai: *Fui dar um pulo no trabalho. P.*

— Igualmente fora — digo —, mas sem as roupas bacanas e também sem estar juntos.

Volto para o quarto.

— Está com a casa só pra você? — pergunta ela. — Espero que você esteja dando uma festa.

— Mal consigo ouvir com essa música alta e a bebedeira. Acho melhor mandarem fazer silêncio antes que alguém chame a polícia.

— A gente se fala, valeu? — diz. — Estou com saudades.

Ela está sendo sincera.

— Também sinto saudade de você, Lynds.

Eu também estou sendo.

O telefone fica mudo. Eu o jogo na cama e olho para o chão, para as manchas desbotadas no piso do meu quarto.

Sou devorada por perguntas. O que aconteceu neste quarto? Quem era o garoto? E de quem era o sangue em cima dele? E talvez isso não seja trabalho para mim, talvez seja uma infração investigar, um uso errado do poder, mas todos os membros do Arquivo fazem o mesmo juramento:

SERVAMUS MEMORIAM.

Protegemos o passado. E da maneira como vejo as coisas, isso significa que precisamos compreendê-lo.

E se nem as ferramentas de busca da Lyndsey nem a senhora Angelli vão me contar alguma coisa, terei que fazer isso sozinha. Tiro o anel do dedo e, antes de ter tempo de mudar de ideia, me ajoelho, volto a pressionar as mãos no chão e vou em busca do passado.

NOVE

Há uma garota sentada na cama, os joelhos encolhidos sob o queixo.

Percorro as lembranças para trás até encontrar o pequeno calendário ao lado da cama mostrando o mês de março, o vestido azul na cadeira do canto, o livro preto na mesa de cabeceira.

A garota na cama é magra, tem um jeito delicado, o cabelo é louro, fino, caindo em ondas pelo rosto esguio. É mais nova do que eu, e conversa com o garoto das mãos ensanguentadas, só que agora as mãos ainda estão limpas. As palavras dela são um murmúrio, nada mais do que estática, e o garoto não para quieto. Dá para ver, pelos olhos dela, que ela fala devagar, insistentemente, mas as respostas do garoto são urgentes, pontuadas pelas mãos, que se movem pelo ar em gestos amplos. Ele não parece muito mais velho do que ela, mas, a julgar por seu rosto febril e pelo jeito como oscila, andou bebendo. Parece que está prestes a vomitar. Ou gritar.

A garota percebe isso, pois desce da cama e oferece o copo com água que estava em cima da penteadeira. Ele joga o copo longe com um tapa forte e o vidro se estilhaça: o som não é mais do que a lembrança de uma trepidação. Aperta os dedos no braço dela. Ela o empurra para longe algumas vezes até ele soltar e tropeçar para trás, na estrutura da cama. Ela se vira, corre. Ele se levanta, pegando um grande caco de vidro do chão. Faz um corte na mão enquanto dispara atrás dela. A garota está na porta quando o rapaz a alcança e os dois caem no corredor.

Arrasto a mão pelo chão até poder vê-los pela porta, mas então desejo não ter visto. Ele está em cima dela, os dois são uma confusão de vidro, sangue, braços e pernas lutando, os pés delicados dela chutando enquanto ele a aperta contra o chão.

E então a luta fica mais lenta. Em seguida, para.

Ele larga o caco ao lado do corpo dela e se levanta cambaleando, e é quando consigo vê-la, os cortes nos braços, um muito mais profundo na garganta. O caco de vidro enfiado na palma da mão dela. O rapaz se inclina sobre ela por um momento antes de se virar para o banheiro. Na minha direção. Está coberto de sangue. O sangue *dela*. Meu estômago se retorce; resisto ao impulso de sair correndo. Ele não está aqui. Eu não estou lá.

Você a matou, murmuro. Quem é você? Quem é ela?

Ele cambaleia para dentro do quarto e fraqueja por um momento; então se agacha, balançando. Mas levanta em seguida. Olha para si mesmo, o brilho do vidro quebrado a seus pés, e para o corpo. Começa a esfregar as mãos ensanguentadas devagar e, depois, freneticamente na camisa ensopada. Corre para o armário e arranca um casaco preto dum cabide, forçando-o a cobri-lo e abotoar. Foge em seguida e eu fico lá, olhando para o corpo da garota no corredor.

O sangue encharca seus cabelos louros, pálidos. Ela está de olhos abertos e, naquele momento, tudo o que eu gostaria de fazer era ir até lá e fechá-los.

Tiro as mãos do chão e abro os olhos; a lembrança se estraçalha no agora, levando o corpo consigo. O quarto é o meu quarto novamente, mas ainda vejo a menina daquele jeito horrível, como um eco distante, como se tivesse sido gravada a fogo na minha visão. Coloco o anel de volta, pulando por cima de metade das caixas enquanto me concentro na necessidade imediata de dar o fora deste apartamento.

Bato a porta do 3F atrás de mim e me encosto nela, escorrego até o chão e aperto a palma das mãos contra os olhos, respirando dentro do espaço entre o peito e os joelhos.

A repulsa se agarra à minha garganta e faço força para engolir, imaginando Da olhando para mim e rindo atrás da fumaça, dizendo como pareço boba. Imagino o conselho que me encarregou enxergando através dos mundos e me declarando inapta. Não sou M, penso. Não uma garotinha idiota que gosta de arrumar confusão. Sou mais do que isso. Sou uma Guardiã. Sou a substituta de Da.

Não é o sangue, sequer o crime, embora ambos me embrulhem o estômago. É o fato de que ele *fugiu*. E só consigo pensar se ele escapou. Terá escapado depois daquilo?

Subitamente, preciso me mexer, caçar, fazer alguma coisa. Eu me levanto, e, me firmando contra a porta, tiro a lista do bolso, grata por ter um nome.

Mas o nome sumiu. O papel está em branco.

— Parece que um *muffin* ia te cair bem.

Enfio o papel de volta no jeans e dou com Wesley Ayers do outro lado do corredor, jogando um *muffin* de *Boas-vindas!* ainda fechado para cima e para baixo, como uma bola de beisebol. Não estou a fim disso no momento, fazer cara de que está tudo normal.

— Você ainda está com isso? — pergunto desanimada.

— Ah, eu comi o meu — responde ele, vindo na minha direção pelo corredor. — Afanei esse do 6B. Os moradores estão passando a semana fora da cidade.

Aceno com a cabeça.

Quando me alcança, sua expressão muda.

— Você está bem?

— Estou — minto.

Ele coloca o *muffin* no tapete.

— Parece que você precisa de um pouco de ar puro.

Eu preciso é de respostas.

— Tem algum lugar aqui onde ficam os registros? Livros ou alguma outra coisa?

A cabeça de Wesley se inclina enquanto ele pensa.

— Tem o escritório. A maioria dos livros velhos, clássicos, qualquer coisa que possa parecer, tipo, ter que ficar num escritório. Pode ser que tenha alguma coisa. Mas é meio que o contrário de ar fresco, e tem esse jardim que eu ia mostrar para...

— Seguinte. Diz para mim onde é o escritório, e depois você pode me mostrar o que bem entender.

O sorriso de Wesley se ilumina, do queixo pontudo até as fios arrepiados do cabelo.

— Fechado.

Ele desvia do elevador e desce comigo o lance de escadas de concreto até a grande escadaria e, de lá, para o saguão. Mantenho a distância, lembrando-me da última vez que ele me tocou. Está vários degraus na minha frente e, deste ângulo, dá para ver logo abaixo do colarinho da camisa preta. Alguma coisa brilha; um pingente num cordão de couro. Eu me inclino, tentando ver...

— Aonde vocês vão? — pergunta uma vozinha. Wesley dá um pulo e aperta o peito.

— Caramba, Jill! — exclama. — Isso é jeito de assustar um cara na frente de uma garota?

Preciso de alguns segundos para encontrar Jill, mas, por fim, a vejo numa das cadeiras de couro de encosto alto, num canto, lendo um livro, que chega até a ponte de seu nariz. Ela percorre as páginas com olhos azuis penetrantes, e, de vez em quando, olha para cima, como se estivesse esperando por alguma coisa.

— Ele se assusta fácil — avisa Jill.

Wesley passa os dedos pelo cabelo e consegue dar uma risadinha.

— Não é uma das minhas melhores qualidades.

— Você tem que ver o que acontece quando ele leva um susto de verdade — sugere ela.

— Chega, pirralha.

Jill vira a página com um floreio.

Wesley me lança um olhar e me oferece o braço.

— Adiante?

Sorrio de leve, mas recuso a oferta.

— Depois de você — respondo.

Ele vai na frente pelo saguão.

— Mas o que você está procurando, afinal?

— Só queria saber mais sobre o prédio. Você sabe de alguma coisa?

— Não posso dizer que sim.

Ele me leva por um corredor do outro lado da grande escadaria.

— Aqui estamos — diz, empurrando a porta do escritório. O lugar está repleto até o teto com livros. Uma mesa de canto e algumas cadeiras de couro completam a mobília, e examino as lombadas em busca de qualquer coisa útil. Meus olhos percorrem enciclopédias, vários volumes de poesia, as obras completas de Dickens...

— Vamos lá, vamos lá — chama ele, atravessando a sala. — Vamos continuar.

— O escritório primeiro, lembra?

— Eu mostrei onde é. — Faz um gesto apontando a sala enquanto segue para um par de portas do outro lado. — Você pode voltar mais tarde. Os livros não vão a lugar nenhum.

— Me dê só um...

Ele escancara as portas. Além delas, há um jardim banhado pela luz do entardecer, cheio de ar e caos. Wesley pisa nas pedras cobertas de limo e eu me forço a desviar a atenção dos livros e ir atrás dele.

A luz do crepúsculo joga um halo sobre o jardim, as sombras entrelaçadas pelas trepadeiras, cores escurecendo, mais profundas. É um espaço antigo e fresco ao mesmo tempo, e esqueço como sentir o verde me fez falta. Nossa antiga casa tinha um pequeno quintal, mas não se comparava à casa de Da. Ele tinha a cidade diante de si, mas o campo por trás, a terra se estendendo numa massa selvagem. A natureza cresce continuamente, mudando, uma das poucas coisas que não guardam lembranças. A gente esquece quanta coisa se junta no mundo, nas pessoas e nas coisas, até se ver cercada pelo verde. E mesmo que os outros não ouçam, vejam ou sintam o passado do mesmo jeito que eu, me pergunto se as pessoas normais também sentem isso — o silêncio.

— "O sol se recolhe" — diz Wes em voz baixa, com reverência. — "O que do dia sobreviveu, se foi. Apressa-se e eis que um novo mundo está vivo."

Minhas sobrancelhas devem estar no alto da testa, pois, quando ele olha para mim por cima do ombro, mostra aquele seu sorriso enviesado.

— Que foi? Não fica com essa cara de surpresa. Por trás deste cabelo incrível existe algo vagamente parecido com um cérebro. — Ele atravessa o jardim até um banco de pedra coberto de hera e afasta os ramos para mostrar as letras gravadas na pedra. — É *Fausto* — diz. — E consigo passar um bocado de tempo aqui.

— Dá para entender por quê. — É uma benção. Uma benção intocada por cinquenta anos. O lugar é selvagem, desordenado. E perfeito. Um refúgio de paz na cidade.

Wesley se larga no banco. Enrola as mangas e se deita para observar as nuvens rajadas, assoprando uma mecha preta e azul de cabelo do rosto.

— O escritório nunca muda, mas esse lugar fica diferente a cada momento, e a melhor hora é no pôr do sol. Além disso — ele gesticula em direção ao Coronado —, posso fazer um tour mais completo contigo outra hora.

— Achei que você não morasse aqui — digo, olhando para o céu que escurece.

— Eu não. Mas minha prima, Jill, mora, com a mãe dela. Jill e eu somos filhos únicos, então procuro ficar de olho nela. Você tem irmãos?

Meu peito se aperta e, por um momento, não sei como responder. Ninguém nunca perguntou aquilo, não desde que Ben morreu. Na nossa outra cidade, todo mundo sabia e ia direto para os lamentos e condolências. Não quero nada disso de Wesley, então balanço minha cabeça, odiando-me no momento exato em que faço isso, como se estivesse traindo Ben, a memória dele.

— Isso, então você sabe como é. A gente pode se sentir sozinho. E andar por esse lugar velho é melhor do que a alternativa.

— Que é? — vejo-me perguntando.

— Meu pai. Noiva nova. Satã de saias. Então acabo ficando por aqui, quase sempre. — Ele relaxa, as costas acompanhando a curva do banco.

Fecho os olhos, apreciando a sensação do jardim, o ar fresco e o cheiro de flores e mato. O horror oculto no meu quarto começa a parecer distante, controlável, apesar da pergunta ainda sussurrar na minha cabeça: *Ele escapou?* Respiro fundo e tento afastá-la dos pensamentos, ao menos por um instante.

Então sinto Wesley se levantar e vir para o meu lado. Seus dedos deslizam entre os meus. O ruído demora um instante até seu anel bater no meu, os graves e as batidas martelando pelo meu braço e atravessando meu peito. Tento empurrar de volta, bloqueá-lo do lado de fora, mas isso só piora tudo.

— Parece que você perdeu uma luta contra a mudança — diz, apontando para o curativo no meu antebraço.

Tento rir.

— É o que parece.

Ele baixa minha mão e solta os dedos. O ruído diminui, sumindo gradualmente do meu peito até eu conseguir respirar, como se estivesse saindo da água. Meus olhos são novamente atraídos pelo cordão de couro em seu pescoço, o pingente escondido sob o tecido preto da camisa. Meu olhar percorre seus braços, passando pelas mangas enroladas, até a mão que acaba de soltar a minha. Mesmo no crepúsculo, dá para ver uma discreta cicatriz.

— Parece que você mesmo andou perdendo algumas brigas também — digo, passado os dedos pelo ar próximo à sua mão, sem ousar tocar. — Como conseguiu isso?

— Uma missão de espionagem. Não foi muito legal.

Uma linha torta cobre o dorso de sua mão.

— E essa?

— Uma luta com um leão.

Observar Wesley mentir é fascinante.

— E essa?

— Peguei uma piranha com as mãos.

Por mais absurda que seja a história, ele fala de um jeito firme e simples, com a facilidade da honestidade. Um arranhão corta sua testa.

— E essa?

— Uma briga de faca num beco de Paris.

Procuro marcas em sua pele, nossos corpos se aproximando, mas sem toques.

"Um pombo que atravessou a janela."

"Furador de gelo."

"Lobo."

Levanto a mão, os dedos pairando sobre um corte na linha do cabelo.

— E essa?

— Uma História.

Tudo para.

Sua expressão muda logo após ele dizer isso, como se tivesse levado um soco no estômago. O silêncio se instala entre nós.

E então ele faz uma coisa incompreensível. Sorri.

— Se você fosse inteligente — diz lentamente —, teria me perguntado o que é uma História.

Ainda estou paralisada quando ele estica a mão e passa um dedo pelas três linhas gravadas na superfície do meu anel. Em seguida, gira um de seus próprios anéis para revelar um grupo de linhas idêntico ao meu ainda que mais limpo. A insígnia do Arquivo. Como não reajo — pois nenhuma mentira fácil me ocorre e agora é tarde demais —, ele diminui a distância entre nós, aproxima-se o bastante para que eu *quase* volte a ouvir o som do baixo irradiando de sua pele. Ele então puxa o cordão do meu pescoço com o polegar em gancho, guiando minha chave para fora da blusa. Ela brilha no crepúsculo. Ele então pega a chave pendurada em seu próprio pescoço.

— Agora sim — diz alegremente. — Estamos na mesma página.

— Você sabia — digo, afinal.

Ele franze a testa.

— Soube desde o momento em que você apareceu no corredor ontem à noite.

— Como?

— Você olhou direto para a fechadura. Disfarçou bem o olhar, mas eu estava prestando atenção nisso. Patrick me disse que teria um outro Guardião por aqui. Eu queria ver com meus próprios olhos.

— Engraçado, porque Patrick não me disse *nada* sobre ter um antes de mim aqui.

— O Coronado não é exatamente meu território. Há muito tempo que não é de ninguém. Eu gosto de dar uma olhada em Jill e conferir o lugar enquanto estou por aqui. É um prédio velho, sabe como é. — Ele dá um peteleco com a unha na chave. — Até tenho acesso especial. Suas portas são as minhas portas.

— Então foi você que limpou minha lista — digo, as peças se encaixando. — Havia nomes na minha lista e eles simplesmente desapareceram.

— Ah, desculpa. — Ele esfrega o pescoço. — Nem pensei nisso. Esse lugar tem sido compartilhado há tanto tempo. Eles sempre deixam as portas do Coronado destrancadas para mim. Não queria te prejudicar.

Um momento de silêncio paira entre nós.

— Pois é — diz ele.

— É — digo.

Um sorriso começa a se mostrar enviesado no rosto de Wesley.

— O quê? — pergunto.

— Ah, qual é, Mac... — Ele sopra uma mecha de cabelo do rosto.

— Qual é o quê? — digo, ainda o avaliando.

— Você não acha maneiro? — Ele desiste e ajeita o cabelo com os dedos. — Conhecer outro Guardião?

— Nunca conheci nenhum, só o meu avô. — Pode parecer ingenuidade, mas nunca me ocorreu pensar nos outros. Quero dizer, eu sabia que existiam, mas longe dos olhos, longe da mente. Os territórios, as seções do Arquivo: acho que realmente são todos feitos para que a gente se sinta como filho único. Exclusivo. Ou solitário.

— Eu também — diz Wes. — Que experiência amplificadora. — Ele acerta os ombros diante de mim. — Meu nome é Wesley Ayers e sou um Guardião. — Ele abre um sorriso de ponta a ponta assim que termina de dizer isso. — É gostoso falar isso em voz alta. Experimenta.

Olho para ele, as palavras param na minha garganta. Passei quatro anos com este segredo entalado dentro de mim. Quatro anos mentindo, escondendo-me, e sangrando, para ocultar quem eu sou de todos com quem encontro.

— Meu nome é Mackenzie Bishop — digo. Quatro anos desde que Da morreu, e nem um único deslize. Nem para mamãe, nem para papai, sequer para Lynds. — E sou uma Guardiã.

O mundo não acaba. As pessoas não morrem. As portas não se abrem. A Equipe não aparece para me prender. Wesley Ayers sorri o suficiente por nós dois.

— Eu patrulho os Estreitos — diz.

— Eu caço Histórias — digo.

— Eu as devolvo para o Arquivo.

Vira um jogo, sussurrado e ofegante.

— Escondo quem eu sou.

— Luto com os mortos.

— Minto para os vivos.

— Estou só.

E então entendo por que Wes não consegue parar de sorrir, mesmo parecendo idiota com seu delineador nos olhos, cabelos pretos como breu, queixo rígido e cicatrizes. Não estou só. As palavras dançam na minha mente, nos olhos dele e de encontro a nossos anéis e chaves, e agora eu também sorrio.

— Obrigada — digo.

— O prazer foi meu — ele responde, olhando para o céu. — Está ficando tarde. É melhor eu ir.

Por um momento ridículo e sem sentido, sinto medo de sua partida, medo de que ele jamais volte e eu seja deixada com essa, essa... solidão. Engulo esse pânico estranho e faço força para não segui-lo até a porta do escritório.

Em vez disso, fico parada, vendo-o guardar a chave de volta dentro da camisa, girar o anel para esconder as três linhas junto à palma da mão. Ele parece exatamente o mesmo e imagino se eu também e como isso é possível, considerando como me sinto — como se alguma porta dentro de mim tivesse se aberto e ficasse escancarada.

— Wesley — chamo, imediatamente me repreendendo quando ele para e olha de volta para mim. — Boa noite — digo sem jeito.

Ele sorri e diminui a distância entre nós. Seus dedos tocam minha chave antes de se fecharem em torno dela e guardá-la de volta dentro da gola da minha blusa. Ela desaparece, o metal frio junto à minha pele.

— Boa noite, Guardiã — diz ele.

E vai embora.

DEZ

Fico um pouco no jardim após Wes ir embora, apreciando o gosto de nossas confissões na minha língua, o pequeno desafio de compartilhar um segredo. Concentro-me no frescor do ar que vai me envolvendo e no silêncio do anoitecer.

Da me levou para o gramado atrás da casa dele uma vez e me disse que construir muros — para bloquear as pessoas e seus ruídos — deveria ser assim. Uma armadura de silêncio. Disse-me que os muros eram como um anel, só que melhores, pois ficavam dentro da cabeça e podiam ser suficientemente fortes para silenciar qualquer coisa. Faltava apenas eu aprender a construí-los.

Mas eu não conseguia. Às vezes acho que, talvez, se eu pudesse lembrar como era tocar as pessoas e não sentir nada a não ser a pele... Mas não consigo e, quando tento bloquear o ruído, ele só piora; eu me sinto como numa caixa de vidro sob o oceano, o som e a pressão abrindo fissuras. Da não teve tempo de me ensinar, e tudo o que tenho são memórias frustrantes dele colocando o braço por cima dos ombros das pessoas sem sequer piscar, parecendo tão fácil, tão normal.

Eu daria qualquer coisa para ser normal.

O pensamento se infiltra e faço força para afastá-lo. Não, não daria. Não daria qualquer coisa. Não daria minha ligação com Da. Não daria o tempo que tive com a gaveta de Ben. Não daria Roland e não daria o Arquivo, com sua luz impossível e a coisa mais próxima que já senti da paz. Isso é tudo o que tenho. Isso é tudo o que sou.

Sigo para a porta do escritório, pensando na garota assassinada e no garoto ensanguentado. Tenho um trabalho. SERVAMUS

MEMORIAM. Empurro as portas para abri-las e paro no lugar, rígida quando vejo a mulher grande atrás da mesa no canto.

— Senhora Angelli.

Suas sobrancelhas sobem até um ninho de cabelo que desconfio fortemente que seja uma peruca; um instante de surpresa se passa até o reconhecimento se espalhar por seu rosto largo. Se ela está aborrecida por me ver depois de hoje de manhã, não demonstra, e imagino se não terei presumido coisas demais em sua pressa de sair. Talvez ela realmente estivesse atrasada para uma avaliação.

— Mackenzie Bishop, dos *muffins* quentinhos — diz. A voz é mais baixa aqui no escritório, quase reverente. Vários livros grandes estão espalhados diante dela, as páginas com cantos gastos. Uma xícara de chá aninhada entre dois livros.

— O que a senhora está lendo? — pergunto.

— Histórias, principalmente.

Sei que ela está se referindo apenas às que têm nos livros, com *h* minúsculo, como diria Da. Ainda assim, eu me assusto.

— De onde veio tudo isso? — pergunto, apontando os volumes empilhados na mesa e cobrindo as paredes.

— Os livros? Ah, apareceram ao longo do tempo. Um morador pegou um, deixou dois. O escritório simplesmente cresceu. Tenho certeza de que foram organizados quando o Coronado foi convertido, clássicos encadernados em couro, atlas e enciclopédias. Mas atualmente é uma mistura deliciosa de velhos, novos e estranhos. Outra noite mesmo, achei um romance misturado com os catálogos! Imagine só!

Meu pulso dispara.

— Catálogos?

Uma leve contração nervosa se mexe no rosto dela, mas em seguida aponta o dedo cheio de anéis por cima do ombro. Meu olhar percorre as paredes cobertas de livros atrás dela até parar numa dezena ou mais de volumes um pouco maiores que o resto, mais uniformes. No lugar de títulos, cada lombada mostra uma sequência de datas.

— Catalogam os moradores? — pergunto casualmente, os olhos percorrendo os anos. As datas recuam até os primórdios do século passado. A primeira metade dos livros é vermelha. A segunda, azul.

— Foram usados primeiro quando o Coronado ainda era um hotel — explica ela. — Uma espécie de livro de hóspedes, se você preferir. Os vermelhos são dos tempos do hotel. Os azuis são a partir da conversão.

Contorno a mesa até a prateleira que suporta o peso da coleção. Pego o mais recente, folheio e vejo que cada um abrange cinco anos de listas de moradores, uma página ornamentada separando cada ano. Vou até a última divisória, o ano mais recente, até chegar à página do terceiro andar. Na coluna 3F, alguém riscou a palavra impressa *Vago* e escreveu *Senhor e Senhora Peter Bishop*, a lápis. Folheando para trás, descubro que o 3F esteve vazio por dois anos e foi alugado antes para um *Senhor Bill Lighton*. Fecho o livro, coloco-o de volta e imediatamente pego o catálogo anterior.

— Procurando alguma coisa? — pergunta a senhora Angelli. Uma tensão sutil na voz.

— Apenas curiosa — respondo, procurando novamente pelo 3F. Ainda o senhor Lighton. Então, *Senhorita Jane Olinger*. Paro, mas sei que, pela leitura das paredes, aquilo tem mais de dez anos, e, além disso, a garota era muito jovem para morar sozinha. Devolvo o livro à prateleira e pego o seguinte.

Senhorita Olinger de novo.

Antes disso, *Senhor e Senhora Albert Locke*. Mas ainda não era longe o suficiente.

Antes disso, *Vago*.

É assim que as pessoas normais aprendem o passado?

Em seguida, *o Senhor Kenneth Shaw*.

E então descubro o que estou procurando. A barreira de escuridão, o espaço morto entre a maioria das lembranças e o crime. Percorro a coluna com o dedo.

Vago.

Vago.

Vago.

Não apenas num único livro, tampouco. Livros inteiros de *Vago*. A senhora Angelli me observa intensamente, mas continuo a tirar os livros até o último volume azul, o que começa com a conversão: 1950-54.

O livro de 1954 está marcado como *Vago*, mas quando chego à divisória marcando *1953*, paro.

O 3F está faltando.

Todo o andar está faltando.

O *ano* inteiro está faltando.

Em seu lugar, uma série de folhas em branco. Vou voltando por 1952 e 1951. Ambos em branco. Não há registro da menina assassinada. Não há registro de *ninguém*. Três anos inteiros simplesmente... desapareceram. O ano inaugural de 1950 está lá, mas não tem nenhum nome sob o 3F. O que foi que Lyndsey disse? Não há nada registrado. Um nada muito *suspeito*.

Deixo o livro azul cair aberto sobre a mesa, chegando quase a derrubar o chá da senhora Angelli.

— Você parece um pouco pálida, Mackenzie. O que houve?

— Tem umas páginas faltando.

Ela franze a sobrancelha.

— Os livros são antigos. Talvez alguma coisa tenha caído...

— Não — replico. — Os anos estão deliberadamente em branco.

O apartamento 3F ficou vago por quase duas décadas após o misterioso período em branco. O assassinato. Tem que ter acontecido naqueles anos.

— Com certeza — diz ela, mas para si mesma do que para mim —, devem ter sido arquivados em algum outro lugar.

— Isso, eu... — E então me toquei. — A senhora está certa. Absolutamente certa. — Quem quer que tenha sumido com as provas fez isso no Exterior, mas não tem como fazer no Arquivo. Levanto-me da cadeira de couro. — Obrigada por sua ajuda — digo, pegando o livro e devolvendo-o para a prateleira. Ela ergue as sobrancelhas.

— Bem, na verdade, não fiz...

— Fez sim. A senhora é brilhante. Obrigada. Boa noite! — Estou na porta, atravesso-a para o saguão do Coronado, tiro a chave do pescoço e o anel do dedo antes de chegar à porta instalada na escadaria.

— O que a traz ao Arquivo, senhorita Bishop?

É Lisa, na mesa. Ela olha para cima, a caneta suspensa sobre uma série de livros de registros lado a lado atrás da placa de silêncio, que tenho certeza de que foi uma contribuição dela. O cabelo curto e preto emoldura o rosto, e os olhos, embora penetrantes, são gentis — de dois tons diferentes —, atrás de óculos com armação verde de casco de tartaruga. Lisa é uma Bibliotecária, é claro, mas diferente de Roland, ou de Patrick, ou da maioria dos outros, aliás, ela realmente parece fazer parte do lugar (a não ser pelo fato de um de seus olhos ser de vidro, uma lembrança de seus dias na Equipe).

Brinco com a chave em torno do meu pulso.

— Não estava conseguindo dormir — minto, mesmo ainda nem sendo tão tarde. É minha resposta padrão aqui, da mesma maneira que as pessoas respondem *Oi, tudo bem?*, com *Tudo, Tudo bem, Tudo legal*, mesmo quando não estão nada bem. — Ficaram legais — digo, apontando para as unhas dela. Estão pintadas de dourado brilhante.

— Gostou? — pergunta, admirando-as. — Achei o esmalte no banheiro. Ideia do Roland. Disse que são a última moda atual.

Não me surpreendo. Além de seu vício notório em revistas de fofoca, Roland tem o vício discreto de dar uma olhada nas Histórias recém-chegadas.

— Ele deve saber.

Seu sorriso diminui.

— O que posso fazer por você esta noite, senhorita Bishop? — pergunta, os olhos de duas cores fixos em mim.

Hesito. Poderia contar para Lisa o que estou procurando, é claro; mas já usei minha cota mensal de cupons de flexibilização das regras emitidos por ela, considerando as visitas à prateleira do

Ben. E não tenho mais fichas de troca, nenhum mimo do Exterior que possa interessá-la. Fico à vontade com Lisa, mas se eu pedir e ela disser não, jamais passarei pela mesa.

— Roland está por aí? — pergunto casualmente. Lisa me fita um pouco mais, mas volta a escrever nos livros.

— Nona ala, terceiro corredor, quinta sala. Na última vez que verifiquei.

Sorrio e contorno a mesa em direção às portas.

— Repita — ordena ela.

Reviro os olhos, mas repito tal qual um papagaio.

— Nove, três, cinco.

— Não se perca — adverte, quanto chego às portas.

Diminuo os passos ao atravessar o átrio. O vitral está escuro, como se o céu por cima dele, caso houvesse um céu, tivesse sido tomado pela noite; ainda assim, o Arquivo brilha, iluminado apesar da ausência de luz. Caminhar por lá é como atravessar uma piscina. Água fresca, cristalina, bela. Faz a gente andar devagar, nos segurando e encharcando. Deslumbrante. Madeira, pedra, vidro colorido e calma. Obrigo-me a olhar para baixo, para o chão de madeira escura, e encontro o caminho pelo átrio, repetindo os números *nove três cinco, nove três cinco, nove três cinco*, enquanto ando. É muito fácil se perder.

O Arquivo é uma colcha de retalhos, pedaços acrescentados e modificados ao longo dos anos, e o trecho do corredor pelo qual sigo é feito de madeira mais clara. O teto ainda é alto, mas as placas diante das prateleiras estão gastas. Chego à quinta sala e o estilo muda novamente, com chãos de mármore e um teto mais baixo. Cada espaço é diferente do outro e, ainda assim, em todos eles, reina aquela tranquilidade imperturbável.

Roland está de pé diante de uma gaveta aberta, de costas para mim, e a ponta dos dedos dele encostam de leve nos ombros de um homem.

Quando entro na sala, ele tira as mãos da História e as coloca na prateleira, fechando-a com um movimento fluido e silencioso. Volta-se para mim e, por um momento, seus olhos estão tão... tristes. Mas ele pisca e logo se recupera.

— Senhorita Bishop.

— Boa noite, Roland.

No meio da sala, há uma mesa e duas cadeiras, mas ele não me convida para sentar. Parece distraído.

— Você está bem? — pergunto.

— Claro. — Uma resposta automática. — O que a traz até aqui?

— Preciso de um favor. — Ele fecha a cara. — Não é Ben. Juro.

Roland olha em torno, então me leva para o corredor adiante, onde as paredes não têm prateleiras.

— Vá em frente... — fala devagar.

— Uma coisa horrível aconteceu no meu quarto. Um assassinato.

As sobrancelhas sobem.

— Como você sabe?

— Eu li.

— Você não deveria ler desnecessariamente, senhorita Bishop. O objetivo desse dom não é se entregar a...

— Eu sei, eu sei. Os perigos da curiosidade. Mas não finja que você é imune a isso.

Sua boca se contrai.

— Então, será que não tem um jeito... — Indico a sala com um gesto amplo, apontando para as paredes cobertas de corpos, de vidas.

— Um jeito de *quê*?

— De você fazer uma busca? Procurar os moradores do Coronado? A morte dela teria sido em março, entre os anos de 1951 e 1953. Se eu conseguir achar a garota no Arquivo, podemos lê-la e descobrir quem era ela, e quem era *ele*...

— Por quê? Só para saciar o seu interesse? Dificilmente essa é a finalidade desses arquivos...

— Então para que servem? — questiono. — Espera-se que nós protejamos o passado. Bem, alguém está tentando apagá-lo. Faltam anos nos registros do Coronado. Anos em que uma garota foi *assassinada*. O garoto que a matou *fugiu*. Correu. Preciso descobrir o que aconteceu, preciso saber se ele se livrou e não posso...

— Então é disso que se trata — diz ele em voz baixa.

— O que quer dizer?

— Não é apenas entender um assassinato. Trata-se de Ben.

Sinto como se tivesse levado um tapa.

— Não é não. Eu...

— Não me insulte, senhorita Bishop. Você é uma Guardiã notável, mas sei por que não suporta deixar um nome esperando na sua lista. Não se trata apenas de curiosidade, é sobre concluir...

— Ótimo. Mas isso não muda o fato de que alguma coisa horrível aconteceu no meu quarto e alguém tentou encobrir.

— As pessoas fazem coisas ruins — diz Roland em voz baixa.

— Por favor. — O desespero insinua-se com o pedido. Engulo. — Da costumava dizer que os Guardiões precisavam de três coisas: habilidade, sorte e intuição. Tenho as três. E algo me diz que tem algo errado.

Ele inclina a cabeça levemente. É um sinal. Está cedendo.

— Só preciso de um favor — digo. — É só me ajudar a descobrir quem era ela, e eu descubro quem era *ele*.

Roland se apruma, mas tira um bloquinho do bolso e começa a anotar alguma coisa.

— Verei o que posso fazer.

Sorrio, com cuidado para não exagerar — não quero que ele ache que foi enrolado —; apenas o suficiente para sugerir gratidão.

— Obrigada, Roland.

Ele grunhe. Sinto o arranhar revelador das letras no meu bolso. Pego a lista e há um novo nome.

Melanie Allen. 10.

Passo o polegar pelo número. A idade de Ben.

— Tudo bem?— pergunta ele, casualmente.

— Só uma criança — respondo, guardando a lista de volta no bolso.

Viro-me para ir embora, mas hesito.

— Eu a manterei informada, senhorita Bishop — diz Roland, em resposta à minha pausa.

— Te devo essa.

— Você sempre me deve — diz enquanto eu saio.

Saio apressada pelo caminho de volta, atravessando os corredores até o átrio e então para a antecâmara, onde Lisa está folheando seus livros, os olhos apertados de concentração.

— Já vai tão cedo? — pergunta ela, quando eu passo.

— Outro nome — digo. Ela deveria saber. Foi ela quem me deu. — O Coronado certamente está me mantendo ocupada.

— Prédios antigos...

— Eu sei, eu sei.

— Estivemos desviando o tráfico, por assim dizer, o melhor que pudemos, mas agora vai melhorar com você na área...

— Que alegria.

— Posso dizer com segurança que você vai enfrentar um número maior de Histórias aqui do que em seu território anterior. Talvez umas duas ou três vezes mais. Só...

— Duas ou três *vezes*?

Lisa cruza as mãos.

— O mundo nos testa por algum motivo, senhorita Bishop — diz ela com doçura. — Você não quer ser da Equipe?

Odeio essa conversa. Odeio porque é a maneira de os Bibliotecários dizerem se vira.

Ela fixa o olhar em mim, atrás dos óculos de aro de casco de tartaruga, desafiando-me a insistir no assunto.

— Mais alguma coisa, senhorita Bishop?

— Não — resmungo. É raro ver Lisa sendo tão rígida. — Acho que é tudo.

— Tenha uma boa noite — diz, acenando levemente, com reflexos dourados, antes de pegar a caneta. Eu aceno e volto para os Estreitos, para procurar Melanie.

Há esse momento quando piso nos Estreitos, logo que as portas do Arquivo se fecham atrás de mim e antes de eu começar a caçar, essa pequena fração de tempo, em que o mundo parece parar. Não silenciar, é claro, mas sossegar, mais calmo. E ouço um choro distante ou o barulho de passos, ou qualquer um das dezenas de ruídos, e todos me fazem lembrar que não é a calma que me faz continuar. É o medo. Da costumava dizer só os idiotas e covardes desprezam o medo. O medo nos mantém vivos.

Meus dedos tocam a parede manchada, a chave no pulso tilintando de encontro a ela. Fecho os olhos e pressiono, procurando até segurar o passado. Os dedos, depois as palmas, e então os pulsos ficam dormentes. Estou prestes a desfiar as lembranças para trás em busca de Melanie Allen quando um som cortante me interrompe, afiado como metal raspando o concreto.

Pisco e me afasta da parede.

O som está próximo demais.

Sigo o ruído pelo corredor e dobro uma esquina.

O corredor está vazio.

Paro, tiro a lista do Arquivo do bolso para conferi-la novamente, mas o único nome é de Melanie, de dez anos.

Ouço o som novamente, raspando como unhas, vindo do final do corredor, saio correndo viro à esquerda e...

A faca surge do nada.

Ela corta, eu deixo o papel cair e pulo para trás, e a lâmina quase acerta minha barriga ao cortar uma linha no ar. Recupero-me e desvio para o lado quando a arma volta a cortar o ar, desajeitada, mas rápida. A mão que a segura é grande, os nós dos dedos têm cicatrizes e a História atrás da lâmina tem um aspecto igualmente truculento. É grande e musculoso e ocupa todo o corredor, os olhos meio afundados sob sobrancelhas grossas, raivosas, as íris completamente escuras. Está fora há tempo suficiente para se desgarrar. Por que não foi listado? Meu estômago dá um nó quando reconheço a faca em sua mão: a mesma de Jackson. Uma lâmina de metal reforçado do comprimento da minha mão presa a um punho escuro e — em algum ponto sob a palma do homem — com um furo.

Ele golpeia novamente e me agacho, tentando pensar; mas ele é rápido e tudo o que consigo fazer é ficar de pé e me manter inteira. Os corredores são muito estreitos para acertar suas pernas, então pulo para cima, apoio um pé na parede e tomo impulso, esmagando seu rosto na parede oposta com minha bota. Sua cabeça bate com um som de tijolo, mas ele praticamente não pisca, e eu caio no chão, rolando bem a tempo de evitar um novo golpe.

Mesmo quando desvio e me esquivo, sei que estou perdendo terreno, sendo obrigada a recuar.

— Como é que você tem essa chave, Abbie?

Ele já se desgarrou. Está olhando para mim, mas vendo outra pessoa. Quem quer que seja Abbie, ele não parece muito feliz com ela.

Eu o examino desesperadamente por alguma pista enquanto me esquivo. Uma jaqueta desbotada com uma plaquinha de identificação costurada na frente diz *Hooper*.

Ele brande a faca como um machado, acertando o ar.

— Onde você conseguiu a chave?

Por que ele não está na minha lista?

— Dá ela pra mim — rosna —, ou vou cortar ela fora do seu pulso bonito.

Ele golpeia com tanta força que a faca acerta uma porta e fica presa, metal enfiado na madeira. Aproveito a chance e chuto o peito dele com toda a minha força, esperando que o impulso faça com que solte a lâmina. Não faz. A dor sobe pela minha perna com o golpe, que derruba Hooper para trás com força apenas para que ele consiga liberar a faca da porta. O homem aperta o cabo com mais força.

Sei que estou ficando sem espaço.

— Preciso dela — rosna. — Você sabe que preciso.

Eu preciso de uma pausa até conseguir entender o que uma História adulta faz no meu território e como vou sair daqui sem uma perda considerável de sangue.

Mais um passo atrás e meus ombros se encostam numa parede. Sinto um frio na barriga.

Hooper avança e a ponta fria da faca encosta logo abaixo do meu queixo, tão perto que tenho medo de engolir.

— A chave. Agora.

ONZE

Você pega o papel que guarda enrolado atrás da orelha.

Toco no pequeno "7" ao lado do nome do menino.

— São todos tão novos?

— Nem todos — responde você, alisando o papel, um cigarro apagado entre os dentes. — A maioria.

— Por quê?

Você tira o cigarro, gesticulando com a ponta apagada.

— Essa é a pergunta mais inútil do mundo. Use suas palavras, seja específica. *Por quê?* é como *bah!* ou *muu!*, ou aquele barulho idiota que os pombos fazem.

— Por que a maioria dos que acordam são tão jovens?

— Alguns são, ou foram, problemáticos. Mas a maioria é inquieta. Talvez não tenham vivido por tempo suficiente. Mas todo mundo tem uma História, Kenzie. Jovens e velhos. — Vejo como você testa as palavras na boca. — Quando mais velha a História, mais pesado dormem. As mais velhas que acordam têm alguma coisa nelas, algo diferente, escuro. Instáveis. São pessoas más. Perigosas. São os que costumam sair para o Exterior. Os que caem nas mãos da Equipe.

— Matadores de Guardiões — murmuro.

Você concorda.

Eu me aprumo.

— Como eu pego eles?

— Força. Habilidade. — Você passa a mão no meu cabelo. — E sorte. Muita sorte.

Minhas costas pressionam a parede quando a ponta da faca espeta minha garganta — realmente, não quero morrer assim.

— A chave — rosna Hooper de novo, os olhos negros dançando. — Por Deus, Abbie, só quero sair. Quero sair e ele disse que você tava com ela, disse que eu tinha que pegar. Então me dá, agora.

Ele?

A faca pressiona mais.

De súbito, minha cabeça fica horrivelmente vazia. Eu inspiro de leve.

— Certo — digo, pegando a chave. O cordão está enrolado três vezes no meu pulso e espero que, em algum ponto entre soltá-lo e passá-lo a ele, eu consiga me livrar da faca.

Solto a primeira volta.

E é quando alguma coisa atrai meus olhos. Mais além no corredor, atrás da forma maciça de Hooper, uma sombra se move. Uma forma no escuro. Desliza silenciosamente para a frente e não consigo ver seu rosto, apenas o contorno e uma mancha de cabelos prateados. Desliza por trás da História enquanto solto a segunda volta no cordão.

Termino de soltá-lo e, Hooper agarra a chave, a faca recuando uma fração da minha garganta, quando o braço do estranho envolve o pescoço da História.

No momento seguinte, Hooper é jogado para trás no chão e solta a faca. O movimento é limpo, eficiente. O estranho pega a lâmina e a move na direção do peito largo da História, mas é lento demais e Hooper consegue segurá-lo e jogá-lo para trás, de encontro à parede mais próxima, com um estalo alto.

E então a vejo, brilhando no chão entre nós.

Minha chave.

Jogo-me para ela no momento que Hooper a vê e avança também. Ele a pega primeiro, mas, num piscar de olhos, o homem louro está segurando a cabeça de Hooper. Rapidamente quebra o pescoço dele.

Antes que o grandalhão possa despencar para frente, o estranho segura o corpo dele e o joga de costas contra a porta mais próxima, enfiando a faca em seu peito, a lâmina e boa parte do cabo enterrados profundamente a ponto de prender o corpo na madeira da porta. Olho para o corpo inerte da História, o queixo contra o peito, imaginando quanto tempo vai levar para ele se recuperar.

O estranho também olha para o lugar onde suas mãos se juntam à faca e a faca ao corpo de Hooper, um ferimento sem sangue. Ele abre e fecha os dedos em torno do punho da arma.

— Ele não vai permanecer assim — digo, desesperada para não deixar minha voz tremer enquanto enrolo a chave novamente no pulso.

A voz dele é tranquila, baixa.

— Duvido.

Ele solta a faca e o corpo de Hooper pende junto à porta. Sinto uma gota de sangue escorrer pelo meu pescoço e a esfrego. Gostaria que minhas mãos parassem de tremer. Minha lista é um ponto branco no chão escurecido. Eu a pego, xingando baixinho.

Bem embaixo do nome de Melanie Allen, há um outro, em letras claras.

Albert Hooper. 45.

Está um tanto atrasada. Olho para cima, enquanto o estranho coloca a mão atrás do pescoço, sério.

— Você está machucado? — pergunto, lembrando a força com que bateu na parede.

Ele gira o ombro numa direção e depois noutra, um movimento lento, testando.

— Acho que não.

Ele é jovem, saindo da adolescência, com cabelos louros prateados, longos o bastante para cair por cima dos olhos e pelo lado do rosto. Está todo de preto, nada de punk ou gótico, mas simples, na medida. As roupas se misturam com o escuro ao redor.

O momento é surreal. Não consigo afastar o sentimento de que o conheço, mas sei que lembraria se já o tivesse visto antes. E agora estarmos parados nos Estreitos, o corpo da História pendurando entre nós dois como um casaco na porta. Ele não parece se incomodar com isso. Se suas habilidades de combate não bastassem para identificá-lo como um Guardião, sua postura seria suficiente.

— Quem é você? — pergunto, tentando impor o máximo possível de autoridade à minha voz.

— Meu nome é Owen — diz. — Owen Chris Clarke.

Seus olhos encontram os meus quando fala e sinto um aperto no peito. Tudo nele é calma, equilíbrio. Ao lutar, os movimentos eram fluídos, eficientes, chegando a ser elegantes. Mas os olhos são cortantes. Como os de um lobo. Parecem um dos desenhos de Ben, pintados com um tom de azul-claro imperturbável.

Estou tonta, tanto pelo ataque repentino de Hooper quanto pela aparição igualmente inesperada de Owen, mas não tenho tempo para me recompor — o corpo de Hooper se agita contra a porta.

— Como é seu nome? — pergunta Owen. E, por algum motivo, eu falo a verdade.

— Mackenzie.

Ele sorri. Tem o aquele tipo de sorriso que mal parece tocar a boca.

— De onde veio? — pergunto, e Owen olha por cima do ombro, quando as pálpebras de Hooper tremem.

A porta contra a qual ele está cravado tem uma marca branca, a beira do círculo de giz aparecendo por trás de suas costas, e isso é tudo o que tenho tempo de ver antes que Hooper arregale os olhos escuros.

Entro em ação, enfiando e girando a chave na fechadura enquanto seguro a faca no peito da História e puxo. A porta se abre e a faca sai; eu chuto a barriga de Hooper com a bota, fazendo com que dê alguns passos para trás, apenas o suficiente. Seus sapatos tocam o branco dos Retornos e eu bato a porta com força, fechando-a entre nós.

Ouço Hooper bater nela uma vez antes de cair num silêncio mortal. Viro-me para encarar os Estreitos, apenas alguns segundos se passaram, mas Owen Chris Clarke desapareceu.

Sento-me estatelada no tapete gasto da escada do Coronado e enfio o anel de volta no dedo. A faca e a lista estão no degrau ao meu lado. O nome de Hooper já desapareceu. Não fez qualquer diferença, uma vez que só apareceu quando eu já estava no meio da briga. Eu deveria reportar isso, mas para quem? Os Bibliotecários provavelmente apenas me dariam um sermão sobre me tornar membro da Equipe, sobre estar preparada. Mas como eu poderia estar preparada?

Meus olhos ardem conforme repasso a luta. Desastrada. Fraca. Pega desprevenida. Eu jamais poderia baixar a guarda. Sei que ele faria um sermão, sei que me daria uma bronca; mas, pela primeira vez em anos, as lembranças não são o suficiente. Eu gostaria de poder falar com Da.

— Quase perdi.

É uma confissão sussurrada para um corredor vazio, a força falhando na voz. Atrás dos meus olhos, Owen Chris Clarke quebra o pescoço de Hooper.

— Eu não soube lutar com ele, Da. Estou desamparada.

As palavras arranham minha garganta.

— Estou fazendo isso há anos e nunca me senti assim.

Minhas mãos tremem levemente.

Desvio meus pensamentos de Hooper para Owen, meus dedos deslizando em direção à faca ao meu lado, na escada. Seus movimentos fluídos, a facilidade com que lidou com a arma e com a História. Wesley disse que o território tinha sido compartilhado. Talvez Hooper estivesse primeiro na lista de Owen. Ou talvez Owen, como Wesley, não tivesse nada melhor para fazer e por acaso estivesse no lugar certo, na hora certa.

Pego a faca, passo-a distraidamente entre os dedos e paro. Tem algo gravado no metal, logo acima do punho. Três pequenas linhas. A marca do Arquivo. Estremeço. A arma pertencia a um membro do Arquivo — Guardião, Equipe, Bibliotecário —; então como foi parar nas mãos de uma História? Será que Jackson a roubou quando escapou? Ou teria alguém dado para ele?

Esfrego os olhos. É tarde. Estou paranoica. Seguro a faca com mais força. Talvez eu precise dela. Forço-me a ficar de pé e estou prestes a me virar quando ouço.

Música.

Devia estar tocando há um tempo. Viro a cabeça de um lado para outro, tentando descobrir de onde vem, e vejo uma folha de papel presa debaixo da placa do café: *Em breve!*, exibe o anúncio na versão mais clara e legível da letra de minha mãe. Vou até a placa, mas lembro que estou segurando uma grande e indiscreta faca com a lâmina nua. Tem uma jardineira no canto onde a escadaria encontra a parede; deposito a arma cuidadosamente lá dentro antes de cruzar o saguão. A música fica mais alta. No corredor, ainda mais alta, depois pela porta à direita, desço um degrau, entro por outra porta, as notas me guiando como migalhas de pão.

Encontro minha mãe ajoelhada no meio de uma poça de luz.

Não é luz, percebo, mas pedra limpa e clara. Ela está com a cabeça baixa enquanto esfrega o chão. As pedras, pelo jeito, não são de fato cinza, mas um de um incrível mármore branco perolado. Uma parte do balcão, onde ela já deixou a marca de seus talentos para a limpeza, é de granito branco brilhante, rajado com fios pretos e dourados. Esses pontos brilham como gemas em meio ao carvão. O rádio explode, uma música pop no volume máximo, até entrarem os comerciais, mas mamãe não parece registrar coisa alguma além da esponja esfregando o chão e o branco crescente. No meio do piso, parcialmente visível, há um padrão cor de ferrugem. Uma rosa, pétala após pétala de pedra incrustada, de um vermelho fechado, cor de terra.

— Uau! — digo.

Ela levanta o rosto subitamente.

— Mackenzie, não vi você aqui.

Fica em pé. Parece um pano de chão humano, como se simplesmente tivesse transferido toda a sujeira do café para si mesma. Num dos balcões há uma sacola de compras esquecida. A condensação faz com que a sacola plástica se colasse ao conteúdo, antes gelado.

— É incrível: realmente tem alguma coisa debaixo da poeira — digo.

Ela sorri, as mãos na cintura.

— Eu sei. Vai ficar perfeito.

Outra música pop começa a tocar no rádio, mas eu o pego e desligo.

— Há quanto tempo você está aqui embaixo, mãe?

Ela pisca várias vezes, parecendo surpresa. Como se não tivesse se dado conta do tempo e de sua tendência em continuar passando. Seus olhos registram as janelas escuras e depois se voltam para as compras negligenciadas. Alguma coisa se solta nela. E, por um instante, eu a vejo. Não a iluminada por vários watts, com o sorriso forçado que acaba por doer, mas a verdadeira pessoa por trás disso tudo. A mãe que perdeu seu filho mais novo.

— Ah, desculpe, Mac — diz ela, passando as costas da mão na testa. — Perdi completamente a noção do tempo. — Suas mãos estão vermelhas e esfoladas. Ela nem mesmo usa luvas. Tenta sorrir de novo, mas o sorriso não vem.

— Ei, tudo bem — digo. Ergo o balde cheio de sabão até o balcão, fazendo uma careta com o peso que dispara a dor pelo meu braço enfaixado, e despejo tudo na pia. A própria pia, ao que parece, também poderia fazer bom uso da água com sabão. Penduro o balde vazio no braço. — Vamos subir.

Mamãe parece subitamente exausta. Ela pega as compras do balcão, mas eu tiro a sacola das suas mãos.

— Deixa comigo — digo, meu braço doendo. — Está com fome? Posso esquentar o jantar.

Mamãe concorda, cansada.

— Seria ótimo.

— Certo, vamos pra casa.

Casa. A palavra ainda tem um gosto de lixa na minha boca. Mas faz mamãe sorrir — um sorriso cansado, verdadeiro —, então vale a pena.

Estou tão cansada que meus ossos doem. Mas não consigo dormir.

Aperto as mãos contra os olhos, repassando a briga com Hooper repetidamente, sem parar, lamentando pelo que eu poderia — deveria — ter feito de maneira diferente. Penso em Owen, os movimentos rápidos, eficientes, o pescoço quebrado da História, a faca enfiada no peito. Passo os dedos pelo esterno, apalpando até parar no lugar onde ele termina.

Sento, enfio a mão debaixo da cama e tiro a faca da beirada do estrado onde a escondi. Após acomodar mamãe, voltei para o saguão e a resgatei da jardineira. Agora ela brilha levemente no quarto escuro, a marca do Arquivo como tinta no metal brilhante. Quem foi?

Tiro o anel, deixo que caia no edredom e fecho a mão em volta do cabo da faca. O zumbido das lembranças zune pela minha palma. Armas, mesmo as pequenas, são fáceis de ler, pois tendem a guardar passados muito vívidos, violentos. Fecho os olhos e encontro o rastro em seu interior. Duas lembranças se desenrolam: a mais recente com Hooper — vejo a mim mesma pressionada contra a parede, os olhos arregalados — e a mais antiga com Jackson. Mas antes de Jackson trazê-la para os Estreitos... *nada*. Apenas uma densa escuridão. Esta lâmina deveria estar repleta de histórias; em vez disso, é como se não tivesse um passado. Mas as três marcas no metal indicam o contrário. E se Jackson não a roubou? E se alguém o mandou armado aos Estreitos?

Pisco, tentando dissipar minha inquietação crescente com a escuridão fosca das lembranças ausentes.

O único lado bom é que, de onde quer que tenha vindo essa arma, ela é minha agora. Enfio o dedo pelo furo no cabo e giro a lâmina devagar. Fecho a mão no punho, interrompendo o movimento, e ele se encaixa na minha palma com um golpe preciso, o metal traçando a linha do meu antebraço. Sorrio. É uma arma incrível. Na verdade, tenho absoluta certeza de que eu poderia me matar com ela. Mas possuí-la, segurá-la, faz com que me sinta melhor. Terei que encontrar um jeito de prendê-la na perna, de forma que não fique visível, fora do alcance de outros. As advertências de Da ecoam na minha cabeça, mas eu as silencio.

Enfio o anel de novo e guardo a faca de volta na beira do estrado sob a cama, prometendo a mim mesma que não vou usá-la. Digo que não vou precisar. Volto a me deitar, mas o sono não vem. Meus olhos pousam no urso azul sentado na mesa de cabeceira, os óculos pretos pendurados no nariz. Em noites como esta, gostaria de poder ficar conversando com Ben, esvaziar minha cabeça, mas não posso voltar às estantes tão cedo. Penso em ligar para a Lyndsey, mas já está tarde. E, afinal, o que eu diria para ela?

Como foi seu dia? Legal? Ah, o meu?

Fui atacada por um matador de Guardiões.

Eu sei! E fui salva por um estranho que simplesmente desapareceu.

E o garoto do delineador? É um Guardião!

...Não, Guardião com G maiúsculo.

E teve um assassinato no meu quarto. Alguém tentou encobri-lo, arrancou todas as páginas dos livros de registros.

Ah, e já ia esquecendo. Talvez tenha alguém no Arquivo tentando me matar.

Rio. Uma risada tensa, mas ajuda.

Então bocejo, e logo, de algum jeito, o sono chega.

DOZE

No dia seguinte, *Melanie Allen. 10.* está acompanhada por *Jena Freeth. 14.*, mas, assim que saio do quarto, mamãe aparece com um avental e o sorriso de alta voltagem restaurado, larga uma caixa de produtos de limpeza nas minhas mãos e coloca um livro em cima.

— Hora de trabalhar no café!

Ela diz isso como se eu tivesse ganhado um prêmio, uma recompensa. Meu antebraço ainda dói um pouco, e a caixa cresce nos meus braços, ameaçando se desfazer.

— Tenho uma vaga ideia da função do material de limpeza, mas para que o livro?

— Seu pai pegou sua lista de leituras de férias.

Olho para minha mãe, depois para o calendário na parede da cozinha, depois para o sol brilhando na janela.

— Estamos no verão.

— Sim, é uma lista de leitura para o verão — diz alegremente. — Agora, se manda. Você pode limpar ou pode ler, ou pode limpar e depois ler, ou ler e depois limpar, ou...

— Já entendi.

Eu poderia implorar, mentir, mas ainda estou abalada pela noite passada e não me incomodaria de passar algumas horas como M neste exato momento, um gosto de normalidade. Além disso, tem uma porta para os Estreitos lá no café.

Lá embaixo, as luzes do teto oscilam, sonolentas. Coloco a caixa no balcão, onde ela se recompõe quando tiro o livro lá de dentro. *Inferno* de Dante. Só podem estar de brincadeira comigo. Examino a capa, uma boa representação do fogo do inferno, e um anúncio orgulhoso de que se trata da edição adaptada para os exames de ingresso na universidade, completa, com vocabulário destacado. Abro na primeira página e começo a ler.

No meio desta nossa vida mortal, encontro-me numa floresta sombria, perdido...

Não, obrigada.

Jogo o Dante em cima de uma pilha de panos dobrados junto da parede, onde aterrissa com uma nuvem de poeira. Será limpeza, afinal. O salão todo tem um cheiro vago de sabão e ar parado, e os balcões e o piso deixam o lugar frio, apesar do ar de verão do lado de fora das janelas. Eu as escancaro, ligo o rádio, aumento o volume e começo a trabalhar.

Não faço ideia de para que serve metade dos produtos de limpeza dentro da caixa, e a mistura de sabão que acabo inventando tem um cheiro forte o bastante para corroer minhas luvas, arrancar a pele e polir os ossos. É um troço com uma bela cor azul e, quando passo no mármore, ele fica cintilando. Tenho a impressão de que dá para ouvir a mistura corroendo a sujeira do chão. Alguns círculos vigorosos depois, meu canto do chão começa a se parecer com o de mamãe.

— Não acredito nisso.

Levanto os olhos e vejo Wesley Ayers sentado de frente para o encosto de uma cadeira de metal, uma relíquia desenterrada de sob as cobertas de lençóis. A maior parte dos móveis foi levada para o pátio, mas algumas cadeiras ficaram pela sala, incluindo essa.

— Não é que tem mesmo uma sala debaixo dessa poeirada? — Ele passa os braços pelo encosto da cadeira e apoia o queixo em cima do arco de metal.

Não ouvi absolutamente nada quando ele entrou.

— Bom dia — acrescenta. — Não creio que se possa encontrar um bule de café por aqui, não é?

— Ainda não, lamentavelmente.

— E vocês ainda se chamam de café.

— A bem da verdade, a placa diz "Em breve!". Mas então — digo, levantando-me —, o que traz você à futura sede do Café Bishop?

— Estive pensando.

— Um esforço perigoso.

— De fato. — Ele levanta uma sobrancelha, divertido. — E botei na cabeça a ideia de te salvar da solidão que nasce dos dias chuvosos e das tarefas solitárias.

— Ah, foi mesmo?

— Magnânimo, eu sei. — Seu olhar pousa sobre o livro descartado. Ele se inclina e pega o *Inferno,* ainda pousado no leito de panos dobrados. — O que temos aqui?

— Leitura obrigatória — digo, começando a esfregar o balcão.

— Uma vergonha fazerem isso — diz, folheando as páginas. — A obrigação acaba até mesmo com o melhor dos livros.

— Você já leu?

— Algumas vezes. — Levanto as sobrancelhas e ele dá uma risada. — Cética de novo? As aparências enganam, Mac. Eu não sou *apenas* bonito e charmoso. — Ele continua a folhear o volume. — Até onde você já leu?

Solto um gemido, fazendo movimentos circulares sobre o granito.

— Umas duas linhas. Talvez três.

Agora é a vez dele levantar a sobrancelha.

— Sabe, o negócio deste livro é que ele foi feito para ser ouvido, não lido.

— Não diga.

— Sério. Vou provar para você. Continua limpando enquanto eu leio.

— Fechado.

Esfrego enquanto ele vira as páginas e limpa a garganta, apoiando o livro na cadeira.

Não começa pelo princípio, mas folheia como se estivesse procurando um trecho.

— "Por mim, se chega à cidade dolente..."

Sua voz é medida e suave.

— "Por mim, se chega ao padecer eterno..."

Ele se levanta, dá a volta na cadeira enquanto lê e eu tento escutar, de verdade, mas as palavras se confundem no meu ouvido enquanto olho para ele se aproximando de mim, metade do rosto na sombra, até entrar na luz e parar, apenas o balcão entre nós dois. De perto, vejo a cicatriz sob o colarinho, por baixo do cordão de couro; os ombros largos; os cílios escuros emoldurando os olhos claros. Os lábios se movem, eu pisco quando sua voz se aprofunda, íntima, forçando-me a escutar mais de perto e ouvir o final.

— Abandonai toda a esperança, vós que entrais.

Ele olha para mim e, então, para. O livro escorrega para o lado.

— Mackenzie. — Ele abre um sorriso enviesado.

— Sim?

— Você está derramando sabão por tudo.

Olho para baixo e vejo que ele está certo. O sabão está escorrendo do balcão, pingando num fio de bolhas azuis até o chão.

Eu rio.

— Bem, mal não faz — digo, tentando disfarçar a vergonha. Wesley, por outro lado, parece estar se divertindo. Inclina-se sobre o balcão e faz desenhos aleatórios na espuma.

— Perdeu-se no meu olhar, não foi?

Ele se inclina um pouco mais para frente, as mãos apoiadas em áreas secas em meio às poças de sabão. Sorrio e levanto a esponja para jogar na cabeça dele, mas ele se afasta no momento exato e a mistura ensaboada se esparrama no balcão já alagado.

Ele aponta uma unha pintada de preto para o cabelo.

— A umidade estraga o penteado — diz ele, dando uma risada bem-humorada quando eu reviro os olhos. Logo estou rindo também. É uma sensação boa. Algo que M faria. Rir dessa maneira.

Tenho vontade de contar para Wes que sonho com uma vida repleta de momentos assim.

— Bem — digo, tentando enxugar o sabão —, não faço a menor ideia do que você estava lendo, mas o som foi agradável.

— É a inscrição nos portões do inferno — explica. — Minha parte favorita.

— Um tanto mórbido, não?

Ele dá de ombros.

— Se você pensar bem, o Arquivo é meio parecido com um inferno.

O momento alegre é abalado, racha. Penso na prateleira de Ben, nos corredores silenciosos e tranquilos.

— Como você pode dizer uma coisa dessas? — pergunto.

— Bem, não tanto o Arquivo, mas os Estreitos. Afinal, é um lugar cheio de mortos inquietos, não é?

Concordo, distraída, mas não consigo afastar o aperto no peito. Não só pela menção ao inferno, mas pela maneira como Wesley passou da recitação do meu dever de casa para considerações sobre o Arquivo. Como se tudo fosse uma única vida, um único mundo — mas não é. Estou presa em algum lugar entre meu mundo de Guardiã e o Exterior, tentando descobrir como Wesley consegue se sentir tão confortável com um pé em cada um.

Você usa a unha do polegar para arrancar uma lasca de madeira do corrimão da varanda. Precisa de pintura, mas isso nunca vai acontecer. É o nosso último verão juntos. Ben não veio este ano; foi para algum acampamento. Quando a casa é posta à venda no inverno, o corrimão ainda estará descascando.

Você está tentando me ensinar a me dividir em pedaços.

Não desordenadamente, como picar papel em pedacinhos, mas de maneira limpa, igual; como cortar uma torta. Diz que é como você mente e sai ileso. É como se mantém vivo.

— Seja quem você precisa ser — diz. — Quando estiver com seu irmão, ou com seus pais, ou com amigos, ou com Roland ou com uma História. Lembra do que eu te ensinei sobre mentir?

— A gente começa com uma pequena verdade — respondo.

— Exatamente. Isso é a mesma coisa. — Você me mostra a lasca de madeira em cima do corrimão e começa a arrancar outra. Suas mãos nunca param. — Você começa consigo mesma. Cada versão de você não é uma mentira completa. É apenas um ângulo.

Está escuro e silencioso. É um verão muito quente, mesmo à noite, e me viro para entrar.

— Só mais uma coisa — diz você, fazendo-me voltar. — Vez ou outra essas vidas separadas se cruzam. Se sobrepõem. É quando é preciso ter cuidado, Kenzie. Deixe suas mentiras limpas e seus mundos o mais separados possível.

Tudo sobre Wesley Ayers é confuso.

Mantenho meus três mundos separados por paredes, portas e trancas, e, mesmo assim, aqui está ele, arrastando o Arquivo para dentro da minha vida como lama nos sapatos. Sei o que diria Da, eu sei, eu sei, eu sei. Mas essa estranha sobreposição é assustadora, confusa e bem-vinda. Eu posso ser cuidadosa.

Wesley mexe no livro, mas não volta a ler. Talvez também sinta isso, este lugar onde as palavras se borram. O silêncio pousa sobre nós como poeira. Existe alguma maneira de fazer isso? Na noite passada, no escuro do jardim, foi emocionante, assustador e maravilhoso contar a verdade, mas aqui, à luz do dia, parece perigoso, exposto.

Mesmo assim, quero que ele repita as palavras. *Sou um Guardião. Caço Histórias...* Estou quase perguntando alguma coisa, qualquer coisa, para quebrar o silêncio, quando Wesley me acerta de novo.

— Bibliotecário favorito? — pergunta ele, do nada. Como se quisesse saber qual é meu prato predileto, ou música, ou filme.

— Roland — respondo.

— É mesmo? — Ele larga o livro em cima dos lençóis de novo.

— Você parece surpreso.

— Imaginei você como fã da Carmen. Mas me agrada o gosto de Roland para sapatos.

— Os tênis vermelhos de cano alto? Ele disse que achou nos vestiários, mas tenho quase certeza que afanou de uma História.

— Esquisito pensar em vestiários no Arquivo.

— Esquisito pensar em Bibliotecários *morando* lá — digo. — Não parece natural.

— Deixei uma bola feita de recheio de Oreo para fora por meses uma vez e ela nunca ficou dura. Tem muita coisa que não é natural no mundo.

Deixo escapar uma risada, que ecoa no granito e nos vidros do salão vazio da cafeteria. A risada sai fácil e faz com que me sinta tão, tão bem. Então Wes pega o livro e eu, a esponja. Ele promete ler pelo tempo que eu ficar limpando. Volto ao trabalho, ele pigarreia e começa. Esfrego o balcão todo quatro vezes, só para que Wes não pare.

Durante uma hora, o mundo é perfeito.

Olho para a cobertura de sabão azul e minha mente se perde, e entre tantas coisas, chega a Owen. Quem é ele? E o que estava fazendo no meu território? Uma pequena parte de mim imagina que ele seja um fantasma, que talvez eu tenha me dividido em partes demais. Mas ele pareceu bastante real ao enfiar a faca no peito de Hooper.

— Pergunta — digo, e Wes pausa a leitura. — Você disse que cobriu as portas do Coronado. Que o lugar era compartilhado.

Ele concorda.

— Tinha mais Guardiões tomando conta daqui?

— Não desde que peguei minha chave ano passado. Tinha uma mulher no começo, mas ela se mudou. Por quê?

— Só curiosidade — respondo automaticamente.

Ele torce a boca.

— Se você quiser mentir para mim, vai ter que se esforçar um pouco mais.

— Não é nada de mais. Teve um incidente no meu território. Fiquei pensando nisso. — Minhas palavras desviam de Owen e param em Hooper. — Apareceu um adulto...

Ele arregala os olhos.

— Uma *História* adulta? Tipo *Matador de Guardiões*?

Concordo.

— Eu dei um jeito nela, mas...

Ele entende mal minha pergunta sobre outros Guardiões fazendo a patrulha.

— Quer que eu vá contigo?

— Onde?

— Nos Estreitos. Se você estiver com medo...

— Eu não estou... — digo com um rosnado.

— Eu poderia ir com você, para te prote...

Levanto a esponja.

— Complete a frase — digo, desafiando-o, pronta para fazer um arremesso na cabeça dele. A seu favor, Wes recua, e a frase se transforma num sorriso enviesado. Nesse exato momento, algo arranha minha perna. Solto a esponja de volta no balcão, tiro as luvas de borracha e pego a lista. Franzo as sobrancelhas. Os dois nomes estão no alto da página, mas em vez de um terceiro nome sob eles, há uma nota.

Senhorita Bishop, por gentileza, queira comparecer ao Arquivo. — R.

Wesley está se esticando na cadeira, uma perna para o lado. Viro o papel para ele ver.

— Uma convocação? — pergunta. — Olha só!

Sinto um peso no estômago e, por um instante, é como se estivesse sentada no fundo da sala de aula quando o interfone chama e me manda ir falar com o diretor. Mas quando me lembro do favor que pedi para Roland, meu coração dispara. Será que ele encontrou a menina assassinada?

— Vai lá — diz Wesley, enrolando as mangas e pegando as luvas que acabei de tirar. — Eu te dou cobertura.

— Mas e se minha mãe chegar?

— Vou conhecer a senhora Bishop em algum momento. Você sabe disso.

Posso até sonhar com o momento.

— Vai lá agora — insiste.

— Tem certeza?

Ele já está pegando a esponja. Vira a cabeça para mim, a prata dos brincos brilhando nas orelhas. É uma figura e tanto, vestido de preto, sorriso provocador e um par de luvas amarelo-limão.

— Qual o problema? — pergunta, brandindo a esponja como uma arma. — Não parece que eu sei o que estou fazendo?

Acho graça, guardo a lista no bolso e vou para o armário nos fundos da cafeteria.

— Volto assim que puder.

Ouço o barulho da água, um xingamento em voz baixa, o som de um corpo escorregando no chão molhado.

— Tente não se machucar — digo em voz alta, desaparecendo em meio às vassouras.

TREZE

Música clássica sussurra pela antecâmara circular do Arquivo. Patrick está sentado à mesa, tentando se concentrar em alguma coisa enquanto Roland se inclina sobre ele, empunhando uma caneta. Uma Bibliotecária com quem nunca falei — embora já tenha ouvido chamarem-na de Beth — está em pé na entrada do átrio, fazendo anotações, as tranças do cabelo ruivo descendo pelas costas. Roland levanta a cabeça enquanto me aproximo.

— Senhorita Bishop! — diz alegremente, soltando a caneta em cima dos papéis de Patrick e vindo ao meu encontro. Ele me leva em direção às estantes, falando trivialidades, mas, assim que entramos num corredor do outro lado do átrio, seus traços ficam sérios, duros.

— Você achou a garota? — pergunto.

— Não — responde ele, levando-me por um corredor estreito e subindo um lance de escadas, atravessando um patamar e chegando a uma sala de leitura azul e dourada, com cheiro de papel velho, curtido, mas agradável. — Não tem ninguém nesta divisão que corresponda ao período e à descrição que você fez.

— Não pode ser; você não deve ter feito uma busca ampla o bastante... — digo.

— Senhorita Bishop, eu investiguei tudo o que pude encontrar sobre todas as mulheres que residiram...

— Talvez ela não fosse moradora. Talvez estivesse apenas visitando.

— Se ela morreu no Coronado, deveria ter sido arquivada nesta seção. Não foi.

— Eu sei o que vi.

— Mackenzie...

Ela precisa estar aqui. Se não encontrá-la, não tenho como achar o assassino.

— Ela existiu. Eu a *vi*.

— Não estou duvidando de você.

Começo a ser tomada pelo pânico.

— Como alguém pode tê-la apagado dos *dois* lugares, Roland? E por que você me chamou aqui? Se não existe registro dessa garota...

— Eu não a encontrei — diz Roland —, mas achei outra pessoa.

Ele atravessa a sala e abre uma das gavetas, apontando para a História lá dentro. Das entradas do cabelo na testa à barriga saliente e os sapatos gastos, o homem tem uma aparência... comum. As roupas são datadas, mas limpas; os traços, impassíveis no sono mortal.

— Este é Marcus Elling — diz Roland em voz baixa.

— E o que ele tem a ver com a garota?

— De acordo com as lembranças, ele também foi um morador do terceiro andar do Coronado, desde a conversão do hotel em 1950 até sua morte em 1953.

— Morou no mesmo andar que a menina e morreu na mesma época?

— E não é só isso — diz Roland. — Coloque a mão no peito dele.

Hesito. Nunca li uma História. Só os Bibliotecários têm autorização para ler os mortos. Apenas eles sabem *como*, e é uma infração se qualquer outra pessoa sequer tentar. Mas Roland parece abalado, então ponho a mão sobre o casaco de Elling. A História parece como qualquer outra. Silenciosa.

— Feche os olhos — ordena ele e eu fecho.

E então Roland coloca sua mão sobre a minha e pressiona. Meus dedos ficam dormentes no mesmo instante, e sinto como se minha mente estivesse sendo empurrada para dentro do corpo de outra pessoa, forçada a uma forma em que eu não me encaixo. Espero o início das lembranças, mas elas não vêm. Sou deixada numa escuridão absoluta. Normalmente, as lembranças começam pelo presente e são rebobinadas para o passado, e me disseram que com as Histórias não é diferente. Começam pelo final, pela lembrança mais recente. Sua morte.

Mas Marcus Elling não tem morte. Rebobino por dez segundos inteiros de um passado vazio até que o escuro se desfaz em estática, e a estática torna-se luz e movimento e lembrança: Elling carregando uma sacola de compras escada acima.

O peso da mão de Roland se afasta da minha e Elling desaparece. Eu pisco.

— Falta a morte dele — digo.

— Exatamente.

— Como isso pode ser possível? É como um livro do qual arrancaram as últimas páginas.

— Para todos os efeitos, é exatamente isso que ele é — diz Roland. — Este homem foi alterado.

— O que significa isso?

Ele esfrega um dos tênis no chão.

— Significa que removeram a lembrança, ou lembranças. Rasparam os momentos para fora. Isso é feito de vez em quando no Exterior para proteger o Arquivo. Você precisa entender que o segredo é a chave de nossa existência. Apenas uns poucos membros da Equipe são capazes e treinados para fazer alterações, e apenas quando absolutamente necessário. Não é uma tarefa fácil, muito menos agradável.

— Então Marcus Elling teve algum tipo de contato com o Arquivo? Alguma coisa que mereceu que o final de sua memória fosse apagado?

Roland balança a cabeça.

— Não, a alteração só é sancionada no *Exterior*, e apenas para ocultar a exposição do Arquivo. Se ele estivesse morto, ou morrendo, não haveria risco de exposição. Neste caso, a História foi alterada *depois* que ele veio para a prateleira. A alteração é antiga; dá para saber pela maneira como as bordas estão esgarçadas. Provavelmente foi logo depois que ele chegou.

— Mas isso significa que quem quer que tenha feito isso, queria esconder a morte de Elling das pessoas *aqui* do Arquivo.

Roland concorda.

— E a gravidade das implicações... o fato de que isso aconteceu... é algo...

Digo o que ele não ousa.

— Apenas um Bibliotecário detém as habilidades para ler uma História, portanto, apenas um Bibliotecário seria capaz de alterá-las.

Sua voz se transforma num sussurro.

— E fazer isso vai contra os princípios deste estabelecimento. A alteração é usada para modificar as lembranças dos vivos, não para enterrar as vidas dos mortos.

Baixo os olhos para o rosto de Ellis, como se o seu corpo pudesse me contar algo que suas lembranças não podem. Agora temos uma garota sem História e uma História sem morte. Achei que estava paranoica, que Hooper pudesse ter sido uma falha, que Jackson talvez tivesse roubado a faca. Mas se um Bibliotecário estivesse disposto a fazer *isso*, romper com o juramento fundamental do Arquivo, talvez um Bibliotecário estivesse por trás do funcionamento defeituoso da lista e da arma também. Mas a pessoa que alterou Elling já não estaria mais por aqui há um bom tempo... certo?

Roland olha para o corpo, uma ruga profunda se formando na testa. Nunca tinha visto ele ficar tão preocupado.

E, ainda assim, é ele que me pergunta se estou bem.

— Você está muito quieta — acrescenta.

Quero contar para ele sobre o Matador de Guardiões e a faca do Arquivo, mas o primeiro já foi devolvido e a outra está presa na minha perna, sob meus jeans, então pergunto:

— Quem faria isso?

Ele balança a cabeça.

— Sinceramente, não sei.

— Você não tem um arquivo ou alguma outra coisa sobre o Elling? Talvez existam pistas...

— *Ele* é o arquivo, senhorita Bishop.

Com isso, ele fecha a gaveta com Elling e me leva pela sala de leitura e de volta para a escada.

— Vou continuar investigando — diz, parando no topo dos degraus. — Mas Mackenzie, se um Bibliotecário foi o responsável por isso, é possível que estivesse trabalhando sozinho, desafiando o Arquivo. Ou talvez tivesse uma razão. É até mesmo possível que estivesse seguindo ordens. Investigando essas mortes, estamos investigando o próprio Arquivo. E isso é uma operação perigosa. Antes que sigamos em frente, você precisa entender os riscos.

Ele faz uma longa pausa, mas vejo que está procurando as palavras.

— A alteração é usada para eliminar testemunhas. Mas também se aplica a membros do Arquivo. Se quiserem se demitir do trabalho... ou se forem considerados inadequados.

Meu coração dá um pulo no peito. Tenho certeza de que o choque está escrito no meu rosto.

— Quer dizer que, se eu perder meu trabalho, perco a minha *vida*?

Ele não olha para mim.

— Qualquer lembrança pertencente ao Arquivo e qualquer trabalho feito em seu nome...

— *Isso* é a minha vida, Roland. Por que não me contaram? — levanto a voz, minhas palavras ecoando pela escada, e os olhos do Bibliotecário se estreitam.

— Isso teria feito você mudar de ideia? — pergunta em voz baixa.

Hesito.

— Não.

— Bem, faria algumas pessoas mudarem. Os números no Arquivo são parcos no momento. Não podemos arriscar que diminuam.

— E aí vocês mentem?

Ele consegue sorrir, com tristeza.

— Uma omissão não é a mesma coisa que uma mentira, senhorita Bishop. É uma manipulação. Como Guardiã, você deveria entender as diversas gradações da falsidade.

Fecho os punhos.

— Você está querendo que isso seja uma piada? Porque eu não considero a perspectiva de ser apagada, ou alterada, seja lá como vocês chamam isso, muito engraçada.

Minha avaliação volta a passar na minha cabeça como uma fita rebobinada.

Se ela se mostrar incapaz de alguma forma, perderá a posição.

E se ela se mostrar incapaz, vai ser você mesmo, Roland, quem vai removê-la.

Será que ele realmente faria isso comigo, raspar a Guardiã de mim, arrancar minhas lembranças deste mundo, desta vida, ou de Da? O que restaria?

E então, como se fosse capaz de ler meus pensamentos, Roland diz:

— Eu jamais permitiria que isso acontecesse. Você tem a minha palavra.

Quero acreditar nele, mas ele não é o único Bibliotecário aqui.

— E quanto a Patrick? — pergunto. — Ele está sempre ameaçando me reportar. E mencionou uma pessoa chamada Agatha. Quem é ela, Roland?

— Ela é... uma avaliadora. Decide se um membro do Arquivo é adequado. — Antes que eu possa abrir a boca, ele completa. — Ela *não* será um problema. Juro. E posso cuidar de Patrick.

Passo a mão pelo cabelo, confusa.

— Você não está quebrando alguma regra só por me contar isso?

Roland suspira.

— Estamos quebrando muitas regras neste exato momento. Este é o ponto. E você precisa saber muito bem disso antes da coisa ir adiante. Você ainda pode sair fora.

Só que eu não vou. E ele sabe disso.

— Fico feliz por você ter me contado.

Não estou nada feliz, ainda estou me refazendo, mas tenho que me concentrar. Tenho meu trabalho, tenho minha mente, tenho um mistério a resolver.

— E quanto aos Bibliotecários? — pergunto, enquanto descemos a escada. — Você falou sobre se aposentar. Sobre o que vai fazer quando não estiver mais no serviço. Mas não vai nem mesmo se lembrar. Vai ser só um homem cheio de buracos.

— Bibliotecários são isentos — diz quando chegamos no final da escada, mas tem alguma coisa vaga na sua voz. — Quando nos aposentamos, podemos manter nossas lembranças. Considere isso uma compensação. — Ele tenta sorrir. — Mais um motivo para você dar duro e subir na hierarquia, senhorita Bishop. Agora, se tem certeza...

— Tenho.

Seguimos pelo corredor, de volta ao átrio.

— E agora? — pergunto em voz baixa quando passamos por uma placa de SILÊNCIO no final de uma fila de prateleiras.

— *Você* vai fazer o seu trabalho e *eu* vou continuar procurando...

— Então também vou continuar investigando. Você olha aqui e eu olho no Exterior...

— Mackenzie...

— Entre nós dois, vamos descobrir quem...

O som de passos me interrompeu no meio da frase quando viramos depois das prateleiras e quase colidimos com Lisa e Carmen. Uma terceira Bibliotecária, a que tem a trança vermelha, vem andando alguns passos atrás da gente, mas quando paramos de repente, ela segue em frente.

— Já de volta, senhorita Bishop? — pergunta Lisa, mas a pergunta não tem o sarcasmo de Patrick.

— Olá, Roland — cumprimenta Carmen, mais animada quando me vê — Oi, Mackenzie. — Seu cabelo loiríssimo é preso para trás, e novamente fico impressionada com sua aparente juventude. Sei que a idade é uma ilusão aqui, que ela é mais velha agora do que quando chegou, mesmo que não aparente, e ainda assim não entendo. Consigo entender porque alguns dos Bibliotecários mais velhos escolheram a segurança deste mundo em vez dos perigos constantes dos Guardiões ou da Equipe. Mas por que ela?

— Oi, Carmen — responde Roland com um sorriso duro —, eu estava justamente explicando para a senhorita Bishop — e acentua o tom formal — como funcionam as diferentes divisões. — Ele toca no cartão de identificação na prateleira mais próxima. — Estantes brancas, estantes vermelhas, pretas. Esse tipo de coisa.

As placas são codificadas por cor — as brancas para Histórias comuns, vermelhas para os que acordaram, pretas para os que saíram para o Exterior —, mas vejo apenas prateleiras brancas. As vermelhas e pretas são mantidas separadas, bem no fundo da seção, onde o silêncio é mais denso. Eu sei dos sistemas de cores há pelo menos dois anos, mas simplesmente concordo.

— Fiquem longe da sete, da três e da cinco — diz Lisa. E como um aviso, ouvimos um ruído baixo, como um trovão distante, e ela faz uma careta. — Estamos tendo uma ligeira dificuldade técnica.

Roland fica sério, mas não questiona.

— Eu estava justamente levando a senhorita Bishop de volta para a mesa.

As duas mulheres acenam com a cabeça e se vão. Roland e eu voltamos para a mesa da frente. Patrick olha do outro lado das portas e nos vê chegando, junta as coisas dele e se levanta.

— Obrigado por ficar aqui — agradece Roland.

— Eu até deixei sua música tocando.

— Muito gentil — diz Roland, recuperando uma sombra de seu charme usual. Ele se senta à mesa enquanto Patrick se afasta, uma pasta sob o braço. Eu me dirijo para a porta do Arquivo.

— Senhorita Bishop.

Olho de volta para Roland.

— Sim?

— Não conte para ninguém.

Concordo.

— E, por favor — acrescenta —, tenha cuidado.

Eu forço um sorriso.

— Sempre.

Entro nos Estreitos, tremendo apesar do ar abafado. Não caço desde o incidente com Hooper e Owen e me sinto tensa, mais nervosa do que o comum. Não é apenas a caçada que me deixa assim; é também o novo medo de falhar com o Arquivo, de ser considerada inadequada. E, ao mesmo tempo, o medo de não ser capaz de sair. Quis que Roland não tivesse me contado.

Abandonai toda a esperança, vós que entrais.

Sinto um aperto no peito e forço uma inspiração longa e profunda. Os Estreitos são o bastante para eu me sentir claustrofóbica, mesmo num dia bom, e não posso ficar distraída dessa forma neste momento. Resolvo tirar o assunto da cabeça e me concentrar em limpar minha lista, cuidar do trabalho. Estou prestes a apoiar as mãos na parede quando algo me detém.

Sons — do tipo distante, fracos — chegam pelos corredores, e fecho os olhos, tentando discerni-los. Abstratos demais para serem fala, os tons se dissolvem numa brisa, num tamborilar, numa... melodia?

Fico tensa.

Em algum lugar dos Estreitos, alguém está cantarolando.

Pisco e me afasto da parede, pensando nas duas meninas que ainda estão na minha lista. Mas a voz é baixa e masculina, e Histórias não cantam. Gritam, choram, berram, batem nas paredes e imploram, mas não cantam.

O som flutua pelos corredores; leva um tempo até eu identificar de onde está vindo. Faço uma curva, então outra, as notas tomando forma até eu virar numa terceira e vê-lo. Um choque de cabelo louro na outra ponta do corredor. Está de costas para mim, as mãos nos bolsos e o pescoço virado como se estivesse olhando para o teto inexistente dos Estreitos em busca de estrelas.

— Owen?

A música morre, mas ele não se vira.

— Owen — chamo de novo, dando um passo em sua direção.

Ele olha por cima do ombro, espantosos olhos azuis que brilham no escuro, no exato momento em que algo bate em mim, *com força*. Coturnos e um leve vestido rosa, cabelo castanho em torno de olhos enormes que estão escurecendo. A História colide contra mim e volta a correr, disparando pelo corredor. Já estou atrás dela, grata pelo rosa do vestido e pelo barulho dos metais nos sapatos, mas ela é veloz. Finalmente consigo um atalho e a alcanço, mas ela se debate e luta, aparentemente convencida de que sou algum tipo de monstro — que talvez eu até seja, do jeito que a carrego e arrasto até a porta mais próxima para os Retornos.

Tiro a lista do bolso e vejo que *Jena Freeth. 14.* desparece da página.

A luta fez uma coisa — varreu a camada de medo para longe. Enquanto me apoio na porta dos Retornos, recuperando o ar, volto a me sentir eu mesma.

Refaço meus passos até o lugar onde vi Owen, mas ele não está em lugar nenhum.

Balançando a cabeça, vou em busca de Melanie Allen. Leio as paredes e a rastreio, então a mando de volta, o tempo todo atenta à música de Owen, mas não a ouço mais.

QUATORZE

Lista concluída, volto para o café, pronta para salvar Wesley Ayers dos perigos do trabalho doméstico. Uso a porta dos Estreitos no armário do café e fico paralisada.

Wesley não está sozinho.

Sem fazer barulho, vou até a porta do armário e arrisco dar uma olhada. Ele conversa animadamente com meu pai, falando sobre as qualidades de um certo café colombiano enquanto esfrega o chão. O salão inteiro resplandece, polido e brilhante. A rosa vermelho-ferrugem, quase do diâmetro de uma mesa de café, se destaca no meio do chão de mármore.

Papai está segurando uma caneca e um rolo de tinta, sacudindo ambos enquanto espirra café e faz o acabamento numa grande área colorida — amarelo-queimado — na parede do outro lado. Está de costas para mim enquanto fala, mas Wesley me vê e me observa deslizar para fora do armário, esgueirando-me junto à parede até me aproximar da porta do café.

— Oi, Mac. Não ouvi você entrar — fala.

— Aí está você — diz papai, apontando no ar com o rolo. Está de pé, mais ereto, e seus olhos brilham.

— Falei para o senhor Bishop que eu te daria cobertura enquanto você ia lá em cima comer alguma coisa.

— Não acredito que você botou o Wesley aqui para trabalhar tão rápido — diz papai. Dá um gole no café, surpreso por ter sobrando tão pouco, e termina. — Você vai espantar ele.

— Bem — respondo —, ele se assusta fácil.

Wesley faz um olhar fingido de afronta.

— Senhorita Bishop! — exclama, e tenho que segurar o riso. Sua imitação de Patrick é perfeita. — Bem — admite para o meu pai —, é verdade. Mas não se preocupe, senhor Bishop, Mac vai ter que se esforçar bem mais do que me fazer trabalhar se quiser me espantar.

Wesley ainda por cima dá uma piscadela. Papai sorri. Praticamente dá para ver o letreiro na sua cabeça: *Material para namoro!* Wesley deve ter visto também, pois se aproveita da situação e coloca o esfregão de lado.

— O senhor se incomoda de me emprestar Mackenzie um pouquinho? A gente está trabalhando com as leituras de férias dela.

O rosto de papai se ilumina.

— Claro! — responde, acenando com o rolo de tinta. — Podem ir!

Eu quase espero que ainda complete com *crianças* ou *pombinhos*, mas, felizmente, ele não fala mais nada. Enquanto isso, Wes tenta tirar as luvas de borracha. Uma delas se prendeu no anel e, quando ele finalmente consegue libertar a mão, o anel sai voando, quicando pelo chão de mármore e parando debaixo do velho forno. Wes e eu vamos pegá-lo ao mesmo tempo, mas papai o segura, colocando a mão em seu ombro.

Wes fica rígido. Uma sombra atravessa seu rosto.

Papai está falando alguma coisa com ele, mas não ouço e me abaixo no chão diante do forno. A grade de metal na base da estrutura pressiona o corte no meu braço, que estico ali embaixo até finalmente conseguir fechar os dedos em torno do anel e me levantar. Vejo Wesley baixar a cabeça, a boca contraída.

— Tudo bem, Wesley? — pergunta papai, soltando-o. Wes faz que sim com a cabeça e solta um breve suspiro quando coloco o anel em sua mão aberta. Ele o coloca no dedo.

— Sim — diz, recuperando a voz. — Tudo bem. Apenas meio tonto. — Ele força uma risada. — Deve ser das emanações do sabão azul de Mac.

— Ahá — digo. — Eu te disse que limpeza ia prejudicar sua saúde.

— Eu devia ter ouvido.

— Vamos lá para fora tomar um ar, tá bem?

— Boa ideia.

— Até mais, pai.

A porta do café se fecha atrás da gente e Wesley se encosta nela, um pouco pálido. Sei como ele se sente.

— Tem aspirina lá em cima — ofereço. Ele ri e vira a cabeça para me olhar.

— Estou bem. Mas obrigado. — Fico surpresa com a mudança de tom. Sem piadas, sem a arrogância brincalhona. Apenas um singelo e exausto alívio. — Mas um pouco de ar faz bem.

Ele se endireita, vai para o saguão e vou atrás. Quando chegamos ao jardim, ele afunda no banco e esfrega os olhos. O sol brilha e vejo que ele estava certo; é um lugar diferente à luz do dia. Não é pior, na verdade, mas aberto, exposto. Ao entardecer, parecia haver tantos lugares para se esconder. Ao meio-dia, parece não haver um esconderijo sequer.

A cor está retornando ao seu rosto, mas os olhos, quando ele para de esfregá-los, estão distantes e tristes. Imagino o que ele viu, o que sentiu, mas ele não diz.

Afundo na outra ponta do banco.

— Tem certeza de que está bem?

Ele pisca, se espreguiça e, ao terminar, a tensão se foi. Wes está de volta: o sorriso torto e o charme fácil.

— Estou bem. Apenas um pouco sem prática de ler gente.

O horror me invade.

— Você *lê* os vivos? Mas como?

Wesley dá de ombros.

— Do mesmo jeito que você lê qualquer outra coisa.

— Mas eles não têm ordem. São estridentes, confusos e...

Ele dá de ombros.

— Estão *vivos*. E podem não estar organizados, mas as coisas importantes estão lá, na superfície. Com um toque, a gente aprende muita coisa.

Meu estômago dá uma volta.

— Você já me leu alguma vez?

Wes parece ofendido, mas sacode a cabeça.

— Só porque eu sei como, não significa que é um esporte, Mac. Além disso, é contra a política do Arquivo, e, acredite ou não, *eu* quero ficar do lado dos mocinhos.

Você e eu, penso.

— Como você aguenta lê-los? — pergunto, segurando um arrepio. — Mesmo com o anel, é horrível.

— Bem, não dá para passar a vida sem tocar em ninguém.

— Eu consigo.

Ele levanta a mão, um único dedo apontado, atravessando o espaço na minha direção.

— Não tem graça.

Mas ele continua se aproximando.

— Vou. Cortar. Seu. Dedo. Fora.

Ele suspira e deixa a mão cair. Depois aponta com o queixo para o meu braço. O curativo está com uma mancha vermelha, que passou também para a manga no lugar onde o forno apertou.

Olho para lá.

— Uma faca.

— Ah — diz.

— Não, foi mesmo um garoto adolescente com uma faca enorme.

Ele faz um muxoxo.

— Matadores de Guardiões. Garotos com facas. Seu território não era tão divertido na época em que eu trabalhava lá.

— Acho que eu devo ser sortuda.

— Tem certeza de que não quer que eu te dê uma ajuda?

Sorrio, mais pelo jeito como ele se oferece desta vez — perguntando com tato — do que pela perspectiva. Porém, a última coisa de que preciso é de mais uma complicação no meu território.

— Sem ofensa, mas faço isso já há um bom tempo.

— Como assim?

Eu deveria recuar, mas é tarde demais para mentir quando a verdade já está a meio caminho de sair.

— Me tornei uma Guardiã aos doze anos.

Ele franze a sobrancelha.

— Mas a idade mínima é dezesseis.

Dou de ombros.

— Meu avô fez a solicitação.

A expressão de Wesley endurece quando ele entende o significado.

— Ele passou o trabalho para uma criança.

— Não foi... — antecipo.

— Que tipo de maluco irresponsável faria...

As palavras morrem nos seus lábios quando meus dedos se fecham na sua gola e eu o empurro contra o banco de pedra. Por um momento, ele é apenas um corpo e eu uma Guardiã e sequer me importo com o barulho ensurdecedor que ouço ao tocar nele.

— Não ouse — digo.

A expressão de Wesley é absolutamente ilegível quando abro as mãos e me afasto. Ele coloca os dedos no pescoço, mas não tira os olhos de mim. Estamos, nós dois, retraídos.

E então ele sorri.

— Achei que você odiava tocar.

Eu resmungo e o empurro, acomodando-me de volta no meu canto do banco.

— Desculpe — digo. As palavras parecem ecoar pelo jardim.

— Uma coisa é certa — diz ele —, você me deixa ligado.

— Eu não deveria...

— Não cabe a mim julgar — diz. — Seu avô, obviamente, fez alguma coisa certa.

Tento rir, mas o riso fica preso.

— Isso é novo para mim, Wes. Me abrir. Ter alguém com quem eu *possa* me abrir. E eu gosto muito da sua ajuda... Isso soou meio patético. Eu nunca tive ninguém como... Caramba, que zona. Finalmente tem alguma coisa boa na minha vida e eu já estou bagunçando tudo. — Sinto meu rosto queimar e tenho que trancar a boca para parar de falar bobagens.

— Ei — chama ele, batendo o tênis de brincadeira no meu. — É a mesma coisa comigo, sabe? Isso tudo é novidade para mim. E não vou a lugar nenhum. Precisa de pelo menos três tentativas de assassinato para me assustar. E, mesmo assim, se tem *muffins* na história, posso até voltar. — Ele se levanta do banco. — Mas, quanto a esse aspecto, vou me recolher para cuidar de meu orgulho ferido. — Ele fala com um sorriso e, sei lá como, estou sorrindo também.

Como ele faz isso, desfazer as confusões tão facilmente? Caminho com Wes de volta pelo escritório, até o saguão. E quanto as portas giratórias param com um gemido depois de ele passar, fecho os olhos e mergulho de volta para a escada. Fico me recriminando mentalmente por uns dez segundos quando sinto as letras arranhando e tiro a lista do bolso, com um novo nome rabiscado nela.

Angela Price. 13.

Está ficando mais difícil manter essa lista limpa. Eu desvio do corrimão e vou para a porta dos Estreitos que fica no meio da escada, mas ouço o rangido da porta giratória e me viro para ver a senhora Angelli entrando, atrapalhada com uma porção de sacolas de compras. Por um minuto, estou de volta ao Arquivo, observando o último momento registrado da vida de Marcus Elling, quando ele fazia exatamente a mesma coisa. Então pisco e a mulher enorme do quarto andar entra em foco quando chega à escada.

— Oi, senhora Angelli — digo —, quer ajuda? — Estendo minhas mãos e ela me entrega, agradecida, duas das quatro sacolas.

— Muito grata, minha querida — responde ela.

Subo ao seu lado, escolhendo as palavras. Ela conhece o passado do Coronado, seus segredos. Só tenho que pensar num jeito de incentivá-la a me contar. Uma abordagem direta não funcionou, mas um caminho mais enviesado talvez dê frutos. Lembro-me da sala da casa dela, lotada de antiguidades.

— Posso perguntar uma coisa para a senhora? — pergunto. — Sobre seu trabalho.

— É claro — responde.

— O que fez a senhora querer ser uma colecionadora? — Compreendo alguém se apegar ao próprio passado, mas quando se trata do passado de outras pessoas, não entendo.

Ela dá uma risada ofegante quando chega ao patamar.

— Todas as coisas são valiosas à sua própria maneira. Tudo é cheio de história. — Ah, se ela soubesse. — Às vezes, dá para sentir a história nelas, toda aquela vida. Eu sempre consigo identificar uma falsificação. — Ela sorri, e sua expressão fica mais suave. — E... eu acho que... isso me dá um propósito. Uma ligação com outras pessoas, de outros tempos. Enquanto eu tiver isso, não estou só. E elas não se foram realmente.

Penso na caixa de Ben, cheia de coisas vazias no meu armário, o urso e os óculos pretos de plástico, uma ligação com meu passado. Meu peito dói. Ela troca as compras de mão.

— Não tenho muito mais que isso — acrescenta ela em voz baixa. E então o sorriso está de volta, brilhante como seus anéis, que abriram buraquinhos nas sacolas. — Acho que isso pode parecer triste...

— Não — minto —, acho que é esperançoso.

Ela se vira e passa pelos elevadores, indo para a escada na outra ponta. Vou atrás e nossos passos ecoam enquanto subimos.

— E então — diz ela —, você achou o que estava procurando?

— Não, ainda não. Não sei se tem outros registros sobre este lugar, ou se tudo foi perdido. Parece triste, não é? Que a história do Coronado seja esquecida, que desapareça.

Ela está subindo a escada na minha frente e, embora não possa ver seu rosto, vejo os ombros se contraírem.

— Algumas coisas... é melhor deixar que desapareçam.

— Não acredito nisso, senhora Angelli — digo. — Tudo merece ser lembrado. A senhora também deve pensar assim ou não faria o que faz. Eu acho que a senhora provavelmente sabe mais do que qualquer outra pessoa desse prédio quando o assunto é o passado do Coronado.

Ela olha para trás, os olhos se agitando com nervosismo.

— Me conte o que aconteceu aqui — peço. Chegamos ao quarto andar e entramos no corredor. — Por favor, sei que a senhora sabe.

Ela coloca as compras em cima de uma mesa do corredor e procura as chaves de casa. Coloco minhas sacolas ao lado das dela.

— As crianças são tão mórbidas hoje em dia — resmunga ela. — Sinto muito — completa, destrancando a porta —, eu simplesmente não me sinto confortável falando sobre um assunto. O passado é o passado. Deixe ele em paz.

E com isso, pega as compras, entra no apartamento e fecha a porta na minha cara.

Em vez de ficar remoendo a ironia de a senhora Angelli me dizer para deixar o passado em paz, vou para casa.

O telefone está tocando quando chego. Tenho certeza de que é Lyndsey, mas deixo tocando. Uma confissão: não sou uma boa amiga. Lyndsey me escreve cartas, me liga, faz planos. Tudo o que faço é reagir ao que ela faz e fico aterrorizada se chegar o dia em que ela resolver não pegar o telefone, não dar o primeiro passo. Fico aterrorizada com o dia em que Lyndsey superar meus segredos, meu jeito. Superar a mim.

Ainda assim. Alguma parte de mim — uma parte que eu gostaria que fosse menor — se pergunta se não seria melhor deixar para lá. Menos uma coisa com que lidar. Menos uma pessoa para quem mentir, ou, ao menos, omitir. Eu me odeio no momento exato em que penso isso, e pego o telefone.

— Oi! — digo, tentando parecer sem fôlego. — Desculpe! Acabei de chegar.

— Você estava procurando uns fantasmas, ou explorando locais proibidos e salas fechadas com paredes?

— A busca continua.

— Aposto que você está ocupada dando em cima do menino com delineador.

— Ah, sim. Se eu conseguisse tirar as mãos de cima dele e ter tempo de procurar por aí... — Mas, apesar da piada, sorrio de um jeito muito discreto que, obviamente, ela não pode ver.

— Bem, não fique muito em cima até que eu possa aparecer aí para conferir. Mas e aí, como vai a mansão mal-assombrada?

Acho graça, mesmo quando um *terceiro* nome é escrito na lista no meu bolso.

— Nada de novo, nada de novo. — Tiro a lista do bolso, abro o papel em cima do balcão. Meu estômago dá um nó.

Angela Price. 13.

Eric Hall. 15.

Penny Walker. 14.

— Um tédio, na verdade — acrescento, passando os dedos pelos nomes. — E você, Lynds? Quero histórias. — Amasso a lista, enfio de volta no jeans e vou para o quarto.

— Dia ruim? — pergunta ela.

— Que nada — respondo, afundando na cama. — Vivo para os seus relatos aventurescos. Delicie-me.

E é o que ela faz: divaga. Eu me permito fingir que estou sentada no telhado da casa dela ou afundada no meu sofá, pois enquanto ela fala, não preciso pensar em Ben, ou na garota morta no meu quarto, ou nas páginas desaparecidas lá no estúdio ou no Bibliotecário que apaga Histórias. Não preciso ficar pensando se estou perdendo a cabeça, imaginando Guardiões ou ficando paranoica, misturando erros e má sorte em esquemas perigosos. Enquanto ela fala, posso estar em algum outro lugar.

Mas logo Lyndsey precisa sair, e desligar o telefone parece ser como deixar isso para lá. O mundo fica nítido, como acontece quando afasto uma lembrança e volto para o presente, e examino a lista de novo.

As idades estão subindo.

Observei isso antes e pensei que fosse um acaso, mas agora, todos na minha lista são adolescentes. Eles não podem esperar. Enfio uma calça de trabalho, uma camisa preta limpa, a faca ainda cuidadosamente presa na perna. Não vou usá-la. Mas não consigo me convencer a deixá-la para trás. É bom sentir o metal na pele. Como uma armadura.

Vou para a sala bem na hora em que minha mãe entra pela porta da frente, as mãos carregadas de bolsas.

— Aonde você vai? — pergunta, deixando tudo em cima da mesa enquanto me encaminho para a porta.

— Dar uma corrida — respondo. — Acho que vou começar a correr este ano. — Se minha lista não se acalmar, vou precisar de uma boa desculpa para sair tanto, e eu costumava correr mesmo, no final do ensino fundamental, quando tinha tempo livre. Gosto de correr. Não que realmente esteja planejando dar uma corrida esta noite, mas, ainda assim...

— Já está escurecendo — diz minha mãe. Percebo ela avaliando os prós e contras. Eu me adianto.

— Ainda tem um pouco de luz, e estou bem fora de forma. Não vou longe. — Puxo o joelho contra o peito, para alongar.

— E o jantar?

— Na volta eu como.

Mamãe aperta os olhos e, por um momento, uma parte de mim implora para que ela enxergue através disso, uma mentira frágil, construída às pressas. Mas ela então volta a atenção para as sacolas.

— Acho uma boa ideia você voltar a correr.

Mamãe sempre me diz que gostaria que eu fizesse parte de um clube, participasse de alguma coisa. Mas eu *participo* de alguma coisa.

— Talvez fosse bom para você alguma estrutura — acrescenta. — Alguma coisa para você se ocupar.

Eu quase rio.

O som sobe até minha boca, uma coisa quase histérica, e acabo tossindo para disfarçar. Mamãe balança a cabeça e me dá um copo de água. Ficar ocupada não é exatamente o problema agora. E até onde sei, o Arquivo não oferece créditos de Educação Física para quem vai atrás das Histórias fugitivas.

— É — digo um pouco seca. — Acho que você está certa.

Naquele momento, o que eu quero é gritar.

Quero mostrar para ela o que eu passo.

Quero jogar na sua cara.

Quero contar a *verdade*.
Mas não posso.
Jamais poderei.
Sei o que é melhor.
E, portanto, faço a única coisa possível.
Vou embora.

QUINZE

Angela Price é fácil de achar, e, apesar de ela estar muito chateada, confundindo-me com seu melhor amigo, que morreu, o que apenas a deixa pior, eu a guio de volta aos Retornos com pouco mais do que umas mentiras ardilosas e alguns abraços indesejados.

Eric Hall é esquelético, ainda que um pouco... hormonal, e consigo atraí-lo até a porta mais próxima para os Retornos com um risinho, um olhar de menina e algumas promessas.

Quando termino de caçar e devolver Penny Walker, eu me sinto como se realmente tivesse ido correr. Estou com dor de cabeça, por causa da leitura das paredes, meus músculos doem por ficarem sempre em guarda, e acho que é bem capaz que eu consiga dormir esta noite. Estou voltando para o grupo de portas numeradas quando alguma coisa chama minha atenção.

O círculo de giz na frente de uma das portas para os Retornos foi mexido, alterado. Duas linhas verticais e uma curva horizontal foram desenhadas, transformando minha marca numa espécie de... carinha feliz? Coloco a mão na porta e fecho os olhos. Mal percorri a superfície das lembranças quando uma forma aparece bem diante de mim, magro e vestido de preto, o cabelo louro-prateado se destacando no escuro.

Owen.

Deixo a memória se desenrolar, a mão dele dançando languidamente pelo giz, desenhando a carinha. Depois limpa a poeira dos dedos, põe as mãos de volta nos bolsos e sai andando pelo corredor, afastando-se. Mas quando chega no final, não vira na esquina. Dá meia-volta e caminha de volta.

O que está fazendo aqui? Não está rastreando, não está caçando. Está... caminhando.

Vejo-o voltar pelo corredor, na minha direção, olhos no chão. Caminha até ficar a centímetros do meu rosto.

Quem é você? Pergunto a sua forma hesitante.

Não responde, apenas olha sem piscar para a escuridão além de mim.

E então eu ouço.

Um cantarolar. Não o zumbido das paredes sob minhas mãos, não o som de lembranças, mas uma voz humana real, de alguém próximo.

Afasto-me da porta e pisco, os Estreitos voltando a ficar em foco ao meu redor. A melodia se insinua pelos corredores, próxima. Está vindo da mesma direção das minhas portas numeradas, e viro a esquina para me deparar com Owen, encostado na porta com o número I em cima da maçaneta.

Está de olhos fechados. Mas quando me aproximo, ele os abre devagar e se volta para mim. Claros e azuis.

— Mackenzie.

Cruzo os braços.

— Estava começando a me perguntar se você era de verdade.

Ele levanta uma sobrancelha.

— O que mais eu poderia ser?

— Um fantasma? — digo. — Um amigo imaginário?

— Então tá. E sou tudo o que você imaginou? — O cantinho da boca vira para cima quando ele se afasta da porta. — Você realmente duvida da minha existência?

Não tiro os olhos dele, sequer pisco.

— Você tem um jeito de desaparecer.

Ele abre os braços.

— Bem, aqui estou. Ainda não se convenceu?

Examino seu rosto, do alto dos cabelos quase brancos de tão louros ao queixo pontudo, então todas as roupas. Falta alguma coisa.

— Cadê a sua chave? — pergunto.

Owen apalpa os bolsos.

— Não tenho nenhuma.

Mas não é possível. Devo ter dito isso em voz alta, pois ele aperta os olhos.

— O que você quer dizer?

— Um Guardião não pode entrar nos Estreitos sem uma chave... A não ser que ele não seja um Guardião. Diminuo a distância entre nós dois. Ele não recua, nem quando vou em sua direção, e mesmo quando pressiono minha mão em cheio no seu peito e vejo...

Nada. Não sinto nada. Não ouço nada.

Apenas silêncio. Um silêncio de morte. Deixo minha mão cair e o silêncio desaparece, substituído pelo zumbido do corredor.

Owen Chris Clarke não é um Guardião. Sequer está vivo.

É uma História.

Mas isso não pode ser. Ele está aqui há dias e não começou a se desgarrar. O azul de seus olhos são tão claros que eu perceberia mesmo a mais leve alteração, mas suas pupilas estão nítidas e pretas. Tudo nele é estável, normal, humano. Mas ele não é.

Na minha cabeça, eu o vejo quebrar o pescoço de Hooper e dou um passo para trás.

— Alguma coisa errada? — pergunta ele.

Tudo, tenho vontade de dizer. Histórias têm um padrão. A partir do momento em que acordam, degeneram-se. Ficam mais angustiadas, assustadas, destrutivas. O que quer que estivessem sentindo no momento em que despertaram, piora cada vez mais. E jamais, jamais, tornam-se racionais, autocontroladas ou calmas. Então como Owen pode se comportar como uma pessoa num corredor em vez de uma História nos Estreitos? E por que não está na minha lista?

— Você tem que vir comigo — digo, tentando localizar a porta mais próxima para os Retornos. Owen dá um pequeno passo para trás.

— Mackenzie?

— Você está morto.

Ele contrai as sobrancelhas.

— Não seja ridícula.

— Posso provar para você. — Provar para nós dois. Sinto minha mão coçando para pegar a faca escondida na minha perna, mas penso melhor. Eu o vi fazendo uso dela. Em vez disso, pego a chave de Da. Os dentes estão enferrujados, mas suficientemente afiados para cortar a pele, se eu fizer pressão.

— Estique a mão.

Ele fica sério, mas não hesita, estendendo sua mão direita. Aperto a chave contra a palma — colocar a chave nas mãos de uma História; Da me mataria — e a puxo rapidamente sobre a pele. Owen solta um chiado e puxa a mão para junto do peito.

— Estou vivo o suficiente para sentir isso — resmunga, e temo ter cometido um erro, até que ele olha para mão e muda de expressão, da dor para a surpresa.

— Deixa eu ver — peço.

Ele vira a palma da mão para mim. O corte é uma linha fina e escura, a pele claramente rompida, mas não sangra. Seus olhos procuram os meus.

— Eu não... — começa a dizer, antes de voltar a olhar para a mão. — Eu não entendo... Senti o corte.

— Ainda está doendo?

Ele esfrega a linha na palma da mão.

— Não. O que que eu sou?

— Você é uma História — digo. — Sabe o que isso significa?

Ele para, olha para os braços, para os pulsos, as mãos, suas roupas. Uma sombra atravessa seu rosto, mas ele responde com firmeza.

— Não.

— Você é um registro da pessoa que você foi quando estava vivo.

— Um fantasma?

— Não exatamente. Você...

— Mas eu *sou* um fantasma — interrompe Owen, a voz um pouco mais alta, e eu me preparo para ele começar a se desgarrar. — Não sou de carne e osso, não sou humano, não estou vivo, não sou *real*... — E volta a se examinar. Engole fundo e olha para longe, quando seus olhos se encontram com os meus, está se acalmando. Impossível.

— Você precisa voltar — repito.

— Voltar para onde?

— Para o Arquivo. Você não pertence a este lugar.

— Mackenzie, também não pertenço àquele lugar.

E eu acredito nele. Não está na minha lista e se não fosse pela prova irrefutável, eu jamais acreditaria que ele é uma História. Faço força para me concentrar. Ele *vai* se desgarrar, tem que acontecer — e então terei que lidar com ele. Eu devo resolver isso agora.

— Como foi que você chegou aqui? — pergunto.

Ele balança a cabeça.

— Não sei. Estava dormindo e depois estava acordado, e então estava caminhando. — Parece ir se lembrando de tudo na medida em que fala. — Aí eu te vi e você estava precisando de ajuda...

— Eu *não* estava precisando de ajuda — falo rispidamente, e ele faz uma coisa que eu nunca tinha visto uma História fazer.

Dá uma risada. Baixinho, contido. Ainda assim...

— Bem, ok — diz. — Pareceu que você precisava de uma mãozinha, então. Mas como *você* chegou aqui?

— Por uma porta.

Ele olha para as portas numeradas.

— Uma destas?

— Sim.

— Para onde elas vão?

— Para fora.

— E eu posso sair? — pergunta. Não há qualquer sinal de tensão na pergunta, apenas curiosidade.

— Não por estas aqui — digo —, mas posso te levar para uma com um círculo branco...

— Essas não vão para fora — diz rapidamente. — São para voltar. Prefiro ficar aqui do que voltar para lá. — Um toque de raiva de novo, mas ele já está recuperando a compostura, apesar de que Histórias não *têm* compostura.

— Você precisa voltar — digo.

Ele aperta de leve os olhos.

— Eu deixo você confusa — diz. — Por quê?

Será que ele realmente está tentando me *ler*?

— Porque você é...

O som de passos atravessa o corredor e chega até nós.

Tiro a lista do bolso, mas ela ainda está em branco. Então, novamente, estou bem ao lado de uma História que, segundo este mesmo pedaço de papel, não existe, então já não sei até que ponto confio no sistema neste exato momento.

— Esconda-se — sussurro para Owen.

Ele se mantém firme e olha para além de mim, pelo corredor.

— Não me faça voltar.

Os passos estão se aproximando, apenas uns poucos corredores.

— Owen, se esconda agora!

Ele olha para mim de novo.

— Prometa que você não vai.

— Não posso fazer isso — digo. — Meu trabalho...

— Por favor, Mackenzie. Me dê um dia.

— Owen...

— Você me deve uma. — Não é um desafio. Fala isso de forma cuidadosamente casual. Sem acusações. Sem exigências. Apenas uma observação simples e vazia. — Está me devendo.

— Como assim?

— Eu te ajudei com aquele homem, Hooper. — Não acredito que uma História está tentando negociar. — Apenas um dia — repete.

Os passos estão muito próximos.

— Certo — digo entre os dentes, apontando para um corredor. — Agora, vá.

Owen dá uns poucos passos silenciosos para trás, desaparecendo no escuro e eu me viro apressada para a curva no corredor de onde os passos vêm crescendo, mais altos e mais próximos...

E então, param.

Encosto-me junto ao canto e espero, mas, a julgar pela maneira como os passos pararam, a outra pessoa também está esperando.

Alguém tem que se mover, e eu faço a curva.

O punho vem de lugar nenhum, por pouco não acerta meu queixo, mas eu me abaixo e cruzo para trás do agressor. Um bastão vem na direção da minha barriga, mas meu pé vai ao seu encontro ao mesmo tempo, a bota contra o pedaço de pau. O bastão cai no chão úmido, mas eu o pego e enfio na garganta do agressor, prendendo-o contra a parede. Só então olho para seu rosto e me deparo com um sorriso enviesado. Diminuo a pressão.

— É a segunda vez no mesmo dia que você me ataca.

Deixo o bastão cair e Wesley se endireita.

— Que droga, Wes! — resmungo. — Eu poderia ter te machucado.

— Hum — diz ele, esfregando o pescoço. — Meio que já machucou.

Empurro ele, mas no momento em que minhas mãos encontram seu corpo, seu barulho de heavy metal explode: *tenho que me mandar de lá dela deles casa enorme escadas gigantes risadas altas e vidro escapar* — até que a pressão me força para trás, tirando o ar dos meus pulmões. Me sinto mal. Com Owen, eu me esqueci do vínculo inextricável entre toque e visão; ele pode agir como um ser vivo, mas seu silêncio nega isso. E Wes é qualquer coisa, menos silencioso. Será que *ele* viu alguma coisa quando nossas peles se tocaram? Se viu, não deixa transparecer.

— Sabe de uma coisa? — diz. — Para alguém que não gosta de tocar nas pessoas, você não para de dar um jeito de pôr as mãos em mim.

— Mas o que é que você está fazendo aqui? — pergunto.

Ele assinala as portas numeradas.

— Esqueci minha mochila no café e resolvi voltar para pegar.

— Pelos Estreitos.

— Como você acha que eu vou de um lado para outro? Moro do outro lado da cidade.

— Sei lá, Wes! Táxi? Ônibus? A pé?

Ele raspa a parede com os nós dos dedos.

— Espaço condensado, lembra? Os Estreitos, o mais rápido meio de transporte por aqui.

Estico o bastão para ele.

— Olha aqui seu pedaço de pau.

— Bastão *Bō* — corrige. Ele pega e gira algumas vezes; há algo nos seus olhos, não o sorriso de sempre, mas ainda assim uma espécie de alegria, uma excitação. Garotos. Ele sacode o pulso e o bastão se recolhe num pequeno cilindro, como aqueles que os corredores usam nos revezamentos.

Ele olha para mim, obviamente esperando minha reação impressionada.

— Ooooooh! — digo com desdém. Ele resmunga e deixa o bastão de lado. Viro-me para minhas portas numeradas, os olhos examinando a escuridão além, procurando Owen, mas ele se foi.

— Como está a caçada? — pergunta Wes.

— Piorando — digo. Já estou sentindo um novo nome aparecendo no papel no meu bolso. Mas não tiro ele de lá. — Era tão ruim assim quando você estava cobrindo o território?

— Acho que não. Um pouco irregular, mas nunca impossível. Não sei se peguei a coisa toda ou se apenas estavam me passando um nome aqui, outro ali.

— Bem, está ruim agora. Tiro uma História da lista e aparecem mais três. É como aquele monstro da Grécia...

— A hidra — responde ele. Vendo minha surpresa, acrescenta: — Novamente esse ceticismo. Eu dei um pulo no Smithsonian. Você deveria experimentar algum dia. Pôr as mãos em alguns objetos antigos. Mundos mais rápidos do que ler livros.

— Mas aquelas coisas não ficam todas atrás de vidros?

— Bem, sim... — Ele dá de ombros quando chegamos à porta. — Já terminou por essa noite?

Penso em Owen em algum lugar no escuro. Mas já prometi mais um dia para ele. E realmente, realmente, preciso de um banho.

— Com certeza — digo afinal. — Vamos embora.

Wes e eu nos separamos no saguão e estou quase na escada quando me ocorre uma coisa e faço um desvio para o estúdio.

Angelli não me ajudou em nada. Que conversa foi aquela de *deixe o passado em paz*? Não posso fazer isso, não enquanto não souber o que aconteceu. Tem que ter alguma coisa aqui. Não sei onde vou encontrar essa coisa, mas tenho uma ideia de por onde começar.

Os catálogos estão na prateleira, uma sequência de vermelhos e depois uma de azuis. Pego o azul mais antigo, o que tem os primeiros anos da conversão, e separo os outros um pouco para ocultar o espaço vazio. Quando chego em casa, encontro mamãe fazendo experiências na cozinha, papai se escondendo num canto da sala com um livro e uma caixa aberta de pizza em cima da mesa. Respondo algumas perguntas sobre a extensão e a qualidade da minha corrida e finalmente desfruto de um banho glorioso para depois me meter na cama com um pedaço frio de pizza e o catálogo do Coronado, folheando suas páginas enquanto como. Tem que ter *alguma coisa*. O primeiro ano está cheio de nomes, mas os três anos desaparecidos que se seguem são uma parede branca no meio do livro. Verifico 1954, esperando encontrar alguma pista — um dos nomes, talvez — que me chame a atenção.

No final, não são os nomes que me parecem estranhos, mas a falta deles. No ano inaugural, todos os quartos estão alugados, com uma lista de espera no verso da seção. No ano em que o registro é retomado, a palavra *Vago* aparece em mais de uma dúzia de unidades. Será que um assassinato foi o bastante para esvaziar o Coronado? E o que dizer de *dois* assassinatos? Penso em Marcus Elling na sua prateleira, a lacuna preta onde deveria estar sua morte. Seu nome é um dos que aparecem na lista original. Três anos depois, seu quarto aparece entre os assinalados com *Vago*. Será que as pessoas saíram de lá devido à sua morte? Ou será que existem mais vítimas? Pego uma caneta e tiro a lista do Arquivo do bolso e, no verso, escrevo os nomes de outros moradores cujos apartamentos foram marcados como vagos no reinício dos registros.

Sento-me para ler os nomes, mas chego só ao terceiro e eles começam a *desaparecer*. Um a um, de cima para baixo, as palavras mergulham e se apagam no papel até a página ficar em branco, se apagam do jeito que fazem os nomes daqueles que são devolvidos por mim; mas essas palavras vêm e vão por ação do Arquivo, e estes aqui são meus. Sempre achei que o papel era uma via de mão única, um lugar de anúncios, não de diálogo.

Pouco depois, novas palavras se escrevem na página.

Quem são essas pessoas? — R.

Passado um breve silêncio de surpresa, forço-me a escrever uma explicação sobre o livro de registros: as páginas desaparecidas e os apartamentos vazios. Observo cada palavra se dissolver no papel e prendo a respiração até Roland responder.

Vou investigar.

E então…

O papel não é seguro. Não use novamente. — R.

Não tenho como saber se a conversa chegou mesmo ao fim, nada de *câmbio* ou *desligando*, mas sinto que acabou com a letra de Roland se dissolvendo. Como se tivesse largado a caneta e fechado o livro. Já vi o velho livro de registros que eles deixam em cima da mesa da entrada, usado para enviar os nomes, bilhetes e chamados, uma página diferente para cada Guardião, cada Equipe. Seguro minha folha de papel do Arquivo, perguntando-me por que nunca soube que ele enviava mensagens nas duas direções.

Quatro anos em serviço e o Arquivo ainda é cheio de segredos — alguns grandes, como as alterações; alguns pequenos, como este. Quando mais aprendo, mais percebo como sei pouco e me questiono sobre as coisas que *já* me disseram. As regras que me ensinaram.

Viro o papel do Arquivo. Três nomes novos. Nenhum deles é Owen. O Arquivo nos ensina que as Histórias têm um anseio comum: a necessidade de sair. É uma coisa primal, vital, uma fome desesperadora; é como se sofressem de inanição, e toda a comida estivesse do outro lado das paredes dos Estreitos. Todo o ar. Toda a vida. Essa necessidade provoca o pânico, e o pânico gera a necessidade, e a História entra numa espiral, se dilacera e se desgarra.

Mas Owen não estava se desgarrando e, quando me pediu uma única coisa, não foi para sair.

Foi tempo.

Não me obrigue a voltar.

Prometa que não vai me obrigar.

Por favor, Mackenzie. Me dê um dia.

Aperto os olhos com as mãos. Uma História que não está na minha lista, que não se desgarra e que só quer continuar acordada.

Que tipo de História é essa?

O que é Owen?

E então, em algum lugar de meus pensamentos confusos, exaustos, o *o quê* se transforma numa pergunta mais perigosa.

Quem.

— Você nunca se pergunta sobre as Histórias? — pergunto. — Quem são elas?

— Eram — você me corrige. — E não, não penso nelas.

— Mas... são pessoas... eram pessoas. Você não...

— Olhe para mim. — Você toca no meu queixo com o dedo. — A curiosidade é uma droga de passagem para a simpatia. Simpatia leva à hesitação. Hesite e você morre. Está entendendo?

Concordo, desanimada.

— Então, repita.

Eu repito. De novo e de novo, até que as palavras fiquem gravadas na minha memória. Mas, diferentes de suas outras lições, essa é uma que não consigo gravar. Nunca deixo de pensar em *quem* e em *por quê*. Apenas aprendo a parar de admitir isso.

DEZESSEIS

Nem mesmo sei dizer se o sol já nasceu.

A chuva bate na janela e, quando olho para fora, vejo tudo cinza. O cinza das nuvens, dos prédios de pedra e das ruas molhadas. A tempestade arrasta a barriga pela cidade, inchando para ocupar os espaços entre os prédios.

Tive um sonho.

Nele, Ben estava deitado no chão da sala, desenhando com seus lápis azuis e cantarolando a música de Owen. Quando entrei, ele me olhou, e seus olhos estavam negros; mas quando se levantou, o escuro começou a regredir, voltar para o centro, deixando apenas o castanho forte.

— Não vou desgarrar — disse, desenhando um X na camisa com giz branco. — Palavra de honra — E então estica o braço, toca a minha mão e eu acordo.

E se?

É um pensamento perigoso, como um incômodo, uma coceira, como um ferrão enfiado no ponto em que a cabeça encontra o pescoço, onde os pensamentos encontram o corpo.

Ponho as pernas para fora da cama.

— Todas as Histórias se desgarram — digo em voz alta.

Mas não Owen, uma outra voz sussurra.

— Mesmo assim — falo alto e afasto os restos do sonho ainda agarrados em mim.

Ben se foi, penso, mesmo que as palavras doam. *Ele se foi.* A dor é aguda o bastante para me fazer recobrar os sentidos.

Prometi a Owen um dia, e, enquanto me visto na penumbra, penso se já esperei o suficiente. Quase rio. Fazer acordos com uma História. O que Da diria? Provavelmente, isso implicaria uma incrível sequência de xingamentos.

Apenas um dia, sussurra a vozinha culpada na minha cabeça.

E um dia é o bastante para uma História crescida se desgarrar, rosna a voz de Da.

Calço os tênis de corrida.

Então por que ele não se desgarrou?

Talvez tenha desgarrado. Abrigando uma História.

Não estou abrigando. Ele não está na minha...

Você pode perder seu trabalho. Pode perder sua vida.

Afasto as vozes para longe e pego a folha de papel do Arquivo da minha mesa de cabeceira. Passo a mão por cima dela quando vejo os números destacados espremidos entre os outros dois.

Evan Perkins. 15.

Susan Lark. 18.

Jessica Barnes. 14.

E, como se estivesse esperando pelo momento certo, um quarto nome se inscreve na lista.

John Orwill. 16.

Xingo em voz baixa. Uma pequena parte de mim acha que se eu parar de limpar os nomes, eles vão parar de aparecer. Dobro a lista e a guardo no bolso. Sei que não é assim que o Arquivo funciona.

Lá na sala, papai está à mesa.

Deve ser domingo.

Mamãe tem seus rituais — os caprichos, a limpeza, as listas. Papai também tem os seus. Um deles é assumir o comando da mesa da cozinha todas as manhãs de domingo com nada mais do que uma xícara de café e um livro.

— Aonde você vai? — pergunta, sem levantar os olhos.

— Dar uma corrida. — E faço uns alongamentos improvisados. — Talvez eu participe das competições este ano — completo. Um dos segredos da mentira é a coerência.

Papai dá um gole no café, concorda distraído com a cabeça e solta um "Que bom" vazio.

Meu coração afunda. Acho que eu deveria ficar feliz por ele não ligar, mas não fico. Ele *deveria* ligar. Mamãe se preocupa tanto que me sufoca; mas isso não significa que ele esteja autorizado a fazer isso, ficar de fora. E de repente preciso que ele se importe. Preciso que me dê alguma coisa para eu saber que ele ainda está aqui, que ainda é o meu pai.

— Andei lendo os livros de férias. — Mesmo isso sendo contrário à natureza.

Ele levanta os olhos, o rosto se iluminando de leve.

— Ótimo. É uma boa escola. Wesley tem ajudado você, certo? — Concordo, e ele diz: — Gosto daquele menino.

Sorrio.

— Também gosto. — E como Wes parece ser o truque para provocar os sinais vitais do meu pai, acrescento: — Temos mesmo muitas coisas em comum.

E, de fato, ele se anima um pouco mais.

— Isso é ótimo, Mac. — Agora que consegui sua atenção, ela perdura. Seus olhos buscam os meus. — Fico feliz por você estar fazendo amigos por aqui, querida. Sei que não é fácil. Nada disso é fácil. — Sinto um aperto no peito. Papai não consegue expressar o que é este *isso*, não mais do que mamãe, mas está estampado em seu rosto cansado. — E sei que você é forte, mas às vezes parece... perdida.

Parece ser o máximo que já me disse desde o enterro de Ben.

— Você está... — começa e para, procurando as palavras. — Está tudo...

Eu o poupo de falar com um suspiro e abraço seus ombros. Barulho enche minha cabeça, baixo, pesado e triste, mas não solto, nem mesmo quando ele retribui o abraço e a intensidade do som dobra.

— Só quero saber se você está bem — diz, tão baixinho que quase não ouço em meio a estática.

Não estou, nem um pouco, mas sua preocupação me dá a força necessária para mentir. Para me afastar e sorrir, para dizer que estou legal.

Papai me deseja uma boa corrida, e parto atrás de Owen e dos outros.

De acordo com meu papel, Owen Chris Clarke não existe.

Mas ele está aqui, nos Estreitos, e é hora de mandá-lo de volta.

Enrolo o cordão da chave no pulso e olho para uma passagem mal iluminada e familiar de cima a baixo.

Ocorre a mim que preciso encontrá-lo primeiro. O que não se mostra um problema, pois Owen não está se escondendo. Está sentado no chão com as costas apoiadas na parede perto do fim do corredor, as pernas esticadas preguiçosamente, um joelho dobrado para apoiar um cotovelo. A cabeça caída para frente, o cabelo sobre os olhos.

Ele deveria estar estressado, se rasgando, batendo nas portas, nos Estreitos, em tudo, procurando uma saída. Deveria se desgarrar. *Não* estar dormindo.

Eu me aproximo um passo.

Ele não se mexe.

Outro passo, os dedos apertando a chave.

Chego perto dele, e o garoto ainda não se mexeu. Eu me agacho, pensando se tem algo errado com ele e, quando estou prestes a me levantar, sinto algo frio na minha mão, na que segura a chave. Os dedos de Owen deslizam pelo meu pulso, trazendo com eles... nada. Nenhum ruído.

— Não faça isso — diz, a cabeça ainda abaixada.

Deixo a chave escorregar, até a ponta do cordão, e me levanto, com os olhos nele.

Ele levanta a cabeça.

— Boa noite, Mackenzie.

Uma gota de suor frio escorre pela minha espinha. Ele não se desgarrou, nem um pouco. Até parece mais calmo. Seguro e humano, vivo. Ben poderia ser assim, o pensamento perigoso sussurra na minha cabeça. Eu o empurro de volta.

— Dia — corrijo.

Ele se levanta, o movimento fluído, como se escorregasse para baixo na parede, mas ao contrário.

— Perdão — diz, apontando para o espaço ao nosso redor. Um sorriso se esboça no seu rosto. — É meio difícil saber.

— Owen — digo —, eu vim aqui para...

Ele dá um passo à frente e ajeita uma mecha de cabelo atrás da minha orelha. Seu toque é tão silencioso que eu me esqueço de recuar. Enquanto sua mão traça o contorno do meu rosto e para debaixo do queixo, sinto aquele mesmo *silêncio*. O silêncio morto das Histórias... Nunca dei importância, sempre ocupada demais com a caçada. Mas não é apenas a simples ausência de som e de vida. É um *silêncio* que se espalha por trás dos meus olhos, onde as lembranças deveriam estar. Um *silêncio* que não para na pele, mas me invade e me preenche com uma calma macia, uma tranquilidade que se espalha através de mim.

— Não culpo você — diz baixinho.

Deixa as mãos caírem e, pela primeira vez em anos, preciso resistir ao impulso de tocar alguém de volta. Em vez disso, me obrigo a recuar, colocar uma distância entre nós. Owen se vira para a porta mais próxima e apoia as duas mãos nela, espalhando os dedos pela madeira.

— Dá para sentir, sabe? — murmura ele. — Tem essa... sensação, no meio do meu corpo, como se minha casa estivesse do outro lado. Como se eu pudesse simplesmente ir para lá e tudo ficaria bem. — Ele deixa as mãos na porta, mas vira a cabeça para mim. — Isso é estranho? — O preto no centro dos olhos permanece contido, as pupilas pequenas e nítidas apesar da pouca luz. Além disso, mantém um tom de voz vazio, cuidadoso ao falar sobre a atração pelas portas, como se estivesse contendo uma forte emoção, mantendo o controle, guardando-a para si. Volta a olhar para porta, fecha os olhos e apoia a cabeça nela.

— Não — digo em voz baixa. — Não é estranho.

É o que todas as Histórias sentem. A prova do que ele é. Mas a maioria das Histórias quer ajuda, quer chaves, uma saída. A maioria está desesperada e perdida. E Owen não tem nada disso. Então, por que está aqui?

— A maioria das Histórias desperta por um motivo — digo. — Alguma coisa as deixa inquietas e, seja o que for, é o que as consome desde o momento em que despertam.

Quero saber o que aconteceu com Owen Chris Clarke. Não só por que ele acordou, mas como morreu. Qualquer coisa que lance alguma luz sobre o que ele faz no meu território, calmo e de olhos firmes.

— Tem alguma coisa consumindo você? — pergunto gentilmente.

Seus olhos encontram os meus na penumbra, e a tristeza embaça o azul por um momento. Mas desaparece, e ele se afasta da porta.

— Posso te fazer uma pergunta?

Está desviando do assunto, mas fico intrigada. Histórias não costumam se preocupar com Guardiões, vistos apenas como obstáculos. Fazer perguntas significa que está curioso. Curiosidade significa que ele se importa. E eu concordo.

— Sei que você está fazendo alguma coisa errada — diz, percorrendo minha pele de leve com os olhos, subindo em direção ao meu rosto. — Me deixando ficar aqui. Dá para ver.

— Você está certo — respondo —, estou.

— Então por que está fazendo isso?

Porque você não faz sentido, tenho vontade de dizer. *Porque Da me mandou sempre confiar nos meus instintos. O estômago avisa quando a gente está com fome, ele dizia, e quando estamos doentes, e quando estamos certos ou errados. Vem de dentro. E algo lá dentro me diz que há um motivo para Owen estar aqui agora.*

Tento fingir indiferença.

— Porque você pediu um dia.

— Aquele homem com a faca te pediu a chave e você não entregou para ele.

— Ele não pediu com jeitinho.

Ele deixa aquele fantasma de sorriso aparecer de novo, um leve movimento dos lábios, está ali e logo não está mais. Se aproxima de mim.

— Mesmo os mortos podem ser bem-educados.

— Mas a maioria não é — digo. — Respondi sua pergunta. Agora responda uma minha.

Ele curva a cabeça levemente, assentindo. Olho para ele, esta História impossível. O que o deixou assim?

— Como você morreu?

Ele enrijece, mas não muito, devo admitir; percebo, no entanto, uma breve tensão na boca. O polegar começa a esfregar o corte que fiz na mão dele.

— Não lembro.

— Eu sei que é traumático, pensar...

— Não — diz, balançando a cabeça. — É só que não lembro. Não *consigo* lembrar. Como se estivesse tudo... vazio.

Sinto um aperto. Será que ele também pode ter sido alterado?

— Você se lembra da sua vida? — pergunto.

— Lembro — diz, enfiando as mãos nos bolsos.

— Conta para mim.

— Nasci no norte, perto do mar. Morei numa casa nas montanhas, numa cidadezinha. Era calmo e é verdade que não lembro de muita coisa, o que acho que significa apenas que eu era feliz.

Conheço o sentimento. Minha vida antes do Arquivo é um monte de impressões paradas, agradáveis, mas estranhamente fixas, como se pertencessem a outra pessoa.

— E então nos mudamos para a cidade — continua ele — quando eu tinha quatorze anos.

— Mudamos quem? — pergunto.

— Minha família. — E aquela tristeza aparece de novo em seus olhos. Não me dou conta de como estamos próximos até notar isso, escrito sobre o azul. — Quando penso na vida perto do mar, é como se fosse tudo uma pintura. Um borrão suave. Mas a cidade é fragmentada, clara e nítida. — Fala com voz baixa, devagar, equilibrado. — Eu costumava subir no telhado e imaginar que estava de volta às montanhas, olhando para longe. Era um mar de tijolos abaixo de mim, mas se eu olhasse para cima em vez de para baixo, poderia estar em qualquer lugar. Cresci lá, na cidade. Ela me formou. O lugar onde morei... me mantinha ocupado — acrescenta com um pequeno sorriso particular.

— Como era a sua casa?

— Não era uma casa — diz. — Não de verdade.

Franzo a testa.

— O que era então?

— Um hotel.

Seguro o ar no peito, com um sobressalto.

— Como era o nome dele? — murmuro.

Sei a resposta antes que ele fale.

— O Coronado.

DEZESSETE

Fico tensa.

— O que foi? — pergunta ele.

— Nada — respondo, um pouco rápido demais. Quais as chances de Owen conseguir encontrar o caminho até aqui, com as portas numeradas ao alcance da mão, que não apenas levam para fora, mas para sua *casa*?

Finjo indiferença.

— Não é esquisito? Morar num hotel?

— Era incrível — responde ele em voz baixa.

— Mesmo? — pergunto, sem conseguir me conter.

— Não acredita em mim?

— Não é isso — digo. — Só não consigo imaginar como deve ser.

— Feche os olhos.

Eu fecho.

— Primeiro você entra no saguão. É de vidro e madeira escura, mármore e cobre dourado.

A voz dele é suave e me embala.

— Traços dourados no papel de parede, fios no carpete, emoldurando a madeira e pontuando o mármore. Todo o saguão brilha. Cintila. Há flores em vasos de cristal: algumas rosas do mesmo vermelho-escuro do carpete, outras brancas como o mármore. O lugar está sempre iluminado. Raios de sol entram pelas janelas, as cortinas estão sempre abertas.

— Parece lindo.

— Era sim. Nós nos mudamos para lá no ano seguinte à conversão para prédio residencial.

Há algo vagamente formal em Owen — uma espécie de graça anacrônica, movimentos cuidadosos, palavras medidas —, mas é difícil acreditar que ele viveu... e morreu... há tanto tempo. Ainda mais chocante que sua idade, porém, é a data a qual se refere: 1951. Não vi o nome *Clarke* nos registros e agora sei por quê. Sua família se mudou no período que desapareceu dos livros.

— Eu gostava bastante de lá — prossegue —, mas minha irmã adorava.

Seus olhos parecem perder o foco — sem escapar, sem escurecer, mas assombrados por algo.

— Era tudo um jogo para Regina — continua baixinho. — Quando nos mudamos para o Coronado, ela via o lugar com um castelo, um labirinto, cheio de esconderijos. Nossos quartos ficavam lado a lado, mas ela insistia em me passar bilhetes. E em vez de enfiá-los sob a porta, ela os rasgava e escondia os pedaços pelo prédio, amarrados em pedras, anéis, coisas, qualquer coisa em que pudessem ficar presos. Uma vez ela me escreveu uma história e a espalhou por todo o Coronado, enfiando o papel em frestas no jardim e debaixo das telhas, nas bocas das estátuas... Levei dias para encontrar todos os fragmentos, mas nunca consegui encontrar o final... — Sua voz falha.

— Owen?

— Você disse que há um motivo para as Histórias despertarem. Alguma coisa que as consome... que nos consome. — Ele olha para mim ao dizer isso e a tristeza está marcada em seu rosto, mal tocando seus traços e ainda assim o transformando. Ele aperta os braços em torno do peito. — Não consegui salvá-la.

Meu coração desaba. Vejo a semelhança agora, clara como o dia: as formas esguias; o cabelo louro, quase prateado; a graça estranha e delicada. A menina assassinada.

— O que aconteceu? — sussurro.

— Foi em 1953. Minha família morava no Coronado havia dois anos. Regina tinha quinze. Eu tinha dezoito e havia acabado de me mudar para outro lugar. — Owen fala com os dentes cerrados. — Duas semanas antes de acontecer. Não era longe, mas, naquele dia, foi como se fosse num outro país, num outro mundo, pois, quando ela precisou de mim, eu não estava lá.

As palavras me atravessam. As mesmas que eu repito para mim mesma mil vezes quando penso no dia em que Ben morreu.

— Ela ficou sangrando no chão da sala — conta. — E eu não estava lá.

Ele volta a se encostar na parede e escorrega até sentar no chão.

— Foi minha culpa — murmura. — Você acha que é por isso que estou aqui?

Eu me ajoelho na frente dele.

— Não foi você que a matou, Owen. — Eu sei. Eu vi quem foi.

— Eu era o irmão mais velho dela. — Ele enfia os dedos no cabelo. — Era minha obrigação protegê-la. Robert era meu amigo no começo. Fui eu que os apresentei. Eu o coloquei na vida dela.

A expressão de Owen escurece, e ele olha para longe. Estou prestes a insistir quando o arranhão das letras me arrasta de volta para os Estreitos e para a existência de outras Histórias. Pego o papel, esperando encontrar um novo nome, mas em vez disso, encontro uma convocação.

Apresente-se aqui agora — R.

— Tenho que ir — digo.

Owen coloca a mão no meu braço. Naquele momento, todos os pensamentos, dúvidas e preocupações desaparecem.

— Mackenzie — diz —, meu dia chegou ao fim?

Eu me levando e sua mão escorrega da pele do meu braço e o silêncio se vai com ela.

— Não — digo, virando-me —, ainda não.

Minha cabeça ainda está girando em torno da irmã de Owen — a semelhança entre eles é imensa, agora que eu sei — quando entro no Arquivo. E então vejo a mesa na entrada da antecâmara e paro. Está coberta de arquivos e livros, papéis saindo pelas pilhas enormes de pastas e, no intervalo estreito entre duas pilhas, vejo os óculos de Patrick. Droga!

— Se você estiver tentando quebrar um recorde de permanência aqui — diz ele, olhando-me por trás do trabalho —, estou certo de que conseguiu.

— Eu só estava procurando...

— Você sabe muito bem — prossegue — que apesar do nome do meu cargo, isto aqui não é *de fato* uma biblioteca. Não emprestamos, não damos saída, e nem mesmo temos uma área somente para consultas de referência. Essas visitas constantes não apenas são cansativas, são inaceitáveis.

— Sim, eu sei, mas...

— E você não está suficientemente ocupada, senhorita Bishop? Pois da última vez que verifiquei, você tinha — ele pega um bloco da mesa e folheia diversas páginas — cinco Histórias na sua lista.

Cinco?

— Você sabe por que que *tem* uma lista, correto?

— Sim — digo entre dentes.

— E o motivo pelo qual é imperativo que a limpe?

— É claro.

Há uma razão para mantermos a patrulha constante, esperando manter os números em níveis baixos, em vez de simplesmente deixar aquilo de lado, deixando que as Histórias se acumulem nos Estreitos. Dizem que se um número suficiente de Histórias despertar e ocupar o espaço entre os mundos, não precisarão de Guardiões e chaves para atravessar. Poderiam arrombar as portas. *Duas maneiras de se passar por qualquer tranca*, foi o que disse Da.

— Então por que você ainda está parada aqui na minha...

— Roland me convocou — respondo, mostrando o papel do Arquivo.

Patrick bufa e senta de volta, examinando-me por um bom tempo.

— Muito bem — diz, retomando o trabalho com pouco mais do que um gesto para as portas atrás dele.

Contorno a mesa, devagar para vê-lo escrever no velho livro de registros aberto diante dele e depois, praticamente sem levantar a caneta, num dos livros menores, da meia dúzia que estão ali. Essa é a primeira vez que vejo a mesa tão lotada.

— Você parece ocupado — digo ao passar.

— É porque estou — responde, ríspido.

— Mais ocupado do que o normal.

— Muito perspicaz.

— Eu estou mais ocupada também, Patrick. Você não pode me dizer que cinco nomes é padrão, mesmo no Coronado.

Ele não me olha.

— Estamos passando por algumas pequenas dificuldades técnicas, senhorita Bishop. Lamento muito pela inconveniência.

— Que tipo de dificuldades técnicas? — digo franzindo a testa. Nomes falhando? Histórias armadas? Garotos que não se desgarram?

— Pequenas — responde secamente, deixando claro como o dia que a conversa acabou.

Guardo a lista enquanto cruzo as portas e vou procurar Roland.

Ao entrar na luz calorosa do átrio, meu espírito fica mais leve e tenho aquele sentimento de paz de que Da sempre falava. A calma.

E então alguma coisa cai *ruidosamente*.

Não aqui no átrio, mas num dos corredores das ramificações, o estrondo metálico de uma prateleira caindo no chão destrói o silêncio. Vários bibliotecários se levantam de seus trabalhos e correm em direção ao barulho, fechando as portas ao passarem; mas eu fico parada, completamente imóvel, lembrando que estou cercada de mortos adormecidos.

Prendo a respiração e ouço. Nada acontece. As portas permanecem fechadas. Nenhum som as atravessa.

Uma mão então toca o meu ombro, e giro, pegando o braço e torcendo por trás do corpo da pessoa. Num movimento fluído, braço e corpo se soltam e, de alguma maneira, sou eu quem está presa, com o rosto pressionado contra uma mesa.

— Calma aí — diz Roland, soltando meu pulso e o ombro.

Respiro para me recuperar e me apoio de volta na mesa.

— Por que você me chamou? Descobriu alguma coisa? E ouviu esse barulho...

— Aqui não — murmura ele, indo em direção a uma ala. Vou atrás dele, esfregando meu braço.

Quanto mais para longe do átrio vamos, mais velho o Arquivo parece ficar. Roland me leva pelos corredores que começam a serpentear e encolher, mais parecidos com os estreitos do que com as estantes. O teto muda, o arco do teto fica bem mais baixo, e as próprias salas são menores, parecidas com criptas, cheias de poeira.

— O que foi aquele barulho? — pergunto enquanto Roland segue na minha frente, mas ele não responde; apenas se abaixa para entrar numa alcova com formato estranho e se vira para um arco de pedra baixo. A sala do outro lado está escura, as paredes cobertas por velhos livros datados, não por Histórias. Uma versão mais apertada e decaída da câmara onde enfrentei minha avaliação.

— Temos um problema — diz assim que fecha a porta. — Examinei aquela lista de nomes que você enviou. A maioria não me diz nada, mas dois deles sim. Duas outras pessoas morreram no Coronado, ambas em agosto, no período de um mês depois de Marcus Elling. E as duas Histórias foram alteradas, as mortes removidas.

Caio numa cadeira de couro baixa, e Roland começa a andar. Parece exausto, a cadência da voz mais forte à medida que fala.

— Não as encontrei a princípio, pois estavam na prateleira errada, os livros de entrada indicando um lugar, mas os catálogos dizendo outro. Alguém não queria que fossem encontradas.

— Quem eram?

— Eileen Herring, uma mulher de uns setenta anos, e Lionel Pratt, um homem beirando os trinta. Os dois moravam no Coronado, ambos sozinhos, exatamente como Elling, mas essa é a única conexão que encontrei. Nem mesmo posso ter certeza de que morreram *no* Coronado, mas suas últimas lembranças intactas são de lá. Eileen saindo do apartamento no segundo andar. Lionel sentado no pátio, fumando um cigarro. Momentos absolutamente mundanos. Nada sobre eles aponta para qualquer coisa que indique o que causou suas mortes, e, mesmo assim, ambos foram apagados.

— Marcus, Eileen e Lionel morreram em agosto. Mas Regina foi assassinada em março.

Ele aperta os olhos.

— Achei que você não soubesse o nome dela.

O ar fica entalado nos meus pulmões. Eu não sabia. Não até Owen me contar. Mas não posso explicar que estive acobertando o irmão dela.

— Você não é o único investigando, lembra? Eu achei uma moradora do Coronado, a senhora Angelli, que tinha ouvido falar do crime.

Não é uma mentira, penso. Apenas uma manipulação.

— Que mais ela sabia? — pressiona ele.

Balanço a cabeça, tentando manter a história tão limpa quanto possível.

— Não muito. Ela não estava muito disposta a contar histórias.

— E Regina tem um sobrenome?

Hesito. Se eu falar, Roland vai cruzar com o nome de Owen, que está admiravelmente ausente. Sei que eu deveria contar a Roland sobre ele — já estamos quebrando regras —, mas existem regras e Regras, e embora Roland tenha avançado bastante para quebrar as do primeiro tipo, não sei como ele lidaria com a minha quebra do segundo, acobertando uma História nos Estreitos. E ainda tenho muitas perguntas para fazer para Owen.

Balanço a cabeça.

— Angelli não me disse, mas vou continuar pressionando. — Ao menos essa mentira vai me dar algum tempo. Tento mudar o foco de volta para o segundo grupo de mortes.

— Cinco meses entre o assassinato de Regina e essas três mortes, Roland. Como vamos saber se elas ao menos têm alguma relação?

Ele franze a testa.

— Não sabemos. Mas é um número suspeito de erros de arquivamento. A princípio achei que pudesse ser uma limpeza, mas...

— Uma limpeza?

— Às vezes, se as coisas não dão certo, se uma História comete atrocidades no Exterior e há vítimas, além de testemunhas, o Arquivo faz o que puder para minimizar o risco de exposição.

— Você está me dizendo que o Arquivo deliberadamente encobre assassinatos?

— Nem todas as provas podem ser enterradas, mas a maioria pode ser distorcida. Corpos podem ser suprimidos. As mortes podem parecer naturais.

Eu devo aparentar estar tão chocada quanto de fato me sinto, pois ele continua falando.

— Não estou dizendo que seja certo, senhorita Bishop; apenas que o Arquivo não pode permitir que as pessoas saibam sobre as Histórias. Sobre nós.

— Mas será que iriam ocultar provas de seus próprios membros?

Ele franze novamente a testa.

— Já vi certas medidas serem tomadas no Exterior. Superfícies alteradas. Conheci membros do Arquivo que acham que o passado deve ser protegido aqui, dentro dessas paredes, mas não além delas. Pessoas que acham que o Exterior não é sagrado. Que acham que existem coisas que até mesmo os Guardiões e a Equipe não deveriam ver. Mas mesmo esses jamais aprovariam isso, a alteração das Histórias, ocultando a verdade de *nós*.

E quando diz *nós*, não se refere a mim. Está falando dos Bibliotecários. Ele parece magoado. Traído.

— Então alguém daqui mudou de lado — digo. — A questão é saber por quê.

— Não apenas por quê. Mas *quem*. — Roland se deixa cair numa cadeira. — Lembra quando falei que tivemos um problema? Logo depois que encontrei Eileen e Lionel, voltei para verificar a História de Marcus novamente. Não consegui. Alguém tinha mexido nele. Estava totalmente apagado.

Aperto os braços da cadeira.

— Mas isso significa que foi feito por um Bibliotecário atual. Alguém que está no Arquivo *agora*.

Percebendo isso, fico feliz por não ter falado de Owen. Se ele estiver conectado, então há uma grande diferença dele para as outras vítimas: está *acordado*. Tenho melhores chances de descobrir o que ele sabe ouvindo suas palavras do que transformando-o num corpo. E se ele realmente estiver ligado ao que está acontecendo, no momento em que devolvê-lo, nosso Bibliotecário criminoso com certeza vai apagar o que resta de sua memória.

— E a julgar pelo trabalho apressado — completa Roland —, sabem que estamos desencavando essa história.

Balanço a cabeça.

— Mas não entendo. Você disse que a morte de Marcus Elling foi alterada pela primeira vez quando ele foi trazido para cá. Isso tem mais de sessenta anos. Por que um Bibliotecário atual estaria tentando encobrir o trabalho de um anterior?

Roland esfrega os olhos.

— Não faria isso. E não está fazendo.

— Não entendo.

— As alterações têm uma assinatura. Lembranças que foram esvaziadas por diferentes pessoas são registradas igualmente como pretas, mas tem uma diferença sutil na maneira como são lidas. O jeito delas. O jeito que a História de Marcus Elling é lida agora é o mesmo de antes. O mesmo que as outras duas são lidas também. Foram alteradas pela mesma pessoa.

A mesma pessoa em sessenta e cinco anos.

— Bibliotecários chegam a ficar tanto tempo assim?

— Não há um prazo obrigatório para a aposentadoria — responde ele. — Os Bibliotecários escolhem a duração de suas permanências. E já que, enquanto permanecemos aqui, não envelhecemos...

Roland hesita, e faço uma lista mental de todos que vi nesta divisão. Devem ter uns dez, vinte Bibliotecários aqui a qualquer hora. Conheço apenas alguns pelo nome.

— É inteligente — diz Roland, quase que para si mesmo. — Bibliotecários são o único elemento do Arquivo que não são, e não podem ser, totalmente registrados, monitorados. Se ficam muito tempo num único lugar, uma ação criminosa chamaria a atenção, mas eles estão sempre em fluxo constante, sendo transferidos.

O pessoal nunca fica junto por muito tempo. As pessoas vêm e vão. Se movimentam livremente pelas divisões. É concebível...

Penso em Roland, que esteve aqui desde minha admissão, mas os outros — Lisa, Patrick e Carmen — chegaram todos depois.

— Você ficou por aqui — digo.

— Tinha que manter você longe dos problemas.

Roland balança os tênis nervosamente.

— O que fazemos agora? — pergunto.

— *Nós* não vamos fazer nada. — diz Roland, prontamente. — Você vai ficar fora deste caso.

— De jeito nenhum.

— Mackenzie, este é o outro motivo por que te convoquei. Você já se arriscou demais...

— Se você está falando da lista de nomes...

— Você teve sorte que fui eu que a encontrei.

— Foi um acidente.

— Descuido.

— Talvez se eu soubesse o que o papel pode fazer, quem sabe se o Arquivo não mantivesse tudo *tão* secreto...

— Chega. Sei que você só quer ajudar, mas quem quer esteja fazendo essas coisas, é perigoso e certamente não quer ser pego. É imperativo que você fique fora...

— ... do caminho?

— Não, da mira.

Penso na faca de Jackson e no ataque de Hooper. *Tarde demais.*

— Por favor — pede Roland. — Você tem muito mais a perder. Deixe que eu assuma daqui em diante.

Hesito.

— Senhorita Bishop...

— Há quanto tempo você é um Bibliotecário? — pergunto.

— Tempo demais — responde. — Agora, me prometa.

Eu me obrigo a concordar e sinto uma pontada de culpa ao ver seus ombros relaxarem sensivelmente porque ele acredita em mim. Ele se levanta e vai para a porta. Vou atrás, mas no meio do caminho paro.

— Talvez você devesse me deixar ver Ben — digo.

— Por que isso agora?

— Você sabe, um disfarce. Caso o Bibliotecário criminoso esteja nos observando.

Roland quase sorri. Mas me manda para casa assim mesmo.

DEZOITO

Mamãe diz que não há nada que um banho quente não possa resolver, mas fiquei cozinhando no chuveiro por meia hora e não estou nem perto de resolver coisa alguma.

Roland me mandou para casa com um último olhar e um lembrete para não confiar em *ninguém*. O que não é difícil, quando se sabe que alguém está tentando enterrar o passado e, possivelmente, a gente junto. Minha cabeça imediatamente vai para Patrick, mas, por menos que goste dele, o fato é que ele é um Bibliotecário exemplar e há no mínimo uma dúzia de outros no Arquivo todos os dias. Poderia ser qualquer um deles. Por onde é que se pode começar?

Abro a água quente no máximo e deixo que queime meu ombro. Depois de falar com Roland, fui caçar. Queria limpar minha cabeça. Não funcionou, e só consegui devolver as duas Histórias mais novas, reduzindo minha lista pela metade por cinco minutos completos até três novos nomes aparecerem.

Cacei Owen, também, mas não tive sorte. Agora estou com medo de tê-lo afastado para longe, embora *longe* seja um termo relativo nos Estreitos. Não existem tantos lugares assim para se esconder, mas eu ainda não os encontrei, enquanto que ele, aparentemente, já. Jamais me deparei com uma História que não quisesse ser encontrada. E por que ele iria querer se esconder? Seu dia de barganha chegou ao fim e eu sou a pessoa que pretende mandá-lo de volta. E vou mandar, só preciso saber primeiro o que ele sabe. Para isso, preciso conquistar sua confiança.

Como se ganha a confiança de uma História?

Da diria que isso não acontece. Mas enquanto escaldo o ombro na água, penso na tristeza dos olhos de Owen quando ele falou de Regina — não da morte dela, quando sua voz ficou vazia, mas antes, quando contou dos jogos que ela fazia, as histórias que escondia por todo o prédio.

Uma vez ela escreveu uma história para mim... e a espalhou por todo o Coronado, enfiada em rachaduras do jardim, debaixo de telhas, na boca das estátuas... levei dias para achar os fragmentos e, mesmo assim, nunca encontrei o final...

Fecho a água de uma vez.

É isso. Essa é minha chance de ganhar sua confiança. Um sinal. Uma oferta de paz. Algo em que se segurar. Meu ânimo começa a afundar. Quais as chances de qualquer coisa deixada aqui há 65 anos ainda existir? E então penso no Coronado, sua lenta decadência, e penso que talvez, talvez. Apenas talvez.

Visto-me rápido, olhando para o papel do Arquivo em cima da cama (com uma careta para os nomes, em especial o mais velho — *18*). Eu costumava esperar dias com a esperança de receber um nome, realizada no momento em que um se revelava. Agora enfio o papel de volta no bolso. Há uma pilha de livros em cima de uma caixa grande. O *Inferno* de Dante em cima de tudo. Ponho-o debaixo do braço e saio.

Papai ainda está na mesa da cozinha, na terceira ou quarta xícara, a julgar pela jarra quase vazia ao seu lado. Mamãe está sentada, fazendo listas. Tem pelo menos umas cinco na frente dela, e ela continua escrevendo e reescrevendo e rearrumando, como se pudesse decodificar sua vida daquela maneira.

Os dois olham para mim quando chego.

— Aonde você vai? — pergunta mamãe. — Comprei tinta.

Uma das regras de ouro da mentira é jamais, se puder ser evitado, envolver outra pessoa na história, pois perdemos o controle. E é por isso que tenho vontade de me socar quando a mentira sai da minha boca:

— Encontrar com Wesley.

O rosto de papai se ilumina. Mamãe franze a testa. Faço uma careta e viro para porta. E então, para meu espanto, a mentira se torna verdade quando, ao abri-la, dou de cara com uma figura alta, vestida de preto, bloqueando meu caminho.

— Senhoras e senhores! — diz Wesley, cambaleando pela porta, segurando uma xícara de café vazia e um saco de papel pardo. — Escapei!

— Falando no diabo — diz papai. — Mac estava saindo para...

— Escapou do quê? — pergunto, cortando papai.

— Das muralhas de Chez Ayers, atrás das quais estive confinado por dias. Semanas. Anos. — Ele apoia a cabeça na moldura da porta. — Já nem sei mais.

— Estive com você ontem.

— Bem, *pareceram* anos. Agora vim implorar por café e trouxe guloseimas com a intenção de resgatar você de sua servidão no poço de... — Sua voz falha quando vê minha mãe, braços cruzados, de pé atrás de mim. — Ah, oi!

— Você deve ser o garoto — diz ela. Reviro os olhos, mas Wesley apenas sorri. Não o sorriso de lado, mas um sorriso verdadeiro que deveria destoar do cabelo preto arrepiado e dos olhos com delineador, só que não destoa.

— Você deve ser a mãe — diz, passando direto por mim. Ele passa o saco de papel para a mão esquerda e estende a direita para ela. — Wesley Ayers.

Mamãe parece ter sido pega de surpresa pelo sorriso, pelo jeito aberto e fácil como ele age. Eu sei que eu fui.

Sequer pisca quando ela pega sua mão.

— Posso ver que minha filha gosta de você.

O sorriso de Wesley aumenta enquanto solta a mão.

— A senhora acha que ela está se rendendo à minha beleza estonteante, ao meu charme ou ao fato de eu trazer docinhos para ela?

Mamãe ri, mesmo contra vontade.

— Bom dia, senhor Bishop — cumprimenta ele.

— Um belo dia — responde papai. — Você dois têm que sair. Respirar ar puro. Sua mãe e eu cuidamos da pintura.

— Ótimo! — Wes passa o braço pelo meu ombro e o ruído explode dentro de mim. Empurro de volta, tento bloqueá-lo e faço uma anotação mental de socá-lo quando estivermos sozinhos.

Mamãe nos serve dois cafés frescos e nos leva até a porta, observando a gente partir. Assim que a porta se fecha, derrubo o braço dele dos meus ombros e respiro com a redução súbita da pressão.

— Palhaço.

Ele desce na frente até o saguão.

— Você, Mackenzie Bishop — diz, quando chegamos ao final da escada — foi uma menina muito má.

— Como assim?

Ele contorna o corrimão no final da escada.

— Me meteu numa mentira! Não pense que não ouvi.

Saímos para o jardim pela porta do estúdio, que ele escancara para me levar ao pátio pontilhado com a luz da manhã. A chuva parou e, ao olhar em torno, imagino se Regina teria escondido um pedaço da história num lugar desses. A hera cresceu e pode ter protegido o fragmento, mas duvido que um pedaço de papel possa ter sobrevivido às estações, que dirá aos anos.

Wes se deixa cair no banco e tira um pãozinho de canela do saco.

— Aonde você estava indo *de verdade*, Mac? — pergunta ele, estendendo-me o saco.

Volto meus pensamentos para Wesley, pegando um pãozinho e me acomodando no braço do banco.

— Ah, você sabe — digo secamente. — Pensei em me deitar ao sol por algumas horas, quem sabe ler um livro, aproveitar este verão preguiçoso.

— Ainda tentando limpar sua lista?

— Isso aí.

E interrogar Owen. E descobrir por que um Bibliotecário iria querer encobrir mortes que têm décadas e mais décadas. Tudo sem deixar o Arquivo saber.

— Você trouxe o livro só para despistar seus pais? Muito cuidadosa.

Dou uma mordida no pãozinho de canela.

— De fato, sou a mestre dos disfarces.

— Acredito — diz Wes, dando outra mordida. — Então, sobre a sua lista...

— O que tem?

— Espero que você não se importe, mas cuidei da História no seu território.

Fico dura. *Owen*. Será que foi por isso que não consegui encontrá-lo hoje de manhã? Será que Wesley já o mandou de volta? Tento manter minha voz impassível.

— Do que você está falando?

— Uma História? Sabe? Uma daquelas coisas que a gente foi contratado para caçar?

Tento disfarçar o meu choque.

— Eu te falei. Não. Preciso. De. Ajuda.

— Um simples obrigado é suficiente, Mac. Além disso, eu nem estava procurando por ela. Tipo, ela que me atropelou.

Ela? Tiro a lista do bolso. *Susan Lark. 18.* sumiu. Solto um suspiro de alívio e volto a relaxar no banco.

— Por sorte, pude usar meu charme — acrescenta ele. — Isso e o fato de ela ter achado que eu era o namorado dela. O que, admito, facilitou as coisas um bocado.

Ele passa as mãos pelo cabelo. Nenhum fio se mexe.

— Obrigada — digo baixinho.

— É uma palavra difícil de se dizer, eu sei. Precisa de prática.

Jogo o último pedaço do meu pãozinho nele.

— Ei! — reage ele. — Cuidado com o cabelo!

— Quanto tempo leva para deixar ele espetado desse jeito? — pergunto.

— Horas — responde ele, levantando-se e espreguiçando. — Mas vale a pena.

— É mesmo?

— Eu vou te mostrar, senhorita Bishop, por que isso tudo — e ele faz um gesto que vai do cabelo espetado até as botas — é absolutamente vital.

Levanto uma sobrancelha, e me rencosto na curva de pedra do banco.

— Deixa eu adivinhar — digo com um tom debochado —, você só quer aparecer. — Falo de um jeito dramático, para ele saber que só estou implicando. — Você se sente invisível na própria pele e se veste assim para fazer as pessoas reagirem.

Wes suspira.

— Como é que você sabe? — Mas ele não consegue tirar o sorriso do rosto. — Na verdade, por mais que eu adore ver a expressão torturada do meu pai, ou o ar de desprezo de sua nova futura esposa troféu, isso aqui tem uma finalidade.

— E que finalidade seria essa?

— Intimidação — responde ele com um floreio. — Isso assusta as Histórias. Primeiras impressões são importantes, especialmente em situações com potencial de combate. Uma vantagem imediata me ajuda a controlar a situação. Muitas das Histórias não vêm do aqui e agora, e isso — Ele indica o próprio traje de novo. — acredite ou não, pode ser intimidador.

Wes se endireita e caminha para mim, num quadrado de luz do sol. As mangas estão enroladas, mostrando braceletes de couro que transpassam algumas cicatrizes e escondem outras. Os olhos castanhos são vivos e acolhedores, e o contraste das íris claras com o cabelo preto é radical, mas agradável. Dou uma panorâmica por suas roupas e Wesley percebe antes que eu desvie os olhos.

— Qual é o problema, Mac? — diz, de pé diante de mim. — Finalmente está caindo vítima de minha beleza diabólica? Eu sabia que seria apenas uma questão de tempo.

— Ah, sim, é isso mesmo... — respondo com uma risada.

Ele se inclina, apoia a mão no banco junto ao meu ombro.

— Ei — diz.

— Ei.

— Tudo bem?

A verdade vem até a ponta da minha língua. Tenho vontade de contar para ele, mas Roland me alertou para não confiar em ninguém, mesmo que às vezes eu pareça conhecer Wes há meses, e não há apenas alguns dias. Além disso, mesmo que eu contasse só uma parte da história para ele, verdades parciais são muito mais confusas do que mentiras completas.

— É claro — digo com um sorriso.

— É claro — repete, então se afasta. Cai de volta no banco e cobre os olhos com o braço para bloquear o sol.

Olho de volta para as portas do estúdio e penso nos catálogos. Fiquei tão concentrada nos primeiros anos que não examinei a lista atual. Concentrada nos mortos, mas não posso me esquecer dos vivos.

— Quem mais vive aqui? — pergunto.

— Hein?

— Aqui no Coronado — insisto. Talvez eu não possa contar para Wes o que está acontecendo, mas isso não quer dizer que ele não possa ajudar. — Só conheci você, Jill e a senhora Angelli. Quem mora aqui?

— Bem, tem essa garota nova que acabou de se mudar para o terceiro andar. A família dela está reabrindo o café. Ouvi dizer que ela gosta de mentir e bater nas pessoas.

— Ah, é? Bem, tem esse garoto gótico esquisito, sempre rondando o 5C.

— Mas supercharmoso e com um toque de mistério, certo?

Reviro os olhos.

— Quem é a pessoa mais velha aqui?

— Ah, essa distinção vai para Lucian Nix, lá do sétimo andar.

— Quantos anos ele tem?

Wes dá de ombros.

— Muitos.

Neste exato momento, as portas do estúdio se escancaram e Jill aparece.

— Achei que tinha te ouvido — diz ela.

— Tudo bem, moranguinho? — pergunta Wes.

— Seu pai está ligando sem parar há meia hora.

— É? — diz ele. — Devo ter me esquecido de ligar para ele.

Do jeito que Wesley fala, parece não ter se esquecido de nada.

— Isso é engraçado — diz Jill enquanto Wes se levanta —, porque seu pai parece estar achando que você fugiu.

— Uau! — eu me intrometo — Você não estava brincando quando disse que escapou de Chez Ayers.

— Isso aí. Bem, você que resolva. — Jill se vira e fecha a porta do estúdio na nossa cara.

— Ela é um encanto — digo.

— É igual a minha tia Joan, só que em miniatura. É assustador. Só falta uma bengala e uma garrafa de conhaque.

Vou com ele até o estúdio, mas paro, olhando de novo para os catálogos.

— Me deseje sorte — diz.

— Boa sorte — digo. E, enquanto ele ainda está sumindo pelo corredor: — E, Wes?

Ele reaparece.

— Oi?

— Obrigada pela ajuda.

Ele sorri.

— Tá vendo? Está ficando cada vez mais fácil de falar.

E com isso, lá se vai ele, e eu fico com uma pista. Lucian Nix. Há quanto tempo ele mora no prédio? Pego o catálogo mais recente e vou folheando até chegar ao sétimo andar.

7E. Lucian Nix.

Pego o seguinte.

7E. Lucian Nix.

E mais um.

7E. Lucian Nix.

Todos eles, até o começo, passando pelos registros desaparecidos, até o primeiro ano do primeiro livro azul. 1950.

Ele mora aqui desde sempre.

Encosto o ouvido na porta do 7E.

Nada. Eu bato. Nada. Bato de novo e estou prestes a tirar o anel e ouvir os sons de qualquer coisa viva quando, finalmente, alguém bate de volta. Ou alguma coisa roça a madeira. Escuto algum tipo de tumulto do outro lado da porta, junto a alguém xingando baixinho, e em seguida, a porta se abre e bate com o lado de metal de uma cadeira de rodas. Mais xingamentos, e a cadeira recua o suficiente para a porta se abrir totalmente. O homem na cadeira tem, nos termos de Wesley, *muitos* anos. O cabelo incrivelmente branco, os olhos embaçados ficam pousados em algum lugar à minha esquerda. Um fio de fumaça escapa de sua boca, onde uma cigarrilha está pendurada, quase no fim. Um cachecol cobre seu pescoço, com franjas na ponta que ele segura com dedos que parecem garras.

— O que você está olhando? — pergunta. Ele me pega desprevenida, uma vez que obviamente é cego. — Não está falando nada — acrescenta —, então deve estar olhando.

— Senhor Nix? — pergunto. — Meu nome é Mackenzie Bishop.

— Você é um beijograma? Porque eu já disse para a Betty que não preciso de garotas pagas para virem aqui. Melhor garota nenhuma do que aquela...

Não sei muito bem o que seria um beijograma.

— Não sou um beijo...

— Houve tempo em que eu só precisava sorrir... — Ele sorri agora, exibindo uma dentadura que não se encaixa muito bem.

— Senhor, não vim aqui para te beijar.

Ele ajusta a posição na direção do som da minha voz, girando a cadeira até quase estar me encarando e então levanta a cabeça para mim.

— Então por que está batendo na minha porta, mocinha?

— Minha família está renovando a cafeteria lá embaixo e vim me apresentar.

Ele mostra a cadeira de rodas.

— Não posso realmente ir lá embaixo — diz. — Me trazem todas as coisas aqui.

— Tem um... elevador.

Ele tem uma risada áspera.

— Sobrevivi até hoje. Não tenho planos para morrer numa dessas armadilhas de metal. — Decido que gosto dele. Leva as mãos trêmulas até a boca e pega a ponta do cigarro.

— Bishop. Bishop. Betty me trouxe um *muffin* que deixaram aí no corredor. Suponho que você deva ser a culpada por isso.

— Sim, senhor.

— Eu gosto mais de biscoitos. Sem ofensa aos outros produtos do seu forno. Simplesmente gosto de biscoitos. Bem, acho que você quer entrar.

Ele recua com a cadeira de rodas para dentro da sala e fica preso na borda do tapete.

— Porcaria de veículo — resmunga.

— Posso lhe dar uma mão?

Ele levanta as duas mãos.

— Já tenho duas. Mas preciso de novos olhos. Meus olhos são a Betty, e ela não está aqui.

Fico pensando quando Betty vai voltar.

— Certo — digo, atravessando o portal. — Permita-me.

Conduzo a cadeira de rodas pelo apartamento até a mesa.

— Senhor Nix — digo, sentando-me ao seu lado. Deixo meu exemplar de *Inferno* sobre a mesa gasta.

— Nada de *senhor*. Só Nix.

— Ok... Nix, eu estava pensando se você poderia me ajudar. Estou tentando descobrir mais coisas sobre uma série de... — Tento pensar numa forma delicada de colocar as coisas, mas nada me ocorre. — Uma série de mortes que aconteceram aqui, há muito tempo.

— E para que você gostaria de saber mais sobre isso? — ele pergunta. Mas o questionamento não é defensivo como o de Angelli, e ele não finge não saber.

— Curiosidade, principalmente — respondo. — E pelo fato de que ninguém parece querer falar disso.

— Isso é por que a maioria das pessoas não sabe nada sobre isso. Não hoje em dia. Muito estranhas, aquelas mortes.

— Como assim?

— Bem, todas aquelas mortes, tão próximas. Nada suspeito, disseram, mas faz a gente pensar. Nem mesmo apareceram no jornal. Foi notícia por aqui, é claro. Por um tempo, pareceu que o Coronado não sobreviveria. Ninguém se mudou para cá.

Penso na sequência de páginas listando os apartamentos vagos.

— Todo mundo achando que isso aqui estava amaldiçoado — prossegue.

— Você não, obviamente — digo.

— Quem disse?

— Bem, você ainda está aqui.

— Posso ser teimoso. Não significa que eu tenha a menor ideia do que aconteceu naquele ano. Uma sequência de má sorte, ou algo pior. Mesmo assim, é esquisito, o jeito como as pessoas quiseram esquecer aquilo tudo.

Ou como o Arquivo quis que assim fosse.

— Tudo começou com aquela pobre menina — diz Nix. — Regina. Tão linda. Tão alegre. Até que alguém foi lá e a matou. Muito triste quando as pessoas morrem tão jovens.

Alguém? Ele não sabe que foi Robert?

— Pegaram o assassino? — pergunto.

Nix balança a cabeça com tristeza.

— Nunca. Acharam que tinha sido o namorado, mas ele nunca foi encontrado.

Sinto a raiva se juntando dentro de mim com a imagem de Robert tentando limpar o sangue das mãos, pegando um dos casacos de Regina e fugindo.

— Ela tinha um irmão, não tinha? O que aconteceu com ele?

— Garoto esquisito. — Nix estica a mão para a mesa, os dedos tateando até encontrar um maço de cigarros. Pego uma caixa de fósforos e acendo um para ele. — Os pais se mudaram logo depois que Regina morreu, mas ele ficou. Não conseguiu superar. Acho que ele se sentia culpado.

— Pobre Owen — murmuro.

Nix franze a sobrancelha, apertando os olhos cegos na minha direção.

— Como você sabe o nome dele?

— Você me falou — digo com firmeza, apagando o fósforo.

Nix pisca algumas vezes, depois bate com o dedo entre os olhos.

— Me desculpe. É uma droga, estar perdendo a memória. Graças a Deus, é devagar, mas vou perdendo de qualquer jeito.

Deixo o fósforo apagado na mesa.

— O irmão, Owen. Como ele morreu?

— Estou chegando lá — diz Nix, dando um trago. — Depois de Regina, bem, as coisas começaram a se acalmar no Coronado. Seguramos o fôlego. Passou abril. Passou maio. Junho se foi. Julho. E então, quando estávamos começando a respirar... — Ele bate as mãos, cobrindo as pernas com cinza. — Marcus morreu. Se enforcou, disseram, só que os nós dos dedos estavam cortados e os punhos, machucados. Sei porque ajudei a soltar o corpo. Nem uma semana se passou, e Eileen caiu da escada do lado sul. Quebrou o pescoço. Depois, ah, como era o nome dele? Lionel? De qualquer jeito, um garoto. — Ele solta as mãos sobre as pernas.

— Como ele morreu?

— Foi esfaqueado. Repetidamente. Encontraram o corpo no elevador. Não fazia muito sentido chamar aquilo de acidente. Nenhum motivo, no entanto, nenhuma arma, nem assassino. Ninguém sabia o que fazer com aquilo. E então, Owen...

— O que aconteceu? — perguntei, agarrando-me à cadeira.

Nix deu de ombros.

— Ninguém sabe... Bem, eu sou tudo o que sobrou, então acho que devia dizer que ninguém sabia, mas ele passou por poucas e boas. — Os olhos leitosos encontram o meu rosto e ele aponta o dedo ossudo para o teto. — Ele caiu do telhado.

Olhei para cima, me sentindo enjoada.

— Ele pulou?

Nix soltou uma grande baforada.

— Talvez sim, talvez não. Depende de como você queira ver as coisas. Ele pulou ou foi empurrado? Será que Marcus se enforcou? Eileen caiu? E Lionel... Bem, não há muita dúvida do que aconteceu com Lionel, mas você pode entender o que quero dizer. Mas as coisas pararam depois daquele verão e nunca mais voltaram a acontecer. Ninguém conseguiu entender o sentido daquilo tudo, e pensamentos mórbidos não vão levar a nada de bom. As pessoas então fizeram a única coisa que podiam fazer. Esqueceram. Deixaram o passado em paz. Provavelmente é o que você deveria fazer também.

— O senhor tem razão — digo baixinho, mas ainda estou olhando para cima, pensando no telhado, em Owen.

Eu costumava subir no telhado e imaginar que tinha voltado para as montanhas, olhando para longe. Era um mar de tijolos lá embaixo...

Sinto um nó no estômago quando imagino seu corpo caindo pela beirada, os olhos azuis se arregalando no momento do impacto com a calçada.

— Está na minha hora — digo, levantando-me. — Obrigada por conversar comigo sobre isso.

Ele concorda, distraído. Vou em direção à porta, mas paro e me viro para ver Nix ainda curvado sobre o cigarro, perigosamente próximo de incendiar o cachecol.

— Que tipo de biscoito? — pergunto.

Ele levanta a cabeça e sorri.

— Aveia com passas. Do tipo que dá para mastigar.

Sorrio de volta, mesmo que ele não veja.

— Vou ver o que posso fazer — digo ao fechar a porta. E vou para a escada.

Owen foi o último a morrer e, de um jeito ou de outro, ele caiu do telhado.

Talvez então o telhado tenha respostas.

DEZENOVE

Subo até a porta de acesso ao telhado pela escada, que parece emperrada pela ferrugem, mas não está. O metal range na base de cimento e passo por um portal de poeira e teia de aranha, então por cima de uma protuberância apodrecida, até um mar de corpos de pedra. Já tinha visto as estátuas da rua, gárgulas acocoradas ao longo da beirada do telhado. O que não dá para ver lá debaixo é que elas cobrem toda a superfície. Corcundas, aladas, com dentes afiados, aglomeradas ali como corvos, atravessando-me com o olhar de suas caras quebradas. Falta metade das cabeças e dos membros, a pedra carcomida pelo tempo, pela chuva, gelo e sol.

Então este é o telhado de Owen.

Tento imaginá-lo apoiado numa gárgula, a cabeça encostada numa boca de pedra. E consigo ver. Consigo vê-lo nesse lugar.

Mas não consigo vê-lo saltando.

Existe algo inegavelmente triste sobre Owen, algo perdido, mas não tomaria essa forma. A tristeza pode drenar a luta dos traços de uma pessoa, mas os dele são claros. Ousados. Quase desafiadores.

Passo a mão pela asa de um demônio, marcada pelo clima e pelo tempo, e sigo até a beira do telhado.

Era um mar de tijolos lá embaixo, mas, se olhasse para cima em vez de para baixo, eu poderia estar em qualquer lugar.

Se ele não pulou, o que aconteceu?

Uma morte é traumática. Vívida o bastante para deixar qualquer superfície marcada, queimar como a luz sobre papel fotográfico.

Tiro o anel do dedo, ajoelho-me e pressiono a palma das mãos abertas sobre o telhado desgastado pelo tempo. Meus olhos se fecham devagar, procuro e procuro. O fio é muito tênue e fraco, mal consigo segurá-lo. Um som distante vibra em minha pele e, finalmente, seguro o pouco que resta da lembrança. Meus dedos ficam entorpecidos. Rebobino o tempo, anos e anos de silêncio. Décadas e décadas de nada além de um telhado vazio.

Até que o telhado mergulha na escuridão.

Um escuro maciço, opaco, que reconheço imediatamente. Alguém veio até o próprio telhado e alterou as lembranças, deixando para trás o mesmo espaço morto que vi na História de Marcus Elling.

Ainda assim, não *sinto* a mesma coisa. É exatamente como Roland disse. Preto é preto, mas não parece ter sido feito pela mesma mão, com a mesma assinatura. E isso faz sentido. Elling foi alterado por um Bibliotecário dentro do Arquivo. Este telhado foi alterado por alguém no Exterior.

Mas o fato de que várias pessoas tentaram apagar este pedaço do passado dificilmente pode ser confortador. O que possivelmente pode ter acontecido para merecer algo assim?

... existem coisas que até mesmo Guardiões e a Equipe não podem ver...

Rebobino para além do passado escuro até o telhado aparecer novamente, desbotado e inalterado como uma foto. Até finalmente, com um solavanco, a foto estremecer e ganhar vida, com luzes e risadas abafadas. Esta é a lembrança que zumbia. Deixo que avance e vejo um baile de gala, luzes brilhantes, homens de casaca e mulheres com vestidos bem acinturados, saias rodadas, copos de champanhe e bandejas apoiadas nas asas das gárgulas. Percorro a multidão em busca de Owen, Regina ou Robert, mas não encontro nenhum deles. Uma faixa pendurada entre duas estátuas anuncia a conversão do hotel Coronado em prédio residencial. Os Clarke ainda não moram aqui. Falta um ano para se mudarem. Três anos até a sequência de mortes. Franzo as sobrancelhas e faço as lembranças recuarem, observando a festa se dissolver, dando lugar a um espaço descorado e vazio.

Antes daquela noite, não há nada gritante o suficiente para causar um zumbido, solto o fio da lembrança, pisco, ofuscada pela luz do sol sobre o telhado abandonado. Uma extensão escura em meio ao passado desbotado. Alguém apagou a morte de Owen, raspou-a totalmente deste lugar, enterrou o passado de ambos os lados. O que possivelmente pode ter acontecido aqui naquele ano para que o Arquivo — ou alguém — fizesse isso?

Caminho entre os corpos de pedra, apoiando a mão em cada um, procurando, esperando um zumbido de algum deles. Mas estão todos em silêncio, vazios. Estou quase voltando para a porta enferrujada quando ouço. Paro a meio caminho, os dedos apoiados numa gárgula com dentes especialmente visíveis à minha direita.

Está sussurrando.

O som não passa de um suspiro através dos dentes cerrados, mas está ali, o mais tênue zumbido contra minha pele. Fecho os olhos e faço o tempo voltar. Quando finalmente chego à lembrança, ela está fraca, um borrão de luz diluído a quase nada. Suspiro e me afasto, mas alguma coisa segura minha atenção — um pedaço de metal na boca da gárgula. Ela tem a cara virada para o céu, e o tempo consumiu o alto de sua cabeça e quase todos os seus traços. A boca com dentes afiados está aberta, no entanto, quase cinco centímetros, intacta, e alguma coisa foi colocada atrás dos dentes. Enfio a mão entre os caninos de pedra e tiro um pedaço de papel enrolado, preso por um anel.

Uma vez ela escreveu uma história para mim e a espalhou por todo o Coronado, enfiada em rachaduras do jardim, debaixo de telhas, na boca das estátuas...

Regina.

Minhas mãos tremem quando deslizo o anel de metal e desenrolo o papel quebradiço.

E então, tendo chegado ao topo, o herói encarou deuses e monstros dispostos a barrar seu caminho.

Deixo o papel enrolar-se de novo e olho para o anel que o mantinha fechado. Não é uma joia — grande demais para caber num dedo, mesmo num polegar — e claramente não é algo que uma garotinha usaria, de qualquer modo, um objeto perfeitamente redondo. Parece feito de ferro. O metal é frio e pesado, com uma pequena perfuração; mas além disso, o anel surpreendentemente não tem arranhões ou defeitos. Coloco-o de volta cuidadosamente em torno do papel e agradeço silenciosamente à menina morta há muito tempo.

Não posso conceder muito tempo para Owen, tampouco uma conclusão.

Mas posso lhe dar isso.

— Owen?

Faço uma careta ao som da minha própria voz, ecoando pelos Estreitos.

— Owen — chamo novamente, prendendo a respiração tentando ouvir alguma coisa, qualquer coisa. Ainda se escondendo, portanto. Estou prestes a encostar a mão na parede para leitura, apesar de não ter conseguido chegar até ele da última vez, quando ouço, como um convite discreto, cauteloso.

Alguém cantarolando. Tênue e distante, como um fio de lembrança, suficiente apenas para que eu o encontre e siga.

Percorro os corredores, deixando que a melodia me conduza, até finalmente encontrar Owen, sentado na alcova de um recesso sem porta, a falta da luz das fechaduras e dos contornos deixa o espaço ainda mais escuro do que o resto dos Estreitos. Não admira que não conseguisse encontrá-lo. Mal consigo distinguir o espaço. Encostado no fundo do nicho, é pouco mais do que uma forma escura coroada de louro prateado, a cabeça curvada enquanto cantarola e passa o polegar pela linha escura na palma da mão.

Ele então olha para mim, e a música se perde em meio ao nada.

— Mackenzie. — A voz é calma, mas os olhos estão tensos, como se estivesse tentando se preparar. — Já passou um dia?

— Quase — respondo, entrando na alcova. — Achei uma coisa. — E me ajoelho. — Uma coisa que te pertence.

Estendo a mão e abro os dedos. A folha de papel presa pelo anel brilha ligeiramente na escuridão.

Owen abre um pouco mais os olhos.

— Onde você...? — sussurra, com a voz hesitante.

— Na boca de uma gárgula — respondo. — No telhado do Coronado.

Estendo o papel com o anel para ele, sinto sua mão roçar minha pele e há um momento silencioso dentro da minha cabeça, uma pausa, que então some quando sua mão se afasta e ele examina o papel.

— Como você...

— Porque eu moro lá agora.

Owen solta um suspiro profundo.

— Então é para lá que as portas vão? — pergunta. A saudade atravessa sua voz. — Acho que eu sabia disso.

Ele tira o papel frágil de dentro do anel e lê as palavras, apesar da escuridão. Observo o movimento de seus lábios enquanto recita o texto para si mesmo.

— Faz parte da história — murmura ele. — A que ela escondeu para mim, antes de morrer.

— Era sobre o quê?

Seus olhos perdem o foco enquanto ele pensa, e não sei como Owen pode se lembrar de uma história tanto tempo depois, até me dar conta de que ele passou décadas dormindo. O assassinato de Regina é tão recente para ele quando a morte de Ben é para mim.

— Era um desafio. Uma espécie de odisseia. Ela fez do Coronado algo grandioso, não apenas um prédio, mas todo um mundo, sete andares cheios de aventura. O herói enfrentou cavernas e dragões, muralhas intransponíveis, perigos terríveis.

Uma risada fraca passa por seus lábios enquanto ele relembra.

— Regina conseguia inventar uma história com qualquer coisa.

Fecha os olhos e envolve o papel e o anel com a mão.

— Posso ficar com isso? Só até o dia chegar ao fim?

Concordo com a cabeça e os olhos de Owen brilham — se não de confiança, ao menos de esperança. E odeio tirar aquele lampejo dele tão cedo, mas não tenho escolha. Preciso saber.

— Quando estive aqui antes — digo —, você ia me contar sobre Robert. O que aconteceu com ele?

O rosto de Owen é como uma vela gasta. Toda a luz se apaga.

— Ele fugiu — diz, entre os dentes. — Deixaram-no escapar. *Eu* o deixei escapar. Eu era o irmão mais velho e... — Há muita dor na hesitação de sua voz, mas quando ele olha para mim, os olhos estão claros, limpos. — Quando cheguei aqui pela primeira vez, achei que estava no inferno. Achei que estava sendo punido por não encontrar Robert, por não ter arrasado céus e terras atrás dele, por não ter acabado com *ele*. E eu teria feito isso, Mackenzie, eu teria mesmo. Ele merecia. Merecia ainda mais.

Sinto um nó na garganta enquanto digo a ele o que já repeti tantas vezes para mim, mesmo que nunca ajude.

— Isso não a traria de volta.

— Eu sei. Acredite, eu sei. E teria feito algo ainda pior — diz —, se eu soubesse *algum* jeito de trazer Regina de volta. Trocaria de lugar. Venderia almas. Faria o mundo em pedaços. Qualquer coisa, quebraria qualquer lei, apenas para trazê-la de volta.

Meu peito dói. Sou incapaz de contar quantas vezes me sentei junto à gaveta de Ben e imaginei o barulho que seria necessário fazer para acordá-lo. E não posso negar o quanto desejei, desde que encontrei Owen, que ele não se desgarrasse: pois se ele podia, por que não Ben?

— Eu deveria protegê-la — diz. — E deixei que fosse morta...

Ele deve achar que meu silêncio é apenas piedade, pois acrescenta:

— Não espero que você entenda.

Mas eu entendo. Perfeitamente.

— Meu irmão mais novo morreu — digo. As palavras saem antes que eu possa segurá-las. Owen não diz *Sinto muito*. Mas se aproxima mais, até estarmos sentados lado a lado.

— O que aconteceu? — pergunta.

— Ele foi morto — sussurro. — Alguém o atropelou, fugiu escapou. Eu daria qualquer coisa para reescrever aquela manhã, levar Ben para a escola, abraçá-lo apenas por mais cinco segundos, segurar sua mão, fazer qualquer coisa para alterar o momento em que ele atravessou a rua.

— E se você pudesse encontrar o motorista... — diz Owen.

— Eu o mataria. — Não há qualquer dúvida em minha voz.

Um silêncio se forma entre nós dois.

— Como era ele? — Owen me pergunta, batendo o joelho no meu. Há algo muito simples em seu gesto, como se eu fosse apenas uma garota, e ele, só um garoto, sentados no meio de um corredor, qualquer corredor, não nos Estreitos e não estivéssemos conversando sobre meu irmão morto, eu e uma História que eu deveria ter mandado de volta.

— Ben? Esperto até demais. Não dava para mentir para ele, nem mesmo sobre coisas como Papai Noel ou coelhinho da Páscoa. Ele botava aqueles óculos idiotas e examinava a gente até achar uma falha. E não conseguia se concentrar em nada a não ser que estivesse desenhando. Era um artista incrível. Me fazia rir.

Eu nunca tinha falado assim sobre Ben, não desde sua morte.

— E, às vezes, também conseguia ser um saco. Detestava dividir qualquer coisa. Quebraria o que fosse para não dar para outra pessoa. Teve uma vez que ele quebrou uma caixa inteira de lápis de cor porque eu só queria um emprestado. Como se quebrando os lápis eles fossem ficar inúteis. Então eu peguei um apontador, um daqueles pequenos, de plástico, e apontei todas as metades e assim cada um ficou com uma caixa completa. Todos pela metade, é claro, mas ainda dando para colorir. Ele ficou furioso.

Deixo sair uma risada baixinha e então sinto um aperto.

— Parece errado, rir — murmuro.

— Não é estranho? É como se, depois de eles morrerem, a gente só conseguisse lembrar das coisas boas. Mas ninguém é só coisas boas.

Sinto o arranhar das letras no bolso, mas ignoro.

— Eu vou vê-lo — digo. — Nas estantes. Falo com ele, com sua prateleira, conto o que está perdendo. Nunca as coisas boas, é claro. Só as chatas, qualquer coisa. Mas por mais que me agarre à sua lembrança, estou começando a me esquecer dele, um detalhe de cada vez. Alguns dias, acho que a única coisa que me impede de arrombar sua gaveta, de vê-lo, até mesmo de acordá-lo, é o fato de que não é ele. Não de verdade. Eles me dizem que não faria sentido, pois não seria ele.

— Porque as Histórias não são pessoas?

Eu me retraio.

— Não. Não é isso de jeito nenhum. — Mesmo que a maioria das Histórias não *sejam* pessoas, não sejam humanas, não do mesmo jeito que Owen. — É que as Histórias têm um padrão. Elas se desgarram. A única coisa que me machuca mais do que pensar que a coisa que está dentro daquela gaveta não é meu irmão é a ideia de que seja ele, e que eu faça com que ele sofra. Agonize. E então ser obrigada a mandá-lo de volta para a prateleira, depois de tudo.

Sinto a mão de Owen se aproximar da minha, pairar acima da minha pele. Ele espera para ver se vou detê-lo. Ao ver que não reajo, envolve seus dedos nos meus. O mundo inteiro silencia ao seu toque. Apoio a cabeça na parede e fecho os olhos. O silêncio é bem-vindo. Abafa os pensamentos sobre Ben.

— Não me sinto como se estivesse me desgarrando — diz Owen.

— É porque você não está.

— Bem, isso significa que é possível, certo? E se...

— *Pare!* — Solto minha mão da sua e me levanto.

— Desculpe — diz, se levantando. — Não queria te aborrecer.

— Não estou aborrecida — digo. — Mas Ben se foi. Não há como trazê-lo de volta. — As palavras são dirigidas mais para mim mesma do que para ele. Eu me viro para ir embora. Preciso de movimento. Preciso caçar.

— Espera — diz Owen, pegando minha mão. O silêncio me invade enquanto ele me mostra o papel na outra mão. — Se você encontrar mais algum pedaço da história de Regina, será que... será que poderia trazer para mim? — Caminho vacilante até a saída da alcova. — Por favor, Mackenzie. É tudo o que me resta dela. O que você daria? Para ter alguma coisa do Ben, qualquer coisa a qual se apegar?

Penso na caixa com as coisas de Ben, revirada na minha cama, minhas mãos tremendo quando pegava cada item e rezava para haver um relance, a fratura de um momento, qualquer coisa. Agarrada àqueles óculos idiotas de plástico, com nada mais a não ser uma única lembrança borrada.

— Vou ficar atenta — digo, e Owen me puxa para um abraço. Eu me contraio, mas não sinto nada, apenas o silêncio imperturbável.

— Obrigado — murmura no meu ouvido, e meu rosto fica vermelho quando ele passa os lábios pela minha pele. Solta então os braços, levando consigo o silêncio e o toque, e se recolhe para dentro da alcova, a escuridão engolindo tudo, a não ser o cabelo prateado. Eu me obrigo a virar e ir caçar.

Por melhor que seja seu toque, não é o que fica comigo enquanto trabalho. São suas palavras. Duas palavras que tento calar, mas que se agarram em mim.

E se ecoa na minha cabeça enquanto caço.

E se me assombra pelos Estreitos.

E se me segue até em casa.

VINTE

Olho para o corredor pela porta dos Estreitos para ver se a barra está limpa antes de atravessar a parede e voltar para o terceiro andar do Coronado, colocando o anel de volta. Reduzi a lista para dois nomes antes de ela disparar de volta para quatro. Seja qual for a dificuldade técnica pela qual o Arquivo esteja passando, espero que resolvam logo. Estou cansada, beirando a exaustão; tudo o que eu quero é silêncio e descanso.

Tem um espelho diante de mim, e dou uma olhada no meu reflexo antes de ir para casa. Apesar do cansaço até os ossos e do medo e da frustração crescentes, pareço... bem. Da sempre disse que ia me ensinar a jogar cartas. Disse que eu ia quebrar a banca, pelo jeito como as coisas nunca alcançam meus olhos. Deveria ter alguma coisa — um sinal, uma ruga entre os olhos, uma contração do maxilar.

Sou ótima nisso.

Atrás do meu reflexo, vejo a pintura do mar, torta, como se a força das ondas estourando nas rochas tivesse sido capaz de inclinar a pintura. Eu me viro e a ajeito. A moldura chacoalha levemente. Tudo neste lugar parece estar caindo aos pedaços.

Volto para casa, para o 3F, mas quando passo pela porta, paro, arregalando os olhos.

Estou pronta para me deparar com quartos vazios e chafurdar pelo meio de uma pilha de folhetos de restaurantes. Não estou pronta para isso. As caixas da mudança foram desfeitas e empilhadas num canto, junto com vários sacos de lixo, cheios de restos de embalagens. Fora isso, o apartamento está surpreendentemente parecido com, bem, um apartamento. Os móveis foram montados e arrumados, papai está mexendo alguma coisa no fogão, um livro aberto no balcão. Ele para, tira uma caneta de trás da orelha e faz uma anotação na margem. Mamãe está sentada à mesa da cozinha, cercada por amostras de tinta, sugerindo que atacou criteriosamente toda aquela seção da loja de material de construção.

— Ah, oi, Mac! — diz mamãe, desviando os olhos das amostras.

— Achei que vocês já tivessem pintado.

— A gente começou — diz papai, fazendo outra anotação no livro.

Mamãe balança a cabeça e começa a empilhar as amostras.

— Mas é que não ficou muito bom, sabe? Tem que ficar perfeito. Nada menos do que perfeito.

— Lyndsey ligou — avisa papai.

— Como foi com Wes? — pergunta mamãe.

— Tudo bem. Ele está me ajudando com o *Inferno*.

— É assim que eles chamam isso?

— Papai!

Mamãe franze a testa.

— Você não levou o livro contigo quando saiu?

Olho para minhas mãos vazias e forço minha mente. Onde foi que eu deixei? No jardim? No estúdio? Na casa do Nix? No telhado? Não, eu não estava com ele no telhado.

— Eu falei que eles não estavam lendo — sussurra papai.

— Ele tem... personalidade — acrescenta mamãe.

— Você tinha que ver Mac perto dele. Juro que vi um sorriso!

— Você está cozinhando de verdade? — pergunto.

— Não precisa parecer tão surpresa.

— Mac, o que você acha desse verde?

— A comida está pronta.

Carrego os pratos para a mesa, tentando entender por que sinto um aperto no peito. E, em algum lugar entre me servir de água e uma garfada de macarrão chinês, me dou conta do motivo. É porque isso — a animação, as brincadeiras e a comida — é o que famílias normais fazem. Mamãe não está sorrindo demais e papai não está distante.

Isso é normal. Confortável.

Somos nós indo em frente.

Sem Ben.

Meu irmão deixou um buraco que está começando a fechar. E quando isso acontecer, ele terá partido. Partido de maneira real e verdadeira. Não era o que eu queria? Que meus pais parassem de fugir? Que minha família se curasse? Mas e se eu não estiver pronta para deixar Ben ir embora?

— Tudo bem? — pergunta papai. E me dou conta que parei com o garfo na metade do caminho para a minha boca. Abro a boca para dizer quatro palavrinhas que estragarão tudo. *Sinto falta de Ben.*

— Mackenzie? — chama mamãe, o sorriso se desfazendo em seu rosto.

Pisco. Não posso fazer isso.

— Desculpa — digo. — Só estava pensando...

Pensa pensa pensa.

Mamãe e papai me observam. Minha mente tropeça em mentiras até eu achar a certa. Sorrio, mesmo que pareça uma careta.

— Vocês acham que podemos fazer biscoitos depois do jantar?

As sobrancelhas de mamãe dão um pulo.

— É claro. — Ela vira o garfo. — De que tipo?

— Aveia com passas. Do tipo que dá para mastigar.

Quando os biscoitos estão no forno, ligo de volta para Lyndsey. Eu me meto no meu quarto e a deixo falar. Ela afina o violão e reclama dos pais e do garoto da cafeteria. Em algum ponto entre a descrição de seu novo professor de música e os lamentos pela tentativa de regime da mãe, eu a interrompo.

— Ei, Lynds.

— Fala.

— Tenho pensado. Sobre Ben. Muito.

Por estranho que pareça, Ben sempre foi considerado assunto proibido nas conversas. Mas não consigo evitar.

— É mesmo? — pergunta ela. Ouço a batida surda do violão sendo posto de lado. — Eu penso nele o tempo todo. Estava cuidando de um garoto outra noite e ele insistiu em fazer um desenho com lápis de cera verde. Não queria usar nenhum outro.

E me lembrei de Ben e sua adoração pelo lápis azul. Isso me fez rir e sofrer ao mesmo tempo.

Meus olhos ardem. Pego o urso de pelúcia azul, o par de óculos ainda pendurado no focinho.

— Mas, você sabe — diz Lyndsey —, é um tipo de sentimento como se ele não tivesse ido embora, porque eu vejo ele em tudo.

— Acho que estou começando a me esquecer dele — murmuro.

— Ah, que nada! — Ela parece ter muita certeza.

— Como você sabe?

— Se você quer dizer pequenas coisas, como o som exato da voz dele, o tom do cabelo, então tudo bem, está certo. Você vai esquecer. Mas Ben não é essas coisas, sabe? Ele é seu irmão. É feito de cada momento da vida dele. Você nunca vai se esquecer de tudo isso.

— Você está fazendo um curso de filosofia também? — consigo dizer. Ela ri. Eu rio, um eco vazio do riso dela.

— Então — diz Lynds, ativando a diversão — como vai o garoto dos olhos delineados?

Sonho de novo com Ben.

Deitado de barriga no chão do meu quarto, desenhando com lápis azuis diretamente sobre as tábuas do chão, transformando as gotas de sangue em monstros de olhos duros. Entro e ele me olha. Os olhos estão completamente negros, mas, enquanto o fito, a escuridão começa a retroceder até não haver nada mais do um ponto no centro de seus olhos castanhos e brilhantes.

Ele abre a boca para falar, mas apenas consegue dizer *Não vou me desgarrar* antes que sua voz suma. Então são seus olhos que somem, desfazendo-se no ar. Depois, o rosto inteiro. O corpo começa a sumir, como se uma mão invisível o estivesse apagando, centímetro por centímetro.

Estico a mão, mas quando toco seu ombro, ele é apenas uma forma vaga.

Um contorno.

Um esboço.

E depois mais nada.

* * *

Eu me sento no escuro.

Apoio a cabeça nos joelhos. Isso não ajuda. O aperto no meu peito é mais profundo que o ar. Arranco os óculos do focinho do urso e busco a lembrança, assistindo sua repetição, três ou quatro vezes, mas a impressão apagada da forma semelhante a Ben só piora as coisas, só me faz lembrar do quanto estou esquecendo. Visto meus jeans e as botas, então enfio a lista no bolso sem sequer olhar os nomes.

Sei que é uma má ideia, uma ideia horrível, mas ao sair pelo apartamento, para o corredor e para o interior dos Estreitos, rezo para que Roland esteja atrás da mesa. Entro no Arquivo, esperando ver seus tênis vermelhos de cano alto, mas, em vez disso, vejo um par de botas pretas de couro, os calcanhares apoiados na mesa diante das portas, agora fechadas. A garota está com um caderno no colo e uma caneta enfiada atrás da orelha, junto com uma mecha de cabelo cor de areia impossivelmente rajado de sol.

— Senhorita Bishop — diz Carmen. — Em que posso ajudá-la?

— Roland está aqui? — pergunto.

Ela franze a testa.

— Lamento, ele está ocupado — responde. — Receio que terá que falar comigo.

— Gostaria de ver meu irmão.

Suas botas escorregam da mesa e aterrissam no chão. Os olhos verdes parecem tristes.

— Isso aqui não é um cemitério, senhorita Bishop.

Estranho alguém tão jovem me chamar assim.

— Sei disso — respondo, cuidadosamente, tentando encontrar a maneira certa de abordar a questão. — Eu apenas esperava...

Carmen tira a caneta da orelha e a coloca no caderno, para marcar a página, depois coloca o caderno de lado e cruza os dedos sobre a mesa. Cada movimento é suave, metódico.

— Às vezes, Roland me deixa vê-lo.

Uma pequena ruga aparece entre seus olhos.

— Eu sei. Mas isso não quer dizer que esteja certo. Eu acho que você deveria...

— Por favor — digo. — Não sobrou nada dele no meu mundo. Eu só queria me sentar perto da prateleira dele.

Após uma longa pausa, ela pega um bloco de papel e escreve um bilhete. Esperamos em silêncio, o que é bom, pois mal consigo ouvir além do meu pulso. E, então, as portas atrás dela se abrem, e uma Bibliotecária baixa e magra entra apressada.

— Preciso de um intervalo — diz Carmen, olhando para trás. O Bibliotecário Elliot, eu lembro, concorda obediente e se senta. Carmen indica as portas abertas com a mão e entro no átrio. Ela me segue e fecha a passagem atrás de si.

Seguimos pela sala e vamos até a ala seis.

— O que você faria — pergunta ela — se eu tivesse dito não?

Dou de ombros.

— Acho que teria voltado para casa.

Atravessamos um pátio.

— Não acredito nisso.

— Eu não acredito que você pudesse dizer não.

— E por quê? — pergunta ela.

— Seus olhos são tristes — digo —, mesmo quando você sorri.

Sua expressão estremece.

— Posso ser uma Bibliotecária, senhorita Bishop, mas temos pessoas de quem sentimos falta também. Pessoas que queremos de volta. Pode ser duro, estarmos tão longes dos vivos e tão perto dos mortos.

Nunca tinha ouvido um Bibliotecário falar assim. É como luz atravessando a armadura. Começamos a subir um pequeno lance de degraus de madeira.

— Por que você aceitou esse emprego? — pergunto. — Não faz sentido. Você é tão jovem...

— Foi uma honra ser promovida — responde Carmen, mas as palavras soam vazias. Posso vê-la se recuperando, retomando seu papel.

— Quem você perdeu? — pergunto.

E então Carmen abre um sorriso, luminoso e triste ao mesmo tempo.

— Sou uma Bibliotecária, senhorita Bishop, perdi todo mundo.

E antes que eu possa dizer qualquer outra coisa, ela abre a porta do grande salão de leitura com o tapete vermelho e cadeiras nos cantos e me leva até a parede das estantes do outro lado. Levanto a mão e passo os dedos pelo nome.

BISHOP, BENJAMIN GEORGE.

Quero apenas vê-lo. Só isso. *Preciso* vê-lo. Abro a mão sobre a gaveta e pressiono, quase posso senti-lo. A necessidade. Essa é a maneira como as Histórias se sentem, presas nos Estreitos apenas com a sensação desesperada de que existe algo vital do outro lado das portas, se ao menos pudessem sair...

— Mais alguma coisa, senhorita Bishop? — pergunta Carmen, com cuidado.

— Posso vê-lo? — pergunto baixinho. — Apenas por um instante?

Ela hesita. E, para minha surpresa, se aproxima das prateleiras e pega a mesma chave que usou para incapacitar Jackson Lerner. É Dourada e afiada, sem dentes, mas quando Carmen a coloca na fechadura da gaveta de Ben e gira, ouço um clique suave no interior da parede. A gaveta se abre ligeiramente e fica entreaberta.

— Vou lhe dar apenas alguns minutos — sussurra Carmen —, não mais do que isso.

Concordo, incapaz de tirar os olhos da fresta entre a gaveta e a estante, uma faixa de sombra profunda. Ouço os passos dela se afastando. E então apoio os dedos na beirada e abro a gaveta do meu irmão.

VINTE E UM

Estou sentada num balanço no quintal dos fundos lá de casa, balançando, do calcanhar para a ponta do pé, do calcanhar para a ponta do pé, enquanto você arranca lascas de madeira dos suportes.

— Você não pode contar para ninguém — diz. — Para os seus pais. Para seus amigos. Nem para Ben.

— Por que não?

— As pessoas não são muito inteligentes quando se trata da morte.

— Não entendo.

— Se você contar para uma pessoa que existe um lugar onde a mãe, o irmão ou a filha dela, ainda existem, de algum jeito, ela vai fazer o possível e o impossível para chegar lá.

Você mastiga um palito de dentes.

— Não importa o que digam, as pessoas fazem qualquer coisa.

— Como você sabe?

— Porque é o que eu faria. E acredite, você também.

— Eu não.

— Não mais, talvez, agora que você sabe o que é uma História. E sabe que jamais se perdoaria se tentasse acordar uma delas. Mas, se você não fosse uma Guardiã... se tivesse perdido alguém e achasse que a pessoa tinha partido para sempre e então soubesse que poderia trazê-la de volta, você estaria lá com os outros, escavando as paredes com as unhas para chegar ao outro lado.

• • •

Meu peito vira pedra quando o vejo, esmagando meus pulmões e meu coração.

Benjamin está deitado na prateleira, ainda como se estivesse sob os lençóis do hospital. Só que não há nenhum lençol agora, e a pele dele não está machucada ou azul. O rosto está ligeiramente corado, como se estivesse dormindo, e ele veste as mesmas roupas daquele dia, antes de serem destruídas. Calças sujas de grama e a camisa favorita listrada de preto e vermelho, um presente de Da naquele verão em que ele morreu, um X emblemático sobre o coração, pois Ben sempre dizia "de coração", cruzando o peito de maneira solene. Eu estava com ele quando Da lhe deu essa camisa. Ben ficou com ela por dias até começar a ficar fedida e sermos obrigados a arrancá-la dele para que fosse lavada. Agora não tem cheiro de nada. Suas mãos estão junto ao corpo, o que parece errado, pois ele costumava dormir de lado, com as duas mãos debaixo do travesseiro; mas desse jeito, dá para ver o desenho que fiz com caneta preta nas costas de sua mão esquerda, aquele que eu fiz de manhã, um desenho de mim mesma.

— Oi, Ben — murmuro.

Tenho vontade de tocá-lo, mas minha mão não se mexe. Não consigo comandar meus dedos para que saiam do meu lado. E então aquele mesmo pensamento perigoso sussurra nos meandros da minha cabeça, nos pontos fracos.

Se Owen pode acordar sem se desgarrar, por que não Ben?

E se algumas Histórias não se desgarrarem?

É medo, raiva e inquietação que as fazem acordar. Mas Ben nunca teve medo, raiva ou inquietação. Então será que ele poderia mesmo acordar? Talvez as Histórias que não fossem acordar não se desgarrassem se... *Mas Owen acordou*, uma voz me adverte. A não ser que um Bibliotecário o tenha despertado e tentado alterar suas lembranças. Talvez o truque seja esse. Talvez Owen não esteja se desgarrando porque não acordou por conta própria.

Olho para o corpo de Ben e tento lembrar que isso não é meu irmão.

Era mais fácil acreditar quando eu não podia vê-lo.

Meu peito dói, mas não sinto vontade de chorar. Seus cílios escuros repousam sobre a face, o cabelo cacheado cobre a testa. Quando vejo aquela franja cobrindo o rosto, meu corpo se descongela, levo a mão como num reflexo para afastar o cabelo dos olhos, do jeito como costumava fazer.

Era só isso que eu pretendia fazer.

Mas quando meus dedos roçam sua pele, os olhos de Ben se abrem devagar.

VINTE E DOIS

Engasgo e tiro a minha mão bruscamente, mas é tarde demais.

Os olhos castanhos de Ben — os olhos de mamãe, calorosos, brilhantes, grandes — piscam uma vez, duas.

E senta.

— Mackenzie? — indaga.

A dor no meu peito explode, transformada em pânico. Meu pulso atropela a calma que sei que deveria demonstrar, o medo aparece escrito no meu rosto.

— Oi, Ben — digo, com um engasgo, o choque não me deixando respirar direito, falar.

Meu irmão olha em torno da sala — as gavetas empilhadas até o teto, as mesas, a poeira e a estranheza — e coloca as pernas para fora da prateleira.

— O que aconteceu? — E antes que eu possa responder: — Cadê a mamãe? Cadê o papai?

Ele pula da prateleira, sente o cheiro do lugar. Franze a testa.

— Quero ir para casa.

Pego sua mão.

— Então vamos para casa, Ben.

Ele se move para pegar minha mão, mas para. Olha em torno novamente.

— O que está acontecendo? — pergunta, a voz inquieta.

— Vamos lá, Ben — digo.

— Onde estou? — O ponto preto no centro de seus olhos se agita. *Não*. — Como eu vim parar aqui? — Ele dá um pequeno passo para trás, afastando-se de mim.

— Vai ficar tudo bem — digo.

Quando seus olhos encontram os meus, estão tomados pelo pânico.

— Me conta como cheguei aqui. — Confusão. — Isso não é engraçado. — Aflição.

— Ben, por favor — digo, baixinho. — Só vamos para casa.

Não sei o que estou pensando. Não consigo pensar. Olho para ele e tudo o que sei é que não posso deixá-lo aqui. É Ben, e jurei para ele, mil vezes, que não deixaria que nada de mal lhe acontecesse.

— Não entendo. — A voz ansiosa. As íris escurecendo. — Eu não... Eu estava...

Isso não deveria estar acontecendo. Ele não acordou sozinho. Não deveria...

— Por quê... — começa.

Dou um passo em sua direção, ajoelhando para poder pegar suas mãos. Aperto-as. Tento sorrir.

— Ben...

— Por que você não está me dizendo o que aconteceu?

Seus olhos me examinam, o escuro se espalhando rápido, cobrindo o castanho quente e apagando o brilho. Tudo o que vejo naqueles olhos é o reflexo do meu rosto, preso entre a dor, o medo, e a resistência em crer que ele esteja se desgarrando. Owen não se desgarrou. Por que Ben?

Não é justo.

Ben começa a chorar, soluços entrecortados.

Eu o abraço.

— Seja forte, por mim — sussurro entre seu cabelo, mas ele não responde. Eu abraço com mais força, como se pudesse segurar o Ben que conheço, ou conheci, no lugar, aqui, comigo, mas ele então me empurra. Uma força tremenda para um corpo tão pequeno. Eu caio para trás e outro par de braços me segura.

— Para trás — ordena o homem que está me segurando. Roland.

Seus olhos estão fixos em Ben, mas as palavras são para mim.

Ele me tira do caminho e se aproxima do meu irmão. *Não, não, não*, penso, a palavra brincando na minha cabeça como um metrônomo, inútil.

O que foi que eu fiz?

— Eu não...

— *Para trás* — rosna Roland, ajoelhando-se diante de Ben.

Esse não é Ben, penso. Olhando para a História, os olhos negros quando os de Ben eram castanhos.

Não é Ben, penso, apertando as mãos contra as costelas para pararem de tremer.

Não é Ben, e Roland coloca uma mão no ombro do meu irmão e diz algo em voz baixa demais para que eu possa ouvir.

Não é Ben. O metal brilha na outra mão de Roland e ele enfia uma chave dourada e sem dentes no peito daquele que não é Ben, então gira.

O que não é Ben não grita, apenas despenca. Os olhos se fecham e a cabeça pende para a frente, o corpo cai, mas não chega a bater no chão, pois Roland o segura, pega no colo e o devolve para a gaveta. A dor desaparece de seu rosto, a tensão se desfaz de seus membros. Seu corpo relaxa na prateleira, como se estivesse se acomodando para dormir.

Roland fecha a porta, a escuridão devorando o corpo daquele que não é Ben. Ouço o barulho da fechadura e alguma coisa dentro de mim se rompe.

Roland não olha para mim ao tirar um bloco de dentro do bolso.

— Sinto muito, senhorita Bishop.

— Roland — imploro. — Não faça isso.

Ele escreve alguma coisa no papel.

— Sinto muito — digo. — Me desculpe, me desculpe, mas por favor, não...

— Não tenho escolha — diz, enquanto a etiqueta da gaveta de Ben fica vermelha. A marca das prateleiras restritas.

Não, não, não, vem o grito do metrônomo, cada vez abrindo uma rachadura em mim, me fazendo em pedaços.

Dou um passo à frente.

— Fique onde está — ordena ele, e seja por seu tom ou pelo fato de que as rachaduras doem tanto que não consigo respirar, faço o que ele manda. Diante dos meus olhos, as prateleiras começam a se mover. A gaveta de Ben com a marca vermelha recua rapidamente até ser engolida pela parede. As gavetas ao redor se rearranjam, deslizando para fechar o espaço. A de Ben se foi.

Caio de joelhos no chão de madeira antigo.

— Levante-se — ordena Roland.

Meu corpo está lerdo, os pulmões pesados, o pulso baixo. Eu me arrasto para ficar de pé e Roland agarra meu braço, forçando-me para fora da sala, para um corredor silencioso e vazio.

— Quem abriu a gaveta, senhorita Bishop?

Não vou dedurar Carmen. Ela só quis ajudar.

—Fui eu.

— Você não tem a chave.

— Duas maneiras de se passar por qualquer tranca — respondo, entorpecida.

— Avisei para você ficar longe — resmunga Roland. — Avisei para não chamar atenção. Avisei o que acontece com os Guardiões que perdem o cargo. O que você estava pensando?

— Não estava — respondo. Minha garganta dói, como se eu tivesse gritado. — Só queria ver ele...

— Você acordou uma História.

— Eu não queria...

— Não é a droga de um bichinho de estimação, Mackenzie, e não é o seu irmão. Essa *coisa* não é o seu irmão, e você sabe disso.

As rachaduras estão se espalhando sob minha pele.

— Como você poderia não saber disso? — continua Roland. — Honestamente...

— Achei que ele não ia se desgarrar!

Ele para.

— O quê?!

— Achei que... talvez... ele não fosse se desgarrar.

Roland coloca as mãos no meus ombros, pesadamente.

— Toda. História. Se. Desgarra.

Owen não, diz uma voz dentro de mim.

Roland me solta.

— Me entregue sua lista.

Se ainda houvesse algum ar nos meus pulmões, aquela ordem termina de extirpá-lo.

— O quê?

— Sua lista.

Se ela se mostrar incapaz de alguma forma, perderá a posição.

E se ela se mostrar incapaz, vai ser você mesmo, Roland, quem vai removê-la.

— Roland...

— Você pode pegá-la amanhã de manhã, quando voltar para sua audiência.

Ele prometeu que não ia. Eu acreditei... Mas o que foi que fiz com a confiança *dele*? Vejo a dor em seus olhos. Forço-me a enfiar uma mão trêmula no bolso e entregar a lista. Ele a pega e vai para a porta, mas não consigo me forçar a sair.

— Senhorita Bishop.

Meus pés estão pregados no chão.

— Senhorita Bishop.

Isso não está acontecendo. Eu só queria ver Ben. Só precisava...

— Mackenzie — chama Roland. Eu me obrigo a andar.

Sigo-o pelo labirinto de estantes. Não há calor, não há paz. A cada passo, cada respiração, as rachaduras se abrem, se espalham. Roland me leva de volta pelo átrio, até a antecâmara e à mesa da frente, onde Elliot ainda está diligentemente sentado.

Quando Roland se vira para me olhar, a raiva se desmanchou em algo triste. Cansado.

— Vá para casa — diz. Eu concordo, rígida. Ele se vira e desaparece atrás das estantes.

Elliot me olha por trás de seu trabalho, uma vaga curiosidade no arco das sobrancelhas.

Sinto que estou me partindo.

Quase não consigo chegar à porta e voltar para os Estreitos antes de me despedaçar.

Dói.

Mais do que qualquer coisa. Mais do que o ruído, o toque ou facas. Não sei o que fazer para parar. Tenho que fazer parar.

Eu não consigo respirar.

Não consigo...

— Mackenzie?

Eu me viro e vejo Owen, de pé no corredor. Os olhos azuis me fitam, uma pequena ruga entre as sobrancelhas.

— Alguma coisa errada? — pergunta ele.

Tudo nele é calma, tranquilidade, equilíbrio. A dor se transforma em raiva. Eu o empurro, com força.

— Por que você não se desgarrou?

Owen não reage, nem mesmo por reflexo; não tenta fugir. Uma leve contração da boca é o único sinal de emoção. Quero empurrá-lo mais. Quero que ele se desgarre. Tem que se desgarrar. Ben se desgarrou.

— Por quê, Owen?

Empurro ele de novo. Ele dá um passo para trás.

— O que te faz tão especial? O que te faz tão diferente? Ben se desgarrou. Se desgarrou na mesma hora, e você está aqui há dias e não se desgarrou nem um pouco. Isso não é justo.

Empurro ele de novo, e suas costas batem no fundo do corredor.

— Não é justo!

Agarro sua camisa. O silêncio é como estática na minha cabeça, ocupando o espaço. Não é o bastante para apagar a dor. Ainda estou me partindo.

— Acalme-se. — Owen cobre minhas mãos com as dele, puxando-as para seu peito. O silêncio fica mais denso, transborda na minha cabeça.

Sinto meu rosto molhado, mas não me lembro de chorar.

— Não é justo.

— Sinto muito — diz. — Por favor, se acalme.

Quero que a dor pare. Preciso que pare. Não vou conseguir rastejar de volta. Toda essa raiva e essa culpa e...

E então Owen beija meu ombro.

— Sinto muito por Ben.

A calma vem como uma onda, cobrindo a raiva e a dor.

— Sinto muito, Mackenzie.

Fico rígida, mas, com a pressão de seus lábios na minha pele, o silêncio toma conta da minha cabeça, bloqueando tudo o mais. O calor vem em ondas pelo meu corpo, provocando meus sentidos enquanto o silêncio amortece meus pensamentos. Ele beija meu pescoço, meu queixo. Cada vez que seus lábios roçam minha pele, o calor e o silêncio brotam lado a lado e se espalham, afogando um pouco a dor e a raiva e a culpa, deixando apenas o calor, o desejo e a calma no lugar. Seus lábios roçam meu rosto, e ele então recua, os olhos pálidos cuidadosamente fixos nos meus, a boca a não mais que uma respiração da minha. Quando ele me toca, não há nada além do toque. Não há pensamentos de que é errado, de perda e de nada mais, pois pensamentos não podem atravessar a estática.

— Sinto muito, M.

M. Isso me atinge de uma vez por todas. Uma pequena palavra, impossível que ele a compreenda. M. Não Mackenzie. Não Mac. Nem Bishop. Nem Guardiã.

Quero isso. Preciso disso. Não posso ser a garota que quebra as regras e acorda o irmão morto e estraga tudo.

Elimino a distância. Puxo o corpo de Owen para junto do meu.

Sua boca é macia, mas vigorosa, e, quando ele aprofunda o beijo, a calma se espalha, preenchendo cada espaço da minha mente, inundando. Afogando-me.

E então a boca se vai e suas mãos se soltam das minhas. E tudo retorna, alto demais. Puxo seu corpo contra o meu, sinto a pressão impossível de sua boca roubar o ar de meus pulmões, os pensamentos de minha mente.

Owen se aproxima mais, carregando meu corpo contra a parede, empurrando-me com seus beijos e o silêncio que acompanha seu toque. Deixo-me banhar por tudo aquilo, lavando as questões e as dúvidas, as Histórias e a chave e o anel e tudo o mais, até que eu seja apenas M junto aos seus lábios, seu corpo. M refletida no azul pálido de seus olhos, até que ele os feche e me beije ainda mais profundamente, e então não sou mais nada.

VINTE E TRÊS

Não posso ficar aqui para sempre, enterrada sob o toque de Owen. Por fim, empurro ele para longe, rompo a superfície calma e, antes de perder o controle, antes de desmoronar, vou embora. Não posso caçar, então passo o que resta da noite procurando pelo Coronado, indo cegamente de um andar para outro, tentando ler as paredes em busca de qualquer pista, qualquer coisa que possam ter deixado escapar, mas aquele ano está coberto de furos. Percorro as linhas do tempo para trás, esgoto as lembranças em busca de pistas e encontro apenas impressões borradas e trechos escuros como breu. O velho apartamento de Elling está trancado, mas leio as escadas do lado sul, onde Elling supostamente caiu, e até enfrento os elevadores em busca do esfaqueamento de Lionel, apenas para encontrar aquele nada antinatural de passados removidos. O que quer que tenha acontecido aqui, o Arquivo fez questão de enterrar, até mesmo de nós.

Uma dor surda surgiu atrás dos olhos e perdi a esperança de achar qualquer lembrança útil intacta, mas continuo procurando. É preciso. Pois sempre que paro de me movimentar, o pensamento de perder Ben — de perdê-lo de verdade — toma conta de mim, a lembrança de beijar Owen — de usar uma História devido ao seu toque — me domina. Então, continuo em movimento.

Começo a procurar por mais fragmentos da história de Regina. Coloco o anel de volta, esperando amortecer a dor de cabeça, e procuro da maneira antiga, grata pela distração. Busco pelas gavetas das mesas e pelas prateleiras, mesmo tendo passado sessenta anos e as chances de encontrar alguma coisa serem mínimas. Procuro por compartimentos ocultos no estúdio e até tiro metade dos livros para olhar atrás deles. Lembro-me de Owen mencionar alguma coisa sobre rachaduras no jardim e, mesmo que o papel jamais fosse resistir, tateio as pedras cheias de musgo na escuridão, grata pelo ar silencioso que antecede o amanhecer.

O sol está nascendo quando procuro atrás dos balcões e perto do equipamento antigo do café, com cuidado para não tocar nas paredes recém-pintadas. E quando estou prestes a abandonar a busca, meus olhos pousam sobre os panos jogados sobre o mosaico com o desenho da rosa no chão, para protegê-lo. *Em rachaduras no jardim e sob as lajes*, disse Owen. É uma chance mínima, mas me ajoelho e afasto o pano. A rosa sob ele é do tamanho do meu braço, cada pétala de mármore tem o tamanho da palma da minha mão. Apalpo a superfície de um lado a outro, por cima do padrão cor de ferrugem. Próximo ao centro, sinto um leve movimento das pedras sob meu toque. Uma das pétalas está solta.

Meu coração dá um pulo quando consigo colocar os dedos sob a beira da pétala solta. O esconderijo é pouco mais que um buraco, cuja superfície está coberta por um tecido branco. E ali, dobrado e sob o peso de uma barra de metal estreita, está mais um trecho da história de Regina.

O papel está amarelado, porém ainda intacto, protegido pela câmara oculta, e eu o coloco sob a luz da manhã para poder ler.

As pedras vermelhas se moveram e viraram degraus, uma grande escadaria que levou o herói cada vez mais para o alto. E ele subiu.

Os fragmentos estão fora de ordem. O último fragmento falava de encarar deuses e monstros no alto de alguma coisa. Esse aqui nitidamente vem antes. Mas o que vem depois?

Volto a atenção para a pequena barra que segurava o papel com seu peso. É quase do diâmetro de um lápis, mas com metade do comprimento, uma ponta afilada exatamente como se fosse grafite. Uma ranhura foi aberta da ponta cega para baixo, e a barra é feita do mesmo metal que o anel que segurava o primeiro fragmento.

Por um momento terrível e amargo, considero devolver o papel para o lugar onde estava, para que fique tudo enterrado. Parece tão injusto que Owen possa ter pedaços de Regina quando não tenho nada de Ben.

Mas por mais cruel que seja o fato de Ben se desgarrar e Owen não, a culpa não é dele. Ele é uma História, eu sou uma Guardiã. Ele não tinha como saber o que aconteceria, e eu sou aquela que quis despertar o irmão.

O sol já nasceu. A manhã do meu julgamento. Enfio o papel e a barra no bolso e vou para a escada.

Papai já acordou, e digo a ele que fui correr. Não sei se ele acredita em mim. Diz que eu pareço cansada, e admito que estou. Tomo um banho, sonolenta, e me arrasto pelas primeiras horas do dia, tentando não pensar no julgamento, em ser considerada inadequada e perder tudo. Ajudo mamãe a arrumar as novas amostras de tinta e embrulho metade dos biscoitos de aveia com passas para Nix antes de arrumar uma desculpa esfarrapada para sair. Mamãe está tão distraída pelo dilema das cores — *ainda não é essa, essa não é a certa, tem que ser a certa* — que apenas concorda com a cabeça. Paro na porta, observando-a trabalhar, ouço papai numa ligação no outro quarto. Tento memorizar esse *antes*, sem saber como será o *depois*.

E, então, eu vou.

Avanço pelos Estreitos, as lembranças da noite passada me atravessando com o ar úmido e sons distantes. A lembrança da calma. E, enquanto o pânico me consome, desejo poder desaparecer de novo. Não posso. Mas tem uma coisa que devo fazer.

Acho a alcova, e Owen lá dentro. Coloco o papel e a pequena barra de aço nas suas mãos, ficando ali por tempo suficiente apenas para roubar um beijo e um instante de silêncio. A paz se dissolve em medo quando chego à porta do Arquivo e entro.

Não sei o que eu esperava — uma fila de Bibliotecários à minha espera, prontos para arrancar minha chave e meu anel? Uma mulher chamada Agatha para me julgar inadequada, arrancar o trabalho da minha vida, levando minha identidade junto? Um tribunal? Um linchamento?

Certamente não esperava por Lisa me olhando da mesa, de trás de seus óculos de armação verde de chifre, perguntando o que eu desejava.

— Roland está aqui? — pergunto, inquieta.

Ela volta ao trabalho.

— Ele avisou que você ia aparecer.

Mudo o peso para a outra perna.

— Foi só isso que falou?

— Disse para mandar você entrar. — Lisa levanta a cabeça. — Está tudo bem, senhorita Bishop?

A antecâmara está silenciosa, mas meu coração está disparado dentro do peito, batendo tão forte que acho que ela vai ouvir. Engulo e faço força para fazer que sim com a cabeça. Não contaram para ela. Nesse momento, Elliot entra apressado e fico rígida, achando que ele veio contar, que está ali para me buscar, mas ele então se inclina junto dela e apenas diz:

— Três, quatro, seis, dez até o quatorze.

Lisa solta um suspiro curto.

— Certo. Providencie para que sejam todas escurecidas.

Franzo a testa. Que tipo de dificuldade técnica é essa?

Elliot retorna, e Lisa olha de novo para mim, como se tivesse esquecido que eu estava ali.

— As primeiras — diz, referindo-se à primeira ala, primeiro corredor, primeira sala. — Consegue chegar lá sozinha?

— Acho que sim.

Lisa concorda e abre vários livros contábeis sobre a mesa. Passo por ela e vou para o átrio. Olhando para o teto abobadado de pedra e vidro colorido, eu me pergunto se algum dia voltarei a me sentir em paz aqui de novo. Eu me pergunto se terei a chance.

Ouço um rumor de algo a distância, seguido de um outro barulho. Surpresa, olho para as prateleiras em volta e vejo Patrick do outro lado do átrio, e, quando ele ouve o barulho, desaparece pela ala mais próxima, batendo as portas atrás dele. Passo por Carmen, de pé junto a uma fileira de estantes antes do primeiro corredor. Ela me cumprimenta de leve com a cabeça.

— Senhorita Bishop — diz — , o que a trás de volta tão cedo?

Fico parada apenas olhando para ela. Sinto como se meus crimes estivessem escritos no meu rosto, mas não há nada em sua voz que sinalize que ela saiba. Roland realmente não contou nada a ninguém?

— Só vim falar com Roland — digo por fim, conseguindo um lampejo de calma. Ela acena para que eu vá em frente e entro na primeira ala, depois no primeiro corredor e paro na porta da primeira sala. Está fechada, é pesada e não tem janela. Pressiono a madeira maciça com a ponta dos dedos, reunindo a coragem para entrar.

Quando consigo, dois pares de olhos encontram os meus: um cinzento e bastante grave; o outro castanho, delineado de preto.

Wesley está sentado numa mesa, no meio da sala.

— Creio que vocês se conhecem — diz Roland.

Penso em mentir, com base na impressão de que Guardiões devem trabalhar sozinhos, existir sozinhos. Mas Wes apenas acena com a cabeça.

— Oi, Mac — diz.

— O que *ele* está fazendo aqui? — pergunto.

Roland se aproxima.

— O senhor Ayers vai auxiliá-la em suas tarefas territoriais.

Viro-me para ele.

— Você me deu uma babá?

— Ei, espera aí — diz Wes, pulando da mesa. — Prefiro o termo *parceiro*.

Franzo a testa.

— Mas apenas a Equipe tem parceiros.

— Estou abrindo uma exceção — diz Roland.

— Vamos lá, Mac — diz Wes. — Vai ser divertido.

Minha cabeça se volta para Owen, aguardando no escuro, nos Estreitos, mas forço a imagem para o fundo.

— Roland, o que está havendo?

— Você percebeu um aumento nos seus números?

Digo que sim.

— E de idades. Lisa e Patrick me falaram que estão ocorrendo algumas dificuldades técnicas.

Roland cruza os braços.

— Chama-se ruptura.

— Uma ruptura me parece ser pior do que uma pequena dificuldade técnica.

— Já notou como o silêncio é mantido no Arquivo? Sabe o motivo disso?

— Porque as Histórias acordam — responde Wesley.

— Sim, é isso. Quando há muito barulho, muita atividade, as Histórias de sono mais leve começam a se agitar. Quanto mais ruído, mais atividade, então mais Histórias, até mesmo as de sono mais profundo, despertam.

O que explica as Histórias mais velhas no meu território.

— Uma ruptura acontece quando o barulho que as Histórias fazem ao despertar faz com que outras Histórias acordem, e assim por diante. Como dominós. Mais, mais e mais, até serem contidas.

— Ou todas as peças caírem — murmuro.

— Assim que isso aconteceu, nós agimos, e começamos a isolar as salas. Os de sono mais leve primeiro. Deveria bastar. Uma ruptura começa num lugar, como um incêndio, então há um núcleo. A lógica diz que se for possível extinguir a parte mais quente, é possível apagar o resto. Mas isso não está funcionando. A cada vez que apagamos um incêndio, outro começa em algum lugar perfeitamente silencioso.

— Isso não parece natural — diz Wes.

Roland me olha de maneira significativa. *Sim, porque não é.* Então a ruptura é uma distração para as Histórias alteradas? Ou é alguma outra coisa? Eu gostaria de perguntar, mas, seguindo a dica de Roland, não quero falar muito na frente de Wes.

— E o Coronado — prossegue Roland — está sendo mais atingido do que outros territórios até o momento. Então, Mackenzie, até que essas *pequenas dificuldades técnicas* sejam resolvidas e seus números voltem ao normal, Wesley será seu assistente.

Minha cabeça gira. Vim para cá esperando perder meu emprego, perder a mim mesma e, em vez disso, ganho um parceiro.

Roland segura uma folha de papel dobrada.

— Sua lista, senhorita Bishop.

Pego, mas sustento seu olhar. E sobre a noite passada? E sobre Ben? Perguntas que acho melhor não fazer em voz alta. Em vez disso, pergunto se há mais alguma coisa que ele queira me dizer.

Roland fixa o olhar em mim, então tira alguma coisa do bolso de trás. Um lenço preto dobrado. Eu o pego e me surpreendo com o peso. Alguma coisa está enrolada dentro do tecido. Quando abro o pano, fico de olhos arregalados.

É uma chave.

Não a do tipo comum, de cobre, que uso pendurada no pescoço, ou aquelas finas douradas, dos Bibliotecários, mas uma maior, mais pesada, mais fria. Uma coisa quase preta, com dentes afiados e toques de ferrugem. Alguma coisa me incomoda. Já vi essa chave antes. Já senti essa chave.

Wesley arregala os olhos.

— Isso é uma chave de *Equipe*?

Roland concorda.

— Que pertenceu a Antony Bishop.

— Por que você tem duas chaves? — pergunto.

Você olha para mim como se jamais tivesse lhe ocorrido que eu fosse perceber o segundo cordão no seu pescoço. Agora você o retira pela cabeça e segura diante de mim, o metal pesado pendendo da ponta. Quando pego a chave, está fria e é estranhamente bela, com lugar para segurar numa ponta e dentes afiados na outra. Não consigo imaginar uma fechadura no mundo na qual esses dentes não possam se encaixar.

— O que ela faz? — pergunto, sentindo o metal nas mãos.

— É uma chave de Equipe. Quando uma História foge, é preciso retorná-la rápido. A Equipe não pode perder tempo procurando portas para os Estreitos. Essa chave transforma qualquer porta numa porta para o Arquivo.

— Qualquer porta? — pergunto. — Até mesmo a porta da frente? Ou a porta do meu quarto? Ou a do barracão que está caindo...

— *Qualquer* porta. Basta enfiar a chave na fechadura e girar. Esquerda para os Bibliotecários, direita para os Retornos.

Passo um dedo pelo metal.

— Achei que você tinha deixado de ser da Equipe.

— Deixei. Apenas ainda não me convenci a devolvê-la.

Seguro a chave, atravessando o ar com ela como se houvesse uma porta com uma fechadura que eu simplesmente não pudesse ver. Estou prestes a girá-la quando você segura meu pulso. Seu ruído invade minha cabeça, árvores no inverno e tormentas distantes.

— Cuidado, Kenzie — você diz. — As chaves de Equipe são perigosas. São usadas para abrir as fendas entre o Exterior e o Arquivo, para que possamos atravessar. Gostamos de pensar que esse é um poder que podemos controlar, virando a chave para a direita ou para a esquerda, mas essas coisas podem rasgar o tecido do mundo. Fiz isso uma vez, por acidente. Quase fui devorado.

— Como?

— As chaves de Equipe são muito poderosas e espertas. Se você pega esse pedaço de metal e o coloca não numa porta, mas apenas num pouco de ar, e dá uma volta completa, ela abre uma fenda no meio do mundo, uma porta ruim, que não leva a lugar nenhum.

— Se não leva a lugar nenhum — pergunto —, então qual o problema?

— Uma porta que não chega a lugar algum e uma que *leva* para lugar nenhum são coisas totalmente diferentes. Uma porta que leva a lugar nenhum é perigosa. Uma porta para lugar nenhum é uma porta para o nada. — Você pega a chave de volta e enfia o cordão no pescoço. — O vazio.

Olho para a chave de Equipe, fascinada.

— Ela faz alguma outra coisa?

— Com certeza.

— Como o quê?

Você sorri de lado.

— Entre para a Equipe e vai descobrir.

Mordo o lábio.

— Ei, Da?

— Sim, Kenzie?

— Se as chaves da Equipe são tão poderosas, o Arquivo não vai sentir falta dessa?

Você se recosta e dá de ombros.

— Algumas coisas são guardadas no lugar errado. Se perdem. Ninguém vai sentir falta.

— Da deu a chave dele para você? — pergunto. Sempre me perguntei o que tinha acontecido com ela.

— Eu vou ganhar uma chave de Equipe também? — pergunta Wes, balançando de leve.

— Vocês vão ter que dividir — diz Roland. — O Arquivo monitora essas chaves. Sabe quando alguma se perde. O único motivo para não ter percebido a ausência dessa é porque...

— Ela continua perdida — digo.

Roland *quase* sorri.

— Antony ficou com ela pelo tempo que conseguiu. E então a devolveu para mim. Eu nunca a entreguei e, portanto, o Arquivo ainda considera a chave perdida.

— E por que você está me dando isso agora? — pergunto.

Roland esfrega os olhos.

— A ruptura está se espalhando. Rapidamente. Quanto mais Histórias despertam, e mais escapam, mais você precisa estar preparada.

Olho para a chave, o peso e a lembrança formigando nos meus dedos.

— Essas chaves permitem entrar e sair do Arquivo, mas Da disse que elas fazem outras coisas. Se eu vou ficar com ela e bancar um membro da Equipe, quero saber o que ele quis dizer.

— Essa chave não é uma promoção, senhorita Bishop. Só deve ser usada em caso de emergência, e, mesmo assim, só para entrar e sair do Arquivo.

— Aonde mais eu iria?

— Ah, como atalhos? — pergunta Wes. — Minha tia Joan me falou deles. Tem umas portas que não vão para os Estreitos ou para o Arquivo. Existem apenas no Exterior. Como furos abertos no espaço.

Roland olha para nós dois com um ar cansado e suspira.

— Atalhos são usados pela Equipe para se deslocar rapidamente pelo Exterior. Alguns cortam alguns quarteirões, outros permitem cruzar uma cidade inteira.

Wes concorda, mas franzo a testa.

— Por que nunca vi nenhuma? Nem mesmo sem o anel?

— Tenho certeza de que já viu, e não sabia o que era. Os atalhos não são naturais, são furos no espaço. Não se parecem com portas, apenas algo errado no ar. Os olhos passam por eles sem vê-los. A Equipe aprende a olhar para locais aonde os olhos não querem ir. Mas leva tempo e exige prática, coisas que nenhum de vocês dois tem. E são necessários anos para que a Equipe memorize que porta vai para que lugar, que é apenas uma das dezenas de motivos pelos quais vocês *não* têm permissão para usar essa chave numa dessas portas, caso encontrem alguma. Estão entendendo?

Dobro o lenço em torno da chave de novo, concordo e a guardo no bolso. Roland está obviamente nervoso, o que não é de surpreender. Se os atalhos mal podem ser registrados, não mais do que o ar mais fino, e Da me disse o que acontece quando a chave é usada no *próprio* ar, então a possibilidade de abrir uma fenda para o vazio em pleno Exterior é bastante grande.

— Ficar juntos, nada de brincar com a chave, nem procurar atalhos. — Wes conta as regras nos dedos.

Nós dois nos viramos para ir embora.

— Senhorita Bishop — chama Roland —, uma palavrinha a sós.

Wesley sai e eu paro, esperando pelo restante de minha punição, minha sentença. Roland fica em silêncio até a porta se fechar atrás de Wes.

— Senhorita Bishop — diz, sem olhar para mim —, o senhor Ayers foi informado da ruptura. Mas ele não sabe da causa suspeita. Você vai guardar isso, e o resto de nossa investigação, para si mesma.

Concordo.

— Isso é tudo, Roland?

— Não — diz, a voz ficando mais baixa. — Ao abrir a gaveta de Benjamin, você quebrou a lei do Arquivo e quebrou a minha confiança. Suas ações foram negligenciadas uma vez, e apenas uma vez, mas, se algum dia, um único dia, você fizer algo assim de novo, eu mesmo vou removê-la. — Seus olhos cinzentos fixam-se em mim. — *Isso* é tudo.

Baixo a cabeça, os olhos treinados voltados para o chão, para não traírem a dor que estou sentindo. Respiro profundamente, consigo concordar uma última vez com a cabeça e saio. Wesley está esperando por mim na porta do Arquivo. Elliot está na mesa, escrevendo furiosamente. Não levanta os olhos quando passo, mesmo que a visão de dois Guardiões aqui seja incomum.

Wes, enquanto isso, parece eufórico.

— Olha — diz alegremente, segurando a lista para eu examinar. Há um nome nela, uma criança. — Essa é minha... — Ele dobra o papel para mostrar seis nomes do outro lado. — E essas são as suas. Dividir é cuidar.

— Wesley, você *ouviu*, não ouviu? Isso não é um jogo.

— O que não significa que a gente não vá se divertir. E olha!

Ele toca no centro da minha lista, onde um nome se destaca contra o mar de escuridão.

Dina Blunt. 33.

Faço uma careta diante da perspectiva de outro adulto, um matador de Guardiões, o último ainda vivo na minha cabeça, mas Wesley parece estranhamente deliciado.

— Vamos, senhorita Bishop — diz, estendendo a mão. — Vamos à caça.

VINTE E QUATRO

Wesley Ayers está sendo gentil demais.

— Então esse garotinho malvado de seis anos tentou me colocar de joelhos...

Falando demais.

— ... mas ele era muito pequeno e só conseguia chutar minhas canelas até tirar o couro...

Muito agitado.

— Quero dizer, ele tinha seis anos e estava de chuteiras...

— O que significa...

— Ele contou para você — digo.

Wesley contrai a testa, mas consegue se manter sorrindo.

— Do que você está falando?

— Roland contou, não foi? Que eu perdi o meu irmão.

Seu sorriso falha, desaparece. E ele acaba concordando com a cabeça.

— Eu já sabia — diz. — Vi quando seu pai tocou no meu ombro. E quando você me empurrou nos Estreitos. Não vi dentro da mente de sua mãe, mas está na expressão dela, no jeito que ela anda. Eu não queria olhar, Mac, mas está bem na superfície. Escrito em toda a sua família.

Não sei o que dizer. Estamos nós dois ali nos Estreitos, e toda a falsidade se desfaz.

— Roland me contou que houve um incidente. Disse que não queria que você ficasse sozinha. Eu não sei o que aconteceu. Mas quero que você saiba que não está sozinha.

Meus olhos ardem, aperto os dentes e desvio o olhar.

— Você está aguentando bem? — pergunta ele.

A mentira vem até os lábios, automática. A engulo de volta.

— Não.

Wes baixa o olhar.

— Sabe, eu costumava pensar — diz — que quando a gente morre, perdemos tudo. — Ele começa a andar e continua falando pelo corredor, o que me obriga a segui-lo. — Era o que me deixava triste por causa da morte, mais até do que a gente não poder viver mais, o fato de perdermos todas as coisas que a gente passou a vida coletando, todas as lembranças e o conhecimento. Mas quando minha tia Joan me falou das Histórias e do Arquivo, tudo mudou. — Ele para numa curva. — O Arquivo significa que o passado jamais se perde. Jamais. Saber disso é libertador. Uma permissão para sempre olhar para a frente. Afinal, temos que escrever nossas próprias Histórias.

— Nossa, mas que clichê.

— Eu devia escrever cartões de Natal, eu sei.

— Desconfio que eles não tenham uma seção de sentimentalismo baseado em Histórias.

— Uma lástima, realmente.

Sorrio, mas ainda não quero falar sobre Ben.

— E sua tia Joan? Foi dela que você herdou?

— Tia-avó, tecnicamente. A dama de cabelo azul... também conhecida como Joan Petrarch. E trata-se de uma mulher assustadora.

— Ela ainda está viva?

— Está.

— Mas passou o trabalho para você. Significa que ela abdicou?

— Não exatamente. — Ele mexe os dedos, olha para baixo. — O trabalho pode ser passado adiante se o Guardião atual não tem mais condições. Tia Joan quebrou o quadril há alguns anos. Não me entenda mal, ela ainda está bem forte. A bengala é rápida como um raio, na verdade. Tenho as cicatrizes para provar. Mas depois do acidente, ela passou o trabalho para mim.

— Deve ser ótimo poder conversar com ela sobre isso. Pedir conselhos, ajuda. Ouvir suas histórias.

Seu sorriso se desfaz.

— Hum... não funciona bem assim.

Sinto-me uma idiota. É claro, ela *deixou* o Arquivo. Deve ter sido alterada. Apagada.

— Depois que passou o trabalho adiante, ela esqueceu.

Vejo dor nos seus olhos, de um tipo que finalmente reconheço. Posso não ter sido capaz de compartilhar o sorriso de palhaço de Wes, mas posso dividir com ele o sentimento de solidão. É bastante ruim conviver com pessoas que nunca souberam, mas ter alguém e perdê-lo... Não admira que Da tenha mantido seu título até morrer.

Wes parece perdido e gostaria de saber como trazê-lo de volta, mas não sei. E, além disso, não tenho que fazer isso. Uma História faz para mim. Um som chega até nós e, de um instante para outro, o sorriso de Wesley se reacende. Há uma faísca em seus olhos, uma fome que vejo às vezes nas Histórias. Aposto que ele patrulha os Estreitos procurando por lutas.

O som chega de novo. Aparentemente, longe estão os dias quando era preciso realmente ir caçar Histórias. Há bastante delas aqui para que nos encontrem.

— Bem, faz um bom tempo que você quer caçar aqui — digo. — Acha que está pronto?

Wesley se curva.

— Depois de você.

— Ótimo — digo, estalando os dedos. — Apenas guarde suas mãos para si mesmo para que eu possa me concentrar no trabalho em vez de naquele rock horrível que sai de você.

Ele levanta uma sobrancelha.

— Eu tenho o som de uma banda de rock?

— Não fique tão convencido. Você parece com uma banda de rock sendo jogada de um caminhão.

Seu sorriso se abre ainda mais.

— Maravilha. E para sua informação você soa como uma tempestade de raios. Além disso, se o gosto musical impecável da minha alma te incomoda, aprenda a me bloquear.

Não estou pronta para admitir que não sou capaz, que não sei como, então, apenas zombo dele. O som da História chega até nós novamente, como um punho socando uma porta, então tiro a chave do pescoço e tento acalmar as batidas do meu coração subitamente em disparada, enquanto enrolo o cordão da chave com algumas voltas no pulso.

Espero que não seja Owen. O pensamento me surpreende. Não acredito que prefiro encarar outro Hooper do que devolver Owen agora mesmo. Mas pode não ser Owen. Ele jamais faria tanto barulho... Não, a não ser que tenha começado a se desgarrar. Talvez eu devesse contar sobre ele para Wesley, mas isso faz parte da investigação, o que o deixa na categoria das coisas de que não devo falar. Ainda assim, se Wes encontrar Owen, ou Owen encontrar Wes, como vou explicar que preciso desta História específica, que a estou protegendo do Arquivo, que ele é uma pista? (E isso é tudo o que ele realmente é, digo a mim mesma com o máximo de firmeza possível.)

Não tenho como explicar isso.

Espero que Owen hoje tenha o bom senso de ficar o mais longe de nós que puder.

— Relaxe, Mac — diz Wes, lendo a tensão no meu rosto como medo, ou algo do tipo. — Eu protejo você.

Penso ser melhor achar graça.

— É, total. Você e seu cabelo arrepiado vão me salvar dos grandes monstros malvados.

Wes tira um pequeno cilindro do casaco. Faz um movimento com o pulso e o cilindro se multiplica, transformando-se num bastão.

Dou uma risada.

— Tinha esquecido da vara! Não admira o garoto de seis anos ter te chutado. Você parece estar pronto para abrir uma pinhata.

— É um bastão *Bō*.

— É uma vara. Livre-se dela. A maioria das Histórias já está assustada, Wes. Isso só vai piorar as coisas.

— Você fala delas como se fossem gente.

— Você fala como se não fossem. *Livre-se disso.*

Wesley resmunga, mas fecha e guarda o bastão de volta.

— Seu território, suas regras.

As batidas começam de novo, seguidas de um chamado, "Olá? Olá?". Dobramos uma esquina e paramos.

Uma adolescente está parada no final do corredor. A cabeça envolta num halo de cabelo ruivo, o azul das unhas descascando, as mãos batendo numa das portas com toda a força.

Wesley dá um passo na direção dela, mas o faço parar. Eu me aproximo da garota e ela se vira. Seus olhos estão manchados de preto.

— Mel — diz ela. — Caramba, você me assustou.

Ela está nervosa, mas não hostil.

— Todo esse lugar é assustador — digo, tentando corresponder à sua inquietação.

— Por onde você andou?

— Procurando uma saída — respondo. — E acho que finalmente encontrei uma.

O rosto da garota é tomado por uma expressão de alívio.

— Já estava na hora — diz. — Mostre o caminho.

— Está vendo? — digo, apoiando-me numa das portas dos Retornos depois de fazer a garota entrar lá. — Não precisei de nenhuma vara.

Wesley sorri.

— Impressionante...

Alguém grita.

Um desses sons horríveis de hospício. Animalesco. E próximo.

Recuamos até um cruzamento e viramos à direita, onde nos encontramos no mesmo corredor com uma mulher. Ela é frágil, a cabeça inclinada para a esquerda. É um pouco mais baixa que Wesley, está de costas para nós e, a julgar pelo barulho que acabou de soltar pela boca, insano, mas inegavelmente adulto, estou inclinada a acreditar que trata-se de *Dina Blunt. 33.*

— Minha vez — sussurra Wesley.

Volto silenciosamente para o corredor anterior, fora de vista, e ouço a batida seca de quando ele bate na parede com a palma da mão. Não consigo ver a mulher, mas a imagino se virando para encarar Wes ao ouvir o som.

— Por quê, Ian? — lamenta-me ela. A voz se aproxima. — Por que você me obrigou a fazer isso?

Pressiono as costas na parede e espero.

Alguma coisa se mexe no meu lado do corredor e me viro a tempo de ver um borrão de cabelo louro-prateado se esgueirar de volta para as sombras. Balanço a cabeça, esperando que Owen consiga me ver, esperando que ele saiba que é melhor não aparecer logo agora.

— Eu amei você. — As palavras estão bem, bem mais próximas agora. — Amei você e mesmo assim você me obrigou.

Wesley dá um passo para trás e aparece no meu campo de visão, os olhos passando de relance por mim antes de se fixarem na mulher, cujos passos já posso ouvir agora, junto com a voz.

— Por que não me fez parar? — geme ela. — Por que não me ajudou?

— Deixa eu te ajudar agora — diz Wesley, imitando meu tom de voz tranquilo.

— Você me obrigou. Me obrigou, Ian — diz ela, como se não estivesse ouvindo, como se não conseguisse ouvir coisa alguma, presa ao nó de um pesadelo. — *A culpa é sua!*

A voz é aguda e fica mais alta a cada palavra, até se transformar num grito, depois num berro, e então ela avança, totalmente à vista, esticando a mão na direção dele. Os dois passam por mim, Wesley recuando e ela avançando, passo a passo.

Eu me esgueiro pelo corredor atrás dela.

— Eu posso te ajudar — diz Wes, mas consigo ver, pela tensão em torno de seus olhos, que ele não está acostumado a esse nível de desorientação. Não está acostumado às palavras, em lugar da força. — Acalme-se — diz, finalmente. — Você só precisa se acalmar.

— O que há de errado com *ela*? — A pergunta não é feita por Wesley, ou por mim, mas por um garoto atrás de Wes, no final do corredor, muitos anos mais novo do que nós.

Wes olha para trás por menos de um segundo, tempo suficiente para Dina Blunt avançar um pouco mais. Quando ela estica a mão para agarrar o braço dele, eu seguro o dela. Está desequilibrada pelo pânico e pelo seu impulso para a frente e uso sua própria força, em vez da minha, para empurrá-la para trás; então, seguro seu rosto com as mãos e torço com força.

O pescoço estala com um som alto, seguido pela batida do corpo caindo sobre o chão dos Estreitos.

O garoto na outra ponta do corredor solta um som, algo entre uma respiração ofegante e um grito. Arregala os olhos enquanto se vira e sai correndo, derrapando na próxima curva. Wesley não o persegue, nem mesmo se move. Está olhando para a forma imóvel de Dina Blunt. E depois para mim.

Não sei se o olhar dele para mim é apenas de confusão ou também de admiração.

— O que aconteceu com a abordagem humanitária?

Dou de ombros.

— Às vezes, não é o bastante.

— Você é maluca — diz. — Você é uma garota maluca, e incrível. E me deixa apavorado.

Sorrio.

— Como você fez esse negócio? — pergunta Wes.

— Truque novo.

— Onde aprendeu?

— Por acaso. — Não é uma mentira completa. Nunca pedi que Owen me ensinasse.

O corpo da História estremece no chão.

— Não vai durar muito tempo — digo, segurando seus braços. Wes pega as pernas.

— Então é assim que são os adultos? — pergunta ele enquanto a carregamos para a porta dos Retornos mais próxima. Suas pálpebras tremem. Aceleramos o passo.

— Ah, não — respondo, quando chegamos à porta —, eles ficam muito pior. — Viro a chave e o corredor se enche de luz.

Wes sorri de um jeito sombrio.

— Que maravilha.

Dina Blunt começa a choramingar quando a empurramos pela porta.

— Então — diz Wesley quando fecho a porta e a voz da mulher desaparece no ar. — Quem é o próximo?

Duas horas mais tarde, a lista miraculosamente está vazia e consegui passar, bem, uma hora e cinquenta e nove minutos sem pensar na prateleira de Ben desaparecendo nas estantes. Uma hora e cinquenta e nove minutos sem pensar no Bibliotecário assassino. Ou sobre a sequência de mortes. A caçada silencia tudo mais, mas, no momento em que paramos, o ruído volta.

— Tudo pronto? — pergunta Wes, escorregando de costas pela parede.

Olho para o papel em branco e dobro a lista antes que outro nome apareça.

— Parece que sim. Ainda gostaria de ficar com meu território?

Ele sorri.

— Talvez não todo para mim, mas se você vier junto? Claro!

Chuto seu sapato com o meu e, aparentemente, duas botas são o bastante para abafar quase todo o barulho de Wesley. Um pequeno lampejo de reação — mas está vindo de mim, tanto quanto se pode perceber do som.

Vamos em direção às portas numeradas.

— Sério, eu bem que aceitaria alguma coisa do forno dos Bishop, agora mesmo — acrescenta ele. — Será que a senhora Bishop não teria alguma coisa?

Chegamos às portas e coloco a chave naquela marcada com I — a que sai no corredor do terceiro andar —, mesmo que eu esteja sendo preguiçosa e a porta seja potencialmente exposta, porque eu realmente preciso de um banho. Giro a chave.

— Serve biscoito de aveia com passas? — pergunto, ao abrir a porta.

— Delicioso — responde ele, segurando a porta para mim. — Depois de você.

Acontece muito rápido.

A História aparece do nada.

Acontece na velocidade de um piscar de olhos, da maneira como os momentos passam ao rebobinar uma lembrança, mas não é uma memória; é o agora, e não há tempo suficiente. O corpo é um borrão, uma mancha de cabelo castanho avermelhado, camiseta verde, braços e pernas magrelos de um adolescente — que me lembro perfeitamente de já ter *retornado*. Mas isso não impede Jackson Lerner, de dezesseis anos, de atingir Wesley e empurrá-lo com força. Quando vou fechar a porta, o pé de Jackson voa pelo ar e me acerta no peito. A dor explode pelas minhas costelas e lá estou eu, no chão, tentando respirar, no momento em que ele segura a porta um segundo antes de ela se fechar.

E sai.

Atravessa.

Para dentro do Coronado.

VINTE E CINCO

Por um terrível e aterrorizante momento, não sei o que fazer.

Uma História saiu, e só consigo pensar em forçar o ar de volta aos meus pulmões. Quando esse momento acaba, um outro começa, e Wes e eu estamos novamente de pé, atravessando a porta dos Estreitos em disparada e saindo no terceiro andar do Coronado. O corredor está vazio.

Wes me pergunta se estou bem, respiro fundo e concordo, a dor se espalhando pelas minhas costelas.

Ainda estou sem o anel, mas não preciso ler as paredes para encontrar Jackson, pois sua camiseta verde está sumindo pela escada do lado norte, perto do meu apartamento. Disparo atrás dele, Wes dá a volta e corre para a escada do outro lado, depois dos elevadores. Ouço o eco dos passos abaixo e salto para o segundo andar logo que a porta da escada se fecha, a tempo de ver Jackson freando no meio do corredor, Wesley correndo na direção oposta para bloquear o caminho para a escadaria e para o saguão, então para a rua.

A História está encurralada.

— Jackson, pare — digo, ofegante.

— Você mentiu — rosna ele. — Não tem casa. — Seus olhos estão arregalados, ficando negros pelo pânico, e, por um momento parece que estou de novo diante de Ben, aterrorizada, meus pés colados no chão quando Jackson se vira e chuta a porta do apartamento mais próximo, esmagando a madeira e entrando porta adentro.

Wes dispara para frente, o que me faz despertar e correr enquanto Jackson desaparece no interior do apartamento.

Dentro do apartamento 2C, a decoração é moderna, esparsa, mas o local está nitidamente ocupado. Jackson está a meio caminho da parede do outro lado e da janela quando Wes avança, pula um sofá baixo e agarra o braço de Jackson e o gira de volta para a sala. Jackson se solta, foge pelo lado para um corredor, mas eu o alcanço e o jogo contra a parede, deslocando um grande pôster emoldurado.

O chuveiro no banheiro no final do corredor está aberto, alguém canta alto, desafinado, enquanto Jackson me empurra para longe e recua para chutar. Eu me viro e a sola de borracha de seu sapato bate na parede de gesso, seguro seu pulso enquanto ele ainda está desequilibrado, puxando-o para mim, acerto seu peito com meu antebraço e ele cai no chão. Quanto tento segurá-lo, ele me pega com um chute rápido e a dor se espalha pelo meu peito, forçando-me a soltá-lo.

Wesley está a postos quando Jackson volta a se levantar e corre para a sala. Wes passa o braço pela garganta dele e o puxa de volta com força, mas Jackson luta feito um louco e o faz recuar vários passos. O vidro de uma mesinha de café acerta Wesley por trás dos joelhos e ele perde o equilíbrio. Os dois caem juntos. O chuveiro é desligado no momento em que eles caem no meio de uma onda de cacos de vidro. Jackson se levanta primeiro, um caco enfiado no braço, e sai pela porta antes que eu possa impedir.

Wesley está de pé, o rosto e a mão sangrando, mas corremos de volta para o corredor do segundo andar. Jackson, em seu pânico, correu para o elevador. Nós o cercamos enquanto ele arranca o vidro do braço com um chiado e força a grade do elevador. O ponteiro em cima da porta sinaliza que o elevador está parado no sexto andar. O saguão tem dois andares de altura, o que significa dois andares para baixo.

— Acabou — Wesley diz em voz alta, indo em sua direção.

Jackson olha para o poço do elevador e depois para nós.

E então ele pula.

Wes e eu suspiramos juntos e nos viramos, correndo para a escada.

Histórias não sangram. Histórias não podem morrer. Mas sentem dor. E esse pulo vai machucar. Com sorte, ao menos vai atrasá-lo.

Um grito atravessa o ar, mas não vem do poço do elevador. Alguém no 2C solta uma cascata de palavras em meio a um grito e um palavrão quando chegamos à escada. No meio da escada principal, vemos Jackson apertando as costelas — ele bem que merece — e mancando numa linha reta, determinado, para as portas da frente do Coronado.

— Chave! — grita Wes, e tiro o lenço preto do bolso.

— Direita para os Retornos — digo quando ele pega a chave, apoia um pé no corrimão de madeira escura e salta, pulando os últimos três metros e dando um jeito de cair em pé. Chego ao final da escada quando Wes pega Jackson e o joga contra as portas da frente com força suficiente para rachar o vidro. Quando chego, ajudo a segurar a História derrotada contra as portas de entrada enquanto Wes enfia a chave da Equipe na fechadura e gira com força para a direita. Além dos vidros, vemos as ruas e os carros passando, mas quando ele vira a chave, a porta se abre, soltando-se de sua mão como se empurrada pelo vento, e revela um mundo branco. Um branco impossível, e Jackson Lerner caindo através dele.

A porta se fecha com a mesma força do vento, estilhaçando o vidro já rachado. A chave está na fechadura, e do outro lado da porta sem vidro, um ônibus passa acelerando. Duas pessoas do outro lado da rua se viram para olhar o que causou o barulho.

Cambaleio para trás. Wesley solta uma risada confusa e, em seguida, suas pernas se dobram.

Agacho-me ao lado dele, mesmo que o movimento faça a dor latejar pelo meu peito.

— Você está bem? — pergunto.

Wes olha para a porta quebrada.

— Conseguimos — diz alegre. — Exatamente como a Equipe.

O sangue escorre pelo seu rosto, do corte ao longo do maxilar, e ele olha fixamente para o lugar onde a porta para os Retornos surgiu. Tiro a chave da fechadura. E então ouço. Sirenes. As pessoas do outro lado da rua estão se aproximando agora, e o som de um carro da polícia está cada vez mais próximo e nítido. Temos que sair daqui. Não tenho a menor condição de explicar tudo isso.

— Vamos lá — digo, indo para o elevador. Wes se levanta trêmulo e me segue. Aperto o botão, encolhendo-me ao pensar em usar esta armadilha mortal, mas não tenho muita vontade de refazer o caminho de nossa destruição neste exato momento, especialmente com Wes coberto de sangue. Ele hesita quando abro a grade, mas entra ao meu lado. A porta se fecha e eu aperto o botão para o terceiro andar e me viro para vê-lo. Está sorrindo. Não acredito que esteja sorrindo. Balanço a cabeça.

— Você fica bem de vermelho — digo.

Ele esfrega o rosto e olha para as mãos manchadas.

— Sabe, acho que você está certa.

A água pinga das pontas do meu cabelo na poltrona onde estou de cócoras, olhando para a chave da Equipe, aninhada nas minhas mãos. Ouço o *shhhhhhh* do chuveiro ligado, desejando que a água lave os questionamentos que me consomem enquanto giro continuamente a chave de Equipe de Da nas minhas mãos.

Como Roland sabia?

Como ele sabia que precisaríamos da chave hoje? Terá sido coincidência? Da jamais acreditou em coincidências; dizia que o acaso era apenas uma palavra usada para as pessoas preguiçosas demais para conhecerem a verdade. Mas Da acreditava em Roland. Eu acredito em Roland. Conheço ele. Pelo menos, acho que conheço. Foi o primeiro a me dar uma chance. Quem assumiu a responsabilidade por mim. Que forçou as regras por mim. Que chegou a quebrá-las algumas vezes.

A água é desligada.

Jackson foi retornado. Eu mesmo o retornei. Como ele escapou uma segunda vez em menos de uma semana? Ele deveria estar arquivado nas estantes vermelhas. Não há como ter despertado duas vezes. A não ser que tenha sido acordado por alguém que o deixou sair.

A porta do banheiro se abre e Wesley aparece. O cabelo negro não está mais arrepiado, mas caindo sobre seus olhos. O delineador foi lavado. A chave está pousada contra seu peito nu. A barriga é lisa, os músculos são pequenos, mas visíveis. Graças a Deus, ele está vestindo as calças.

— Tudo pronto? — pergunto, guardando a chave da Equipe.

— Ainda não. Preciso da sua ajuda. — Wesley volta para o banheiro. Eu vou atrás.

Uma enorme quantidade de artigos de primeiros socorros cobre a pia. Talvez tivesse sido melhor levá-lo para o Arquivo, mas o corte no rosto não está tão mau — já tive piores —, e a última coisa que quero é tentar explicar para Patrick o que aconteceu.

Seu rosto está começando a sangrar de novo, e ele seca o sangue com uma gaze. Procuro no meu estoque médico particular até encontrar um tubo de adesivo para pele.

— Abaixe-se, pessoa alta. — digo, tentando tocar seu rosto apenas com o cotonete, não com meus dedos, o que me deixa sem firmeza, e, quando vacilo e passo uma pincelada de cola cirúrgica no seu queixo, Wes suspira e segura minha mão. O barulho dispara na minha cabeça, metálico, cortante.

— O que você está fazendo? — reclamo. — Me solta.

— Não — responde ele, tirando o cotonete e o tubo de cola cirúrgica da minha mão, jogando ambos para o lado e apertando a palma da minha mão contra seu peito. O barulho fica mais alto. — Você precisa descobrir como.

Eu me contraio.

— Descobrir como o quê?

— Como encontrar o silêncio. Não é tão difícil.

— Para mim, é — respondo. Tento empurrá-lo, bloqueá-lo, levantar uma parede, mas não funciona; apenas piora as coisas.

— Isso é porque você está lutando contra. Está bloqueando todo e qualquer ruído. Mas as pessoas são feitas de ruído, Mac. O mundo é cheio deles. E encontrar o silêncio não é uma questão de empurrar tudo para fora. Apenas de se colocar para dentro. Só isso.

— Wesley, me solta.

— Sabe nadar?

A estática de banda de rock massacra minha cabeça.

— O que isso tem a ver com qualquer coisa?

— Os bons nadadores não lutam contra a água. — Ele pega minha outra mão também. Seus olhos brilham com pontos dourados, mesmo na luz fraca. — Eles se movem com ela. Através dela.

— E daí?

— Então pare de lutar. Deixe o ruído ficar branco. Ser como a água. E flutue.

Sustento seu olhar.

— Apenas flutue — diz ele.

Vai contra todo e qualquer traço de razão da minha cabeça parar de resistir e aceitar o ruído.

— Confie em mim.

Solto um suspiro inquieto, então cedo. Deixo vir. Por um momento, sou inundada por Wesley, mais alto do que nunca, sacudindo meus ossos, ecoando na minha cabeça. Mas depois, pouco a pouco, o ruído se estabiliza, reflui. Torna-se contínuo. Um ruído branco. Está em toda parte, cercando-me, mas pela primeira vez, não sinto como se estivesse *dentro* de mim. Não dentro da minha cabeça. Solto um suspiro.

A mão de Wesley se solta, e com ela, o ruído.

Vejo ele tentar reprimir o sorriso e falhar. O que aparece, no entanto, não é presunção, nem mesmo ironia. É orgulho. Não consigo me controlar e também sorrio, de leve. É quando a dor de cabeça ataca, eu me curvo e me seguro na pia do banheiro.

— Passinhos de bebê — diz Wes, radiante. Ele me devolve o tubo de cola.

— Agora, se você não se incomodar, poderia me fazer um curativo? Não quero ficar com essa cicatriz.

— Não tem como esconder isso — diz, examinando meu trabalho no espelho.

— Te deixa com cara de durão — digo. — É só você dizer que perdeu uma briga.

— E como você sabe que eu não ganhei? — pergunta ele, os olhos encontrando os meus no espelho. — Além disso, não posso mais usar essa desculpa. Já está gasta demais.

Ele está de costas para mim. Os ombros são estreitos, mas fortes. Definidos. Sinto minha pele se aquecer ao percorrer o espaço entre suas omoplatas e descer pela curva das costas. No meio da coluna, vejo um corte vermelho, superficial, brilhando com o reflexo de um caco de vidro enfiado dentro dele.

— Fique parado — digo, tocando suas costas com a ponta dos meus dedos. O barulho retorna, mas desta vez não reajo. Em vez disso, aguardo, deixo que o som baixar ao meu redor, como água. Ainda está lá, mas acho que consigo atravessá-lo com meu pensamento, contorná-lo. Acho que jamais serei do tipo expansivo, mas com a prática, pelo menos posso aprender a boiar.

Wes encontra meu olhar no espelho e levanta uma sobrancelha.

— A prática leva à perfeição — digo, corando. Meus dedos percorrem sua espinha, por cima das costelas até chegar ao caco de vidro. Wesley se contrai sob meu toque, o que também me deixa tensa. — Pinça — falo, e ele me entrega uma.

Prendo o caco, esperando que não esteja muito fundo.

— Inspire, Wes — digo, suas costas se abrindo sob meus dedos. — Solte o ar.

Ele solta e puxo o vidro, sua respiração treme quando o caco desliza. Eu o seguro para que Wes o veja.

— Nada mal. — Coloco um pequeno curativo sobre o corte. — Você deveria guardar isso.

— É mesmo — responde ele, virando-se para mim. — Acho que eu deveria lavá-lo e fazer um pequeno troféu, com "Cortesia de uma História fugitiva e da mesinha de café do apartamento 2C" gravado na base.

— Ah, não — digo, pousando o caco em sua mão estendida. — Eu não lavaria.

Wes o coloca em cima de um montinho de cacos, mas não tira os olhos dos meus. O sorriso debochado desaparece.

— Somos um bom time, Mackenzie Bishop.

— Somos mesmo. — *Somos*, e é isso que modera o calor sob minha pele, controla os impulsos de menina. Este é Wesley. Meu amigo. Meu parceiro. Um dia, talvez, minha Equipe. O medo de perder tudo isso me mantém em cheque.

— Da próxima vez — digo, me afastando —, não segure a porta aberta para mim.

Limpo a pia, cheia de coisas empilhadas, e saio, para Wes terminar de se vestir, mas ele me segue pelo corredor, ainda sem camisa.

— Está vendo o que eu ganho por ser um cavalheiro?

Ah, Deus; ele está flertando.

— Basta de cavalheirismo — digo, chegando ao meu quarto. — Você com certeza não foi talhado para isso.

— Com certeza — diz, abraçando-me delicadamente por trás.

Solto um gemido, menos pelo barulho do que pela dor. Ele me solta.

— O que foi? — pergunta, repentinamente, todo eficiência.

— Nada — digo, esfregando as costelas.

— Tire a camisa.

— Você vai ter que se esforçar muito mais para me seduzir, Wesley Ayers.

— *Eu* já tirei a minha — replica ele. — Acho que é perfeitamente justo.

Eu rio. Dói.

— E não estou tentando te seduzir, Mackenzie — diz, aprumando-se. — Só quero ajudar. Agora, deixe-me ver.

— Não quero ver — digo. — Prefiro não saber.

Consegui tomar banho e trocar de roupa sem olhar para minhas costelas. As coisas doem ainda mais quando as vemos.

— Que ótimo. Então feche os olhos e deixe que veja.

Wesley estende o braço e segura a barra da minha camisa. Espera por tempo suficiente para ter certeza de que eu não vou bater nele, e então puxa a blusa para cima. Olho para longe, com a intenção de me inteirar de quantas canetas tenho dentro do copo em cima da minha escrivaninha. Não consigo controlar um arrepio quando a mão de Wesley desliza como uma pluma pela minha cintura, e o ruído de seu toque na verdade me distrai da dor, até a mão subir e...

— Ai! — Olho para baixo. Um hematoma já está se espalhando pelo meu tórax.

— Você devia deixar alguém examinar isso, Mac.

— Pensei que era isso que você estava fazendo.

— Quero dizer um médico. A gente tem quer ir falar com Patrick, só por segurança.

— Sem chance — digo. Patrick é a última pessoa que quero ver agora.

— Mac...

— Já disse que não. — A dor vem em ondas pelas minhas costelas quando respiro, mas *consigo* respirar, o que é um bom sinal. — Vou sobreviver — digo, pegando minha camisa de volta.

Wes despenca na minha cama enquanto tento enfiar a camisa pela cabeça. Estou puxando ela para baixo quando alguém bate na porta do quarto e mamãe espia para dentro, segurando um prato de biscoitos de aveia com passas.

— Mackenz... ah!

Ela se depara com a cena: Wesley sem camisa, esticado na minha cama, eu enfiando a blusa o mais rápido que posso, para ela não ver meus machucados. Faço o possível para aparentar vergonha, o que não é difícil.

— Oi, Wesley. Não sabia que você estava aqui.

O que é uma mentira descarada, é claro, porque minha mãe me ama, mas nunca aparece com uma bandeja de biscoitos e uma jarra, além de seu mais doce sorriso, a não ser que eu esteja acompanhada. Quando foi que ela chegou em casa?

— Fomos correr juntos — digo rapidamente. — Wes está me ajudando a voltar a ficar em forma.

Ele faz alguns alongamentos desajeitados, que deixam totalmente claro que não corre coisa nenhuma. Vou matá-lo.

— Mmm — fala minha mãe. — Bem, só vou... deixar... isso aqui.

Ela deixa a bandeja sobre uma caixa fechada, sem tirar os olhos de nós.

— Obrigada, mãe.

— Obrigado, senhora Bishop — diz Wesley. Eu me viro para ele e vejo que olha para os biscoitos com um sorriso de gula. Ele é um mentiroso quase tão bom quanto eu mesma.

— Ah, e Mac — acrescenta ela, pegando um dos biscoitos para si mesma.

— Sim?

— Porta aberta, por favor — cantarola ela, batendo de leve na moldura da porta ao sair.

— Há quanto tempo estamos correndo juntos? — pergunta Wes.

Jogo um biscoito na cabeça dele.

— Alguns dias.

— Bom saber — diz. Ele pega e engole o biscoito com um único movimento, depois pega o urso azul de Ben do lado da cama. Os óculos de plástico não estão mais pendurados no focinho dele, mas dobrados na mesa, onde os deixei na noite passada antes de ir encontrar meu irmão. Sinto um aperto no peito. *Morto morto morto* lateja na minha cabeça como o pulsar do meu coração.

— Isso era dele? — pergunta Wes, o rosto tomado de pena. E sei que não é culpa dele, ele não entende, não tem como. Mas não suporto este olhar.

— Ben odiava este urso — digo. Mesmo assim, ele o deposita gentilmente, com reverência, sobre a mesa.

Despenco na cama. Algo espeta minha cintura e tiro a chave de Equipe do bolso.

— Essa de hoje passou perto — diz Wes.

— Mas a gente conseguiu — respondo.

— Sim. — A meio caminho de um sorriso, sua boca se fecha. Eu sinto o mesmo.

Wes pega seu papel do Arquivo e pego o meu. Nós dois abrimos as listas ao mesmo tempo e lemos a mesma mensagem escrita no papel.

Guardiões Bishop e Ayers:

Compareçam ao Arquivo.

Agora.

VINTE E SEIS

Conheço esta sala.

Os pisos frios de mármore e as paredes forradas de livros de registros, a mesa longa no meio da câmara: é onde me tornei uma Guardiã. Algumas pessoas estão sentadas atrás da mesa agora, exatamente como naquela vez, mas os rostos, a maioria deles, ao menos, mudaram. E até mesmo enquanto nos reunimos ali, ouço os sons distantes da ruptura se espalhando.

Enquanto Wesley e eu esperamos, a primeira coisa que penso é que evitei um julgamento para acabar em outro. Hoje de manhã teria sido merecido. Agora de tarde, não faz sentido.

Patrick está sentado atrás da mesa, furioso, e me pergunto há quanto tempo ele está com aquela cara, esperando por nossa chegada. Por um momento, isso é absurdamente engraçado, tanto que temo dar uma risada. Mas considero o resto do quadro e a vontade passa.

Lisa está sentada ao lado de Patrick, os olhos de duas cores impenetráveis.

Carmen está ao lado de Lisa, segurando o bloco de anotações junto ao peito.

Roland está na cabeceira, os braços cruzados.

Outras duas pessoas — o transferido, Elliot, e a mulher de trança, Beth — estão em pé atrás deles. As expressões na sala variam do desprezo à curiosidade.

Tento encontrar os olhos de Roland, mas ele não está olhando para mim. Olha para eles. E tenho um estalo. Wesley e eu não somos os únicos em julgamento.

Ele acha que um deles está alterando as Histórias. É assim que ele cerca seus suspeitos? Examino seus rostos. Será que uma dessas pessoas pode estar causando todo esse estrago? Por quê? Penso nas lembranças que tenho deles, procurando alguma que me dê um sinal, qualquer momento que revele que um deles é o culpado. Mas Roland parece ser da família; Lisa, às vezes é severa, mas bem-intencionada; Carmen confiou em mim, me ajudou e guardou meus segredos. E por menos que eu goste de Patrick, ele é rigoroso com as leis. Mas as duas pessoas em pé atrás deles... Nunca falei com a mulher de trança, Beth, e não sei nada de Elliot além do fato de que ele foi transferido logo antes de os problemas começarem. Se eu pudesse passar algum tempo com eles, talvez pudesse descobrir...

Um sapato bate de leve no meu pé e uma pequena explosão de metal e tambores atravessa meus pensamentos. Disfarço um olhar para Wesley, cuja testa está franzida pela preocupação.

— Ainda não consigo acreditar que você disse para a minha mãe que íamos ter um encontro — digo entre os dentes.

— Disse para ela que a gente ia sair. Não poderia ser específico demais, poderia? — Wesley sussurra de volta.

— É para isso que servem as mentiras.

— Tento mentir o mínimo possível. Omissões são bem menos prejudiciais ao karma.

Alguém tosse e me viro para ver mais duas pessoas entrando discretamente na câmera, ambas de preto. Uma mulher é alta, com um rabo de cavalo de cabelo preto azulado, e o homem parece de caramelo, pele dourada, cabelo dourado e um sorriso displicente. Nunca o tinha visto antes, mas há algo adorável, assustador e frio nele, e, então, vejo as marcas profundas na pele, logo acima dos pulsos. Três linhas. São Equipe.

— Senhorita Bishop — chama Patrick, e minha atenção retorna para a mesa —, esta não foi sua primeira infração.

Fico séria e pergunto.

— Que infração cometi?

— Você deixou uma História fugir para o Exterior — diz ele, tirando os óculos e os jogando sobre a mesa.

— Nós também o capturamos — diz Wesley.

— Senhor Ayers, seus registros, até o dia de hoje, têm se mantido impecáveis. Talvez você devesse segurar sua língua.

— Mas ele está certo — digo. — O que importa é que capturamos a História.

— Que não deveria ter chegado ao Coronado em primeiro lugar — adverte Lisa.

— Que não deveria nem mesmo ter chegado aos Estreitos — respondo. — Eu retornei Jackson Lerner esta semana. Então me digam como ele conseguiu despertar, achar o caminho de volta para o meu território e não aparecer na minha lista? Um resultado da ruptura?

Roland me fuzila com os olhos, mas Patrick baixa os olhos para a mesa.

— Jackson Lerner foi um erro de arquivamento.

Engulo o riso, e ele me lança um olhar de advertência, assim como Lisa. Carmen evita o contato visual e morde o canto dos lábios. Foi ela quem recebeu Jackson de mim. Ela deveria tê-lo retornado.

— Foi minha... — diz ela baixinho, mas Patrick não lhe dá a oportunidade.

— Senhorita Bishop, este erro foi precipitado por sua entrega incorreta da História em questão. Não é verdade que você retornou Jackson Lerner para a antecâmara do Arquivo, em lugar da sala de Retornos?

— Não tive escolha.

— A presença de Jackson Lerner nos Estreitos não é a questão mais premente — diz Lisa. — O fato de que permitiram que saísse para o Exterior... — *Permitiram*, diz ela, como se simplesmente tivéssemos saído da frente. *Permitiram* por que ainda estávamos vivos quando ele atravessou. — O fato de que dois Guardiões estavam patrulhando o mesmo território e, ainda assim, nenhum...

— Quem autorizou isso, aliás? — Patrick interrompe.

— Fui eu — diz Roland.

— Então por que não dar uma chave de Equipe para eles e promovê-los, para completar o serviço? — solta Patrick

A chave de Equipe de Da pesa uma tonelada na minha bolsa.

— A condição do território da senhorita Bishop necessitava de ação imediata — diz Roland, enfrentando o olhar de Patrick. — O território do senhor Ayers ainda não apresentou qualquer aumento de atividade. Enquanto que o Coronado e as áreas circundantes estão, *por algum motivo*, sofrendo os maiores danos nesta ruptura. A decisão foi perfeitamente dentro da minha jurisdição. Ou será que você esqueceu, Patrick, que sou o oficial de posto mais alto, não apenas desta divisão, mas deste estado e desta região, e, como tal, seu diretor?

Roland? O posto mais alto? Com seus tênis vermelho e revistas de fofoca?

— Há quanto tempo a senhorita Bishop e o senhor Ayers estão atuando em parceria? — pergunta Lisa.

Roland tira um relógio do bolso, um sorriso sombrio nos lábios.

— Há cerca de três horas.

O homem no canto ri. A mulher lhe dá uma cotovelada.

— Senhorita Bishop — diz Patrick —, está ciente de que, quando uma História sai para o Exterior, deixa de ser responsabilidade dos Guardiões e torna-se da alçada da Equipe? — Na última palavra, ele aponta para as duas pessoas no canto. — Imagine o nível de confusão, portanto, quando a Equipe chega para despachar a História e descobre que ela se foi.

— Encontramos vidro quebrado — comenta o homem.

— E alguns policiais também — completa a mulher.

— E uma senhora de robe reclamando de vândalos...

— Mas nenhuma História.

— E por que isso? — pergunta Patrick, voltando sua atenção para Wesley.

— Quando Lerner escapou, fomos atrás dele — diz Wes. — Seguimos ele pelo hotel, o pegamos antes que saísse do prédio e o retornamos.

— Vocês foram longe demais.

— Fizemos nosso trabalho.

— Não — reage Patrick —, vocês fizeram o trabalho da Equipe. Colocaram em risco vidas humanas e as suas próprias no processo.

— Foi perigoso para vocês dois perseguir a História uma vez que ela estava no Exterior — acrescenta Carmen. — Vocês poderiam ter sido mortos. Vocês dois são Guardiões admiráveis, mas não são Equipe.

— Ainda assim — diz Roland —, certamente demonstraram potencial.

— Você não pode estar estimulando isso — diz Patrick.

— Sancionei sua parceria. Eu deveria supor que não teria feito isso se não acreditasse que fossem capazes. — Roland se levanta. — E, para ser sincero, não vejo como uma reprimenda a Guardiões por retornarem Histórias seja um bom uso de nosso tempo, diante das atuais... circunstâncias. Acredito que o senhor Ayers deva continuar auxiliando a senhorita Bishop, contanto que seu próprio território não sofra por isso.

— Não é assim que o Arquivo funciona...

— Bem, no momento, o Arquivo precisa aprender a ser um pouco mais flexível — diz Roland. — Mas... se alguma evidência se apresentar de que o senhor Ayers não tem condições de manter seus próprios números reduzidos, a parceria será dissolvida.

— Concedido — diz Lisa.

— Muito bem — diz Carmen.

— Está bem — diz Patrick.

Nem Elliot, nem Beth disseram uma única palavra, mas ambos concordam silenciosamente.

— Dispensados — diz Roland.

Lisa é a primeira a se levantar e ir em direção às portas, mas, quando são abertas, uma nova onda de barulho, de prateleiras de metal batendo no chão de pedra, chega até nós; desta vez, mais próxima. Ela tira a chave, fina, brilhante e dourada do bolso, como a que Roland enfiou no peito de Ben, e corre em direção ao som. Carmen, Elliot e Beth vão atrás. A Equipe já partiu, Wesley e eu nos dirigimos para a saída, mas Roland e Patrick ficam para trás.

Quando me aproximo da porta, ouço Patrick dizer algo para Roland que faz meu corpo gelar.

— Uma vez que você é o *diretor* — diz ele, entre os dentes —, é minha obrigação informar que solicitei uma avaliação da senhorita Bishop.

Ele fala em voz suficientemente alta para que eu ouça, mas não vou lhe dar o gosto de olhar para trás. Ele está apenas tentando me abalar.

— Você não vai trazer Agatha para isso, Patrick — diz Roland em voz mais baixa, e, quando Patrick responde, não é mais do que um sussurro.

Acerto o passo e olho em frente, seguindo Wesley para fora. O número de Bibliotecários no átrio parece ter dobrado desde ontem. A meio caminho da mesa, passamos por Carmen dando ordens para novos rostos desconhecidos, indicando alas, corredores e salas que devem ser escurecidas. Quando se vão, digo a Wes para ir em frente e paro para fazer uma pergunta para ela.

— O que isso significa, "escurecer" as salas?

Ela hesita.

— Carmen, eu já sei o que é uma ruptura. Então, o que isso significa?

Ela morde o lábio.

— É um último recurso, senhorita Bishop. Se há muito ruído, muitas histórias acordando, escurecer uma sala é a maneira mais rápida de dar um fim ao distúrbio, mas...

— O que é?

— Elimina o conteúdo também — diz ela, nervosa, olhando ao redor. — Escurecer uma sala escurece tudo no interior. É um processo irreversível. Transforma o espaço numa cripta. Quanto mais salas tivermos que escurecer, mais conteúdo perdemos. Já vi rupturas antes, mas nunca como essa. Quase um quinto da divisão já foi perdido. — Ela se inclina para a frente. — Neste ritmo, podemos perder tudo.

Meu estômago dói. Ben está nesta divisão. Da está nesta divisão.

— E quanto às prateleiras vermelhas? — insisto. — E quanto às Coleções Especiais?

— As estantes restritas e os membros do Arquivo ficam num cofre. São prateleiras mais seguras e estão aguentando, por enquanto, mas...

Neste momento, outros três Bibliotecários correm para ela, e Carmen se volta para falar com eles. Penso que ela me esqueceu totalmente, mas quando me viro para ir embora, ela olha para mim e diz apenas:

— Tenha cuidado.

— Você parece enjoada — diz Wes quando voltamos para os Estreitos.

Eu me sinto mal. Ben e Da estão numa divisão que está ruindo, uma divisão que alguém está tentando derrubar. E é culpa minha. Eu iniciei a busca. Eu escavei o passado. Eu persegui as respostas. Derrubei a primeira peça do dominó...

— Fale comigo, Mac.

Olho para Wesley. Não gosto de mentir para ele. É diferente de mentir para mamãe, papai e Lyndsey. Aquelas são grandes mentiras — fáceis, do tipo tudo ou nada. Mas com Wes, tenho que filtrar o que posso e o que não posso dizer, e por *não poder* quero dizer que não vou, pois poderia. Poderia contar para ele. Digo para mim mesma que eu contaria para ele, se Roland não tivesse me advertido. Eu contaria tudo para ele. Até mesmo sobre Owen. Digo a mim mesma que contaria. Eu me pergunto se é verdade.

— Estou com um mau pressentimento — digo. — Só isso.

— Ah, não vejo por quê. Não tem nada demais terem nos colocado em julgamento, ou que nossa divisão esteja desabando, ou que nosso território esteja fora de controle de um jeito muito suspeito. — Ele fica sério. — Francamente, Mac, ficaria preocupado se você tivesse um *bom* pressentimento sobre qualquer uma dessas coisas. — Ele olha de volta para a porta do Arquivo. — O que está havendo?

Dou de ombros.

— Não faço a menor ideia.

— Então vamos descobrir.

— Wesley, caso você não tenha percebido, não posso me meter em mais nenhuma encrenca no momento presente.

— Tenho que admitir, nunca imaginei você como uma delinquente assim.

— O que posso dizer? Sou a melhor dos piores. Agora, deixe os Bibliotecários fazerem seu trabalho e nós fazemos o nosso. *Se* você aguentar mais um dia disso.

Ele sorri, mas parece menos animado.

— Vai precisar mais do que lotar os Estreitos, uma História fugitiva, uma mesa de vidro e um tribunal para você se livrar de mim. Te encontro às nove?

— Às nove, então.

Wes desvia nos Estreitos em direção à própria casa. Observo-o ir embora e fecho os olhos com força. Que confusão, penso, logo antes de um beijo pousar feito uma gota d'água na minha nuca.

Sinto um arrepio e giro e empurro o corpo contra a parede. O silêncio me invade no lugar onde minha mão encontra seu pescoço. Owen levanta uma sobrancelha.

— Olá, M.

— Você devia pensar melhor — digo — antes de se esgueirar atrás de alguém. — Solto seu pescoço lentamente.

A mão de Owen sobe em busca da minha, então para os meus pulsos. Num movimento fluido, minhas costas estão de encontro à parede e as mãos seguras sobre minha cabeça. A sensação de calor toma conta da minha pele enquanto o silêncio se esgueira sob ela, até minha cabeça.

— Se me lembro corretamente — diz ele —, foi exatamente assim que salvei você.

Mordo o lábio quando ele começa a beijar meu ombro, meu pescoço, o calor e o silêncio vibrando através de mim, ambos bem-vindos.

— Não preciso ser salva — murmuro. Ele sorri junto à minha pele, o corpo pressionando o meu. Eu me contraio.

— O que houve? — pergunta ele, os lábios percorrendo debaixo do meu queixo.

— Dia longo — digo, engolindo.

Ele recua uns centímetros, mas não para de me cobrir de beijos, percorrendo uma trilha do meu queixo à orelha, enquanto seus dedos se misturam com os meus sobre minha cabeça, apertados.

O silêncio fica mais intenso, abafando meus pensamentos. Desejo escapar para dentro dele. Sumir no seu interior.

— Quem era o garoto? — ele sussurra.

— É um amigo.

— Ah — diz Owen devagar.

— Não, nada de "ah" — digo defensivamente —, só um amigo.

Deliberada e necessariamente, só um amigo. Com Wesley, há muito a perder. Mas com Owen, não há futuro a ser perdido por me entregar. Nenhum futuro absolutamente. Apenas evasão. A dúvida sussurra através do silêncio. Por que ele se importa? Será ciúme que vejo tremular em sua expressão? Curiosidade? Ou alguma outra coisa? É tão fácil para mim ler as pessoas e tão difícil lê-lo. Será que é assim que as pessoas veem umas às outras? Apenas seus rostos e nada mais por trás?

Ele pode me ler perfeitamente para saber que não quero falar sobre Wesley, pois deixa o assunto de lado e me envolve em silêncio e beijos. Owen me puxa para o escuro da alcova onde nos sentamos antes e me leva até a parede. As mãos alisam minha pele com excessiva delicadeza. Puxo seu corpo para junto do meu, apesar da dor nas costelas. Eu o beijo, deliciando-me pela maneira como a calma se aprofunda quando seu corpo está colado ao meu, do jeito como posso abafar meus pensamentos simplesmente puxando-o para mais perto, beijando-o com mais força. Que controle maravilhoso.

— M. — Ele geme junto ao meu pescoço. Sinto-me ruborizar. Por mais estranho que pareça, existe algo na maneira como ele me olha, como me toca, algo que faz com que eu me sinta tão incrivelmente... normal. Menino e menina, sorrisos e olhares de lado, sussurros e frio na barriga; normal. E desejo isso tanto, tanto. Sinto as letras arranhando no meu bolso, continuamente. Deixo a lista no lugar.

Um sorriso discreto aparece no canto de sua boca quando seus lábios pairam sobre os meus. Estamos próximos o bastante para respirarmos juntos, o silêncio estonteante, mas ainda não suficientemente forte. Não ainda. Os pensamentos continuam fervilhando na minha cabeça, advertências e dúvidas, e quero silenciá-los. Quero desaparecer.

Quando passo os dedos pelos cabelos dele e puxo sua boca para mim, imagino se Owen também está se evadindo. Se ele consegue desaparecer ao meu toque, esquecer de quem é e do que perdeu.

Estou bloqueando partes da minha vida. Bloqueando tudo, menos isso. Menos ele. Suspiro quando ele esfrega o corpo contra o meu, que começa a se desdobrar e se soltar sob a ponta de seus dedos. Estou deixando que ele se derrame sobre mim, afogando cada parte de mim que não preciso para beijar, ouvir ou desejar. É *isso* que eu quero. Esta é minha droga. A dor, tanto na pele como a mais profunda, finalmente se foi. Tudo se foi, menos a calma.

E a calma é maravilhosa.

— Por que você fuma, Da?

— Todos fazemos coisas que não deveríamos, coisas que nos fazem mal.

— Eu não.

— Você ainda é jovem. Vai fazer.

— Mas não entendo. Por que fazer mal a si mesmo?

— Não fará sentido para você.

— Experimente.

Você fica sério.

— Para se evadir.

— Como assim?

— Fumo para me evadir de mim mesmo.

— De que parte?

— Todas. É ruim para mim e sei disso. Mesmo assim, continuo fazendo; para que eu continue desfrutando, preciso *não* pensar nisso. Posso pensar antes ou depois, mas enquanto faço isso, paro de pensar. Paro de ser. Não sou seu Da e não sou Antony Bishop. Não sou ninguém. Não sou nada. Apenas fumaça e paz. Se pensar no que estou fazendo, então penso que é errado e não posso usufruir e, por isso, paro de pensar. Faz sentido agora?

— Não. Nenhum.

* * *

— Tive um sonho ontem a noite... — diz Owen, girando o anel de ferro da história de Regina entre os nós dos dedos.

Estamos sentados no chão. Estou encostada nele, e seu braço está nos meus ombros, nossos dedos entrelaçados frouxamente. A calma na minha cabeça é como uma placa, uma proteção. É água, mas em vez de flutuar como Wes me ensinou, estou afundando. É algo como a paz, só que mais profundo. Mais suave.

— Não sabia que Histórias conseguiam sonhar — digo, franzindo o rosto quando aquilo soa um pouco rude, referindo-me às Histórias como coisas, em vez *você*.

— É claro — diz ele. — Por que você acha que elas, ou nós, acordam? Imagino que seja por causa dos sonhos. Porque são tão vívidos, ou tão urgentes, que não conseguimos dormir.

— Com o que você sonhou?

Ele faz o anel de ouro navegar pela palma de sua mão. Fecha os dedos sobre ele.

— O sol — diz. — Sei que parece impossível, sonhar com luz num lugar tão escuro como este. Mas sonhei.

Ele apoia o queixo no meu cabelo.

— Eu estava de pé no telhado — diz. — E o mundo abaixo era de água, brilhando sob o sol. Eu não conseguia sair, não havia nenhuma saída, por isso, fiquei ali, esperando. Pareceu passar tanto tempo, dias inteiros, semanas. Mas nunca escurecia, e continuei esperando por alguma coisa, alguém chegar. — Os dedos livres da outra mão fazem desenhos no meu braço. — E aí, você chegou.

— O que aconteceu depois? — pergunto.

Ele não fala.

— Owen? — insisto, virando-me para olhar para ele.

A tristeza transparece como uma corrente por seus olhos.

— Eu acordei.

Ele guarda o anel de aço no bolso e pega a barra de metal e a segunda parte da história, a que eu coloquei nas mãos dele antes do julgamento.

— Onde você achou isso? — pergunta ele.

— Sob uma rosa de mármore — respondo. — Sua irmã escolheu alguns esconderijos bem inteligentes.

— A Rosa Plana — diz baixinho. — Era o nome da cafeteria naquela época. E Regina sempre foi inteligente.

— Owen, procurei por toda parte e ainda não achei o final. Onde poderia estar?

— É um prédio grande. Maior do que parece. Mas partes da história parecem combinar com o lugar onde foram escondidas. O trecho da Rosa Plana falava de escalar pedras. O fragmento no telhado falava de chegar ao topo, enfrentar os monstros. O final vai combinar com o lugar também. O herói vai vencer a batalha, ele sempre vence, e então...

— Ele volta para casa — falo em voz baixa. — Você disse que era uma jornada. Uma busca. A questão de uma busca não é chegar a algum lugar? Em casa? — Ele beija meu cabelo. — Você está certo. — Ele gira o pedaço de metal. — Mas onde é a casa?

Pode ser o 3F? Os Clarke já moraram lá. Será que o final da história de Regina pode estar oculto na casa dela? Na minha?

— Não sei, M — sussurra ele. — Talvez Regina tenha ganhado seu último jogo.

— Não — digo, apoiando minha cabeça na dele. — Ela ainda não ganhou.

E nem o Bibliotecário delinquente. O silêncio de Owen acalma meu pânico e limpa minha mente. Quanto mais penso nisso, mais percebo que não há como esta ruptura ser apenas uma distração dos segredos do passado do Coronado. Há mais alguma coisa. Não haveria necessidade de destruir a paz do Arquivo após apagar as provas de lá e do Exterior. Não, estou deixando passar alguma coisa, não estou vendo o quadro completo.

Desvencilho-me de Owen e viro o rosto para ele, abrindo mão do silêncio para fazer uma pergunta que já deveria ter feito há muito tempo.

— Você conhece um homem chamado Marcus Elling?

Uma pequena ruga aparece entre os olhos de Owen.

— Ele morava no nosso andar. Era reservado, mas sempre gentil com a gente. O que aconteceu com ele?

Franzo a testa.

— Você não sabe?

A expressão de Owen é de dúvida.

— Deveria?

— E quanto a Eileen Herring? Ou Lionel Pratt?

— Os nomes são familiares. Moravam no prédio, não é?

— Owen, todos morreram. Poucos meses depois de Regina.

Ele apenas olha para mim, confuso. Meu coração afunda. Se ele não consegue se lembrar de nada sobre os assassinatos, sobre sua própria morte no telhado... Achei que eu o estava protegendo do Arquivo, mas e se for tarde demais? E se alguém já tirou as memórias de que preciso?

— Do *que* você se lembra?

— Eu... Eu não queria ir embora. Logo depois da morte de Regina, meus pais fizeram as malas e fugiram, mas eu não fui capaz de fazer isso. Se houvesse restado qualquer coisa dela no Coronado, não poderia deixá-la. Essa é a última coisa de que me lembro. Mas isso aconteceu dias depois de ela morrer. Talvez uma semana.

— Owen, você morreu cinco *meses* depois da sua irmã.

— Não é possível.

— Sinto muito, mas é verdade. E preciso descobrir o que aconteceu entre a morte dela e a sua.

Eu me obrigo a ficar de pé, a dor se espalhando pelo peito. É tarde, hoje foi um inferno, e tenho que encontrar Wesley de manhã.

Owen também se levanta, puxando-me para um último beijo de silêncio. Ele apoia a testa na minha, e o mundo todo se aquieta.

— O que posso fazer para ajudar?

Continue a me tocar, tenho vontade de dizer, porque seu toque acalma o pânico que cresce no meu peito. Fecho os olhos, entrego-me ao nada do momento e então me afasto.

— Tente se lembrar dos cinco últimos meses de sua vida — digo ao partir.

— O dia está quase no fim, não é? — pergunta ele, quando chego à esquina.

— Sim — respondo. — Quase.

VINTE E SETE

Wesley está atrasado.

Ele deveria me encontrar às nove. Acordei ao nascer do sol e passei a hora antes de meus pais começarem a circular pelo apartamento procurando tábuas soltas e qualquer outro esconderijo onde Regina pudesse ter escondido um fragmento de sua história. Tirei as caixas do meu armário, metade das gavetas da cozinha, testei cada placa de madeira, mas não encontrei absolutamente nada.

Então montei uma cena para os meus pais, fazendo alongamentos e dizendo que Wes estava a caminho, que pretendíamos chegar até o Rhyne Park hoje (achei um mapa no escritório com uma mancha verde indicada como RHYNE, que parecia próxima o bastante). Mencionei que íamos almoçar na volta e mandei meus pais irem cuidar de seus respectivos afazeres, prometendo que ia me manter hidratada e usar filtro solar.

E então aguardei por Wes, conforme o combinado.

Mas as nove horas chegaram e se foram sem ele.

Vejo então o pote de biscoitos de aveia com passas no balcão e penso em Nix e nas perguntas que eu poderia fazer a ele. Sobre Owen, sobre os meses desaparecidos.

Dou mais dez minutos ao meu parceiro, depois vinte.

Quando o relógio marca nove e meia, pego o pote e vou para a escada. Não posso ficar parada.

Mas no meio do corredor, algo me faz parar. É aquele pressentimento do qual Da sempre falava, que nos diz quando alguma coisa está errada. É a pintura do mar. Está torta de novo. Quando acerto a posição da moldura, ouço um chacoalhar familiar, como alguma coisa solta escorregando lá dentro, e tudo em mim se trava.

Nasci lá no norte, perto do mar, disse Owen.

Meu coração dispara quando levanto a pintura cuidadosamente da parede e a viro. Tem um fundo, como uma segunda tela, com um canto solto, e, quando inclino a pintura nas minhas mãos, alguma coisa se solta e cai no carpete quadriculado com uma batida leve e abafada. Devolvo o quadro para a parede, ajoelho-me e encontro um pedaço de papel dobrado em torno de um pedaço de metal.

Abro o papel com mãos trêmulas e leio...

Ele combateu os homens, destruiu os monstros, superou os deuses. E ao final, o herói, tendo conquistado tudo, obteve aquilo que ele mais desejava. Voltar para casa.

O final da história de Regina.

Leio a nota duas vezes, depois examino o pedaço de metal escuro que estava embrulhado dentro dela. Tem a espessura de uma moeda e quase a mesma largura, caso a moeda tivesse sido martelada para ficar quase retangular. Os dois lados opostos são retos e simétricos, mas os outros dois são irregulares. Há um entalhe no de cima, como se alguém tivesse batido com o fio de uma faca numa pedra. O entalhe foi feito dos dois lados. A base do quadrado foi afiada até ficar cortante, o metal se estreitando numa ponta.

Há algo familiar no objeto, e, mesmo sem conseguir identificar o que é, tenho um pequeno sentimento de vitória ao guardar o pedaço de metal e o papel no bolso e começar a subir a escada.

No sétimo andar, bato na porta, espero, e ouço o barulho da cadeira de rodas no chão de madeira. Nix manobra a porta com ainda menos jeito do que da primeira vez. Quando consegue abrir, seu rosto se ilumina, mesmo que não possa me ver.

— Senhorita Mackenzie.

Sorrio.

— Como você sabia que eu estava aqui?

— Você ou Betty — diz ele. — E ela usa um perfume denso como um casaco. — Acho graça. — Já disse para ela parar de se banhar nele.

— Eu trouxe os biscoitos — digo. — Desculpe por demorar tanto.

Ele gira a cadeira e me deixa levá-lo de volta para a mesa.

— Como você pode ver — diz, ao me mostrar o apartamento —, estive tão ocupado, que mal percebi.

Parece intocado, como um retrato da última visita, até a cinza de cigarro e o cachecol no pescoço. Estou aliviada por ver que ele não botou fogo no lugar.

— Betty não apareceu para fazer a faxina — diz Nix.

— Nix... — Tenho medo de perguntar. — A Betty ainda está por aqui?

Ele ri, ruidosamente.

— Ela não é uma esposa morta, se é o que está pensando, e sou velho demais para amigos imaginários. — Suspiro, aliviada. — Ela vem aqui ver se está tudo certo — explica. — Amiga da filha da irmã da minha falecida esposa, ou algo assim. Eu esqueço. Ela diz que estou ficando com a cabeça ruim, mas eu simplesmente não ligo muito para lembrar. — Ele aponta para a mesa. — Você deixou seu livro aqui. — E, de fato, o *Inferno* está ali onde o deixei. — Não se preocupe. Não espiei.

Penso em deixar lá de novo. Talvez ele não perceba.

— Me desculpe, leitura de férias.

— Por que as escolas fazem isso? — ele resmunga. — Para que servem as férias se eles passam dever de casa?

— Exatamente! — Eu o levo até a mesa e coloco o pote de plástico no seu colo. Ele o agita com as mãos.

— Tem muito biscoito aqui só para mim. É melhor você ajudar.

Pego um e me sento na frente dele, do outro lado da mesa.

— Eu queria perguntar uma coisa...

— Se for sobre aquelas mortes — interrompe ele —, estive pensando. — Nix cata as passas do biscoito — Desde que você perguntou. A gente esquece. Assustador, como é fácil esquecer as coisas ruins se quisermos.

— A polícia achou que as mortes estavam relacionadas? — pergunto.

Nix se mexe na cadeira.

— Não tinham certeza. Quero dizer, foi suspeito, com certeza. Mas, como eu disse, a gente pode juntar os pontos ou deixar para lá. E foi o que fizeram, deixaram tudo ao acaso, disperso.

— O que aconteceu com o irmão? Owen? Você disse que ele ficou aqui.

— Bem, se você quer saber sobre o rapaz, sabe para quem tem que perguntar? Para aquela colecionadora de antiguidades.

Fico intrigada.

— A senhora Angelli? — Lembro-me de seu gesto não muito sutil de bater a porta na minha cara. — Porque ela tem uma queda por histórias?

Nix dá uma mordida no biscoito.

— Bem, por isso também. Mas principalmente porque ela mora no antigo apartamento de Owen Clarke.

— Não — digo devagar. — Eu moro. Três F.

Nix balança a cabeça.

— Você mora na antiga casa da *família* Clarke. Mas eles se mudaram logo depois do assassinato. E aquele menino, Owen, não conseguiu sair, mas também não conseguia ficar lá, não onde a irmã foi... bem, ele se mudou para um apartamento vazio. E a tal Angelli mora lá agora. Eu não saberia, se ela não tivesse vindo me visitar há uns anos, quando se mudou para cá. Queria saber a história do prédio. Se você quer saber mais sobre Owen, melhor falar com ela.

— Obrigada pela dica — respondo, já me levantando.

— Obrigado pelos biscoitos.

Neste momento, a porta da frente se abre e uma mulher de meia-idade aparece em cima do tapetinho da entrada. Nix aspira o ar uma vez.

— Ah, Betty.

— Lucian Nix, sei que você não está comendo açúcar.

Ela vem direto para ele e, na confusão de biscoitos e pragas, saio de fininho e desço pela escada. Os nomes continuam a aparecer na lista dentro do bolso, mas terão que esperar. Apenas um pouco mais.

Quando chego ao quarto andar, penso no espectro de mentiras que poderia usar para que Angelli me deixasse entrar. Só me encontrei com ela uma vez desde que bateu a porta na minha cara, e não recebi mais do que um leve aceno de cabeça.

Mas quando chego diante de sua porta e encosto o ouvido na madeira, ouço apenas o silêncio.

Bato e seguro a respiração e a expectativa. Ainda o silêncio.

Testo a porta, mas está trancada. Procuro um cartão ou um grampo de cabelo nos meus bolsos, ou qualquer coisa que possa usar para forçar a fechadura, agradecendo em silêncio pela tarde que Da passou comigo para me ensinar como fazer isso.

Mas talvez eu não precise. Chego para trás para examinar a porta. A senhora Angelli está mais para o lado da bagunça. Aposto que é um pouco esquecida, e, com o monte de coisas dentro do apartamento, há boas chances de se perder uma chave. A moldura da porta é estreita, mas suficiente para formar uma prateleira estreita no alto, uma beirada. Eu me estico na ponta dos pés e passo os dedos pelo beiral da porta. Esbarro em alguma coisa de metal e, naturalmente, uma chave cai em cima do carpete quadriculado.

As pessoas são tão facilmente previsíveis. Coloco a chave na fechadura, segurando o fôlego enquanto abro e empurro a porta para entrar na sala. Da soleira, arregalo os olhos. Quase tinha esquecido a quantidade de tralhas que ela tinha aqui, cobrindo tudo: coisas bonitas, cafonas e velhas. Tudo empilhado pelas prateleiras, pelas mesas e mesmo pelo chão, me obrigando a contornar torres de cacarecos para entrar na sala. Não imagino como a senhora Angelli consiga caminhar pelo meio daquilo tudo sem derrubar nada.

A planta do 4D é igual a do 3F, com a cozinha aberta e o corredor saindo da sala e indo para os quartos. Caminho devagar lá para dentro, verificando cada aposento para ter certeza de que estou sozinha. Não há ninguém neles, mas estão cheios de coisas, e não sei se é pelos objetos ou pelo fato de que forcei minha entrada, mas não consigo me livrar da sensação de estar sendo observada. Ela me atrai pelo apartamento e, quando ouço o barulho de alguma coisa se quebrando vindo da sala, eu me viro, esperando ver a senhora Angelli.

Mas não há ninguém lá.

E é quando lembro. A gata.

De volta à sala, alguns livros despencaram, mas não há sinal de Jezzie, a gata dela. Sinto um arrepio. Tento me convencer de que se eu ficar fora do caminho dela, ela vai ficar fora do meu. Afasto a pilha de livros, um busto de pedra e a beira do tapete, abrindo espaço para poder ler.

Respiro fundo, tiro o anel e me ajoelho sobre as tábuas expostas. Mas no momento em que coloco as mãos na madeira, antes mesmo de buscar o passado, toda a sala começa a zumbir nos meus dedos. Tremores. Ruídos. E preciso de um instante para perceber que não estou sentido o peso da memória apenas do chão, mas há tantas antiguidades na sala, tantas coisas com tantas lembranças, que as linhas entre os objetos se misturam. O zumbido do chão se junta ao das coisas apoiadas nele e assim por diante até toda a sala cantar, e isso dói. Um formigar surdo que sobe pelos braços até minhas costelas machucadas.

É demais. Há muitas coisas aqui dentro, e elas enchem minha cabeça do mesmo jeito que o ruído humano, acumulando-se até meus olhos lacrimejarem — e eu sequer comecei a atravessar o zumbido em busca de quaisquer lembranças além. Já mal consigo pensar através do ruído. A dor lateja nos meus olhos e percebo que estou reagindo contra o zumbido. Procuro me lembrar das lições de Wesley.

Deixe o ruído ficar branco, disse ele. Agacho-me então no meio da sala de Angelli, apertando meus olhos bem fechados, as mãos grudadas no chão, esperando o ruído correr ao meu redor, se acalmar. E é o que acontece, pouco a pouco, até eu finalmente conseguir pensar, me concentrar e buscar.

Seguro a lembrança e o tempo espirala para o passado, e, com isso, as coisas empilhadas se movem, mudam, diminuem, peça a peça, desaparecendo da sala até eu poder ver boa parte do chão, das paredes. Pessoas passam pelo espaço, antigos ocupantes — algumas lembranças são indistintas e apagadas; outras, brilhantes — um homem mais velho, uma mulher de meia-idade, uma família com jovens gêmeos. A sala clareia e se transforma, até finalmente chegar à casa de Owen.

Já sei antes mesmo de ver seu cabelo louro brilhar pela sala, com ele andando para trás, pois ainda estou rebobinando o tempo. A princípio, estou tomada de alívio por *haver* uma lembrança para eu ler, que não foi apagada junto com boa parte daquele ano. A lembrança subitamente fica mais nítida, e eu juro que vejo...

A dor atravessa minha cabeça quando freio bruscamente o recuo da lembrança e deixo que avance.

No quarto com Owen, há uma menina.

Tenho apenas um vislumbre antes de ele bloquear minha visão. Ela está sentada no beiral de uma janela e ele, ajoelhado diante dela, as mãos no seu rosto, a testa apoiada na dela. O Owen que conheço é absolutamente calmo, composto, e, por vezes, embora eu não dizer isso a ele, fantasmagórico. Mas este Owen está vivo, cheio de uma energia inquieta entranhada em seus ombros e no jeito que ele balança levemente sobre os calcanhares enquanto fala. As próprias palavras não passam de um murmúrio, mas posso ver que falam em voz baixa e com urgência; e, tão rápido quanto ele se ajoelha, está de pé, tirando as mãos do rosto da menina ao se virar... e então não estou mais olhando para ele, pois estou olhando para *ela*.

Ela está sentada com os joelhos dobrados, exatamente como na noite em que foi morta, o cabelo louro espalhado sobre as pernas, e, mesmo olhando para baixo, sei exatamente quem ela é.

Regina Clarke.

Mas isso não é possível.

Regina morreu antes de Owen sequer ter se mudado para este apartamento.

E então, como se soubesse o que estou pensando, ela levanta os olhos, para além de mim, e é Regina e não é ao mesmo tempo; uma versão distorcida. O rosto está contraído, em pânico e os olhos estão muito escuros, escurecendo ainda mais, a cor se borrando em...

Um grito agudo atravessa minha cabeça, alto, longo, horrível. Minha visão se borra entre cores, escurece e se colore, enquanto alguma coisa atinge meu braço nu. Dou um salto para trás, saio das lembranças e me afasto do chão, mas meu calcanhar bate no busto de pedra e caio de costas com força no tapete. A dor atravessa minhas costelas quando caio, e minha visão clareia o suficiente para identificar a *coisa* que me atacou. A forma pequena de Jezzie oscila na minha direção e eu recuo, mas... Um uivo agudo me fere até os ossos quando outro gato, gordo, branco com uma coleira incrustada, enrola o rabo no meu cotovelo. Dou um safanão para me livrar e...

Um terceiro gato roça na minha perna e o mundo explode em gritos, vermelhos, luminosos e doloridos, metal cortante sob minha pele. Finalmente, liberto-me e tropeço de volta para o corredor, batendo a porta entre nós.

Jogo as costas na parede oposta, escorrego no chão, meus olhos cheios de lágrimas por causa da dor de cabeça, súbita e brutal como o toque dos gatos. Preciso de silêncio, silêncio de verdade, e enfio a mão no bolso para pegar o anel, mas meus dedos nada encontram.

Não.

Olho para a porta do 4D. Meu anel ainda deve estar lá dentro. Xingo baixinho e apoio a testa nos joelhos, tentando pensar além da dor e juntar as peças do que vi antes dos gatos.

Os olhos de Regina. Estavam escurecendo. Estavam ficando pretos, como se ela estivesse *se desgarrando*. Mas apenas Histórias se desgarram. E apenas uma História poderia estar sentada no apartamento do irmão *depois* de morrer, o que significa que não era Regina, assim como o corpo de Ben na gaveta não era Ben, e isso significa que ela saiu. Mas como? E como Owen a encontrou?

— Mackenzie?

Levanto os olhos para Wes, que se aproxima pelo corredor.

Ele apressa o passo.

— O que houve?

Encosto a testa de novo nos joelhos.

— Dou vinte dólares para você se entrar lá e pegar meu anel.

As botas de Wesley param em algum lugar à direita da minha perna.

— O que seu anel está fazendo na casa da Angelli?

— Por favor, Wes, só vai lá pegar para mim.

— Você invadiu...

— *Wesley* — levanto a cabeça para ele —, por favor. — E devo estar parecendo pior do que me sinto, pois ele acaba por concordar e entra. Reaparece pouco depois e solta o anel sobre o tapete, perto dos meus pés. Eu o enfio no dedo e afundo de volta contra a parede.

Wesley se ajoelha diante de mim.

— Você quer me dizer o que aconteceu?

Suspiro.

— Fui atacada.

— *Por uma História?*

— Não... pelos gatos da senhora Angelli.

Ele entorta os cantos da boca.

— Não é engraçado — rosno, então fecho os olhos. — Jamais vou superar isso, não é mesmo?

— Jamais. E, que droga, Mac, isso sim é deixar um cara apavorado.

— Você se assusta facilmente.

— Você não viu a si mesma.

Ele tira uma caixinha de maquiagem e abre o espelho diante de mim e vejo o fio de sangue escorrendo do nariz e descendo pelo meu rosto. Limpo com a manga.

— Certo, isso é assustador. Tira isso daqui — digo.

Passo a língua pelos lábios, ainda com gosto de sangue. Faço força para levantar. O corredor balança de leve. Wesley segura meu braço, mas eu o afasto e vou para a escada. Ele me segue.

— O que estava fazendo lá? — pergunta ele.

A dor de cabeça dificulta eu me concentrar nas nuances da mentira. Então, não minto.

— Eu estava curiosa — digo quando descemos a escada.

— Você deve ser um bocado curiosa para invadir o apartamento de Angelli.

Chegamos ao terceiro andar.

— Minha natureza inquisitiva sempre foi uma fraqueza. — Não consigo parar de ver os olhos de Regina. Como ela saiu? Não era uma matadora de guardiões, não era um mostro. Sequer era uma delinquente, como Jackson. Era uma garota de quinze anos. O assassinato poderia ter sido o bastante para inquietar sua mente, até mesmo despertá-la, mas ela nunca poderia ter passado dos Estreitos.

A escada termina, mas, quando me viro para Wes, ele está me olhando de um jeito sério.

— Não olhe para mim desse jeito, com esses olhos castanhos esbugalhados.

— Não são apenas castanhos — responde. — São da cor de avelã. Não está vendo os reflexos dourados?

— Meu Deus, quanto tempo você passa se olhando no espelho todos os dias?

— Nunca o suficiente, Mac. Nunca o suficiente. — Mas a risada não aparece em sua voz. — Você é esperta, tentando me distrair com minha própria beleza, mas isso não vai funcionar. O que está havendo?

Suspiro. E então olho para Wesley, *de verdade*. O corte no rosto está cicatrizando, mas há um novo machucado inchando perto do queixo, e ele está protegendo o braço esquerdo como se tivesse levado um golpe; parece completamente exausto.

— Onde você estava hoje de manhã? — pergunto. — Fiquei esperando.

— Estive mais ocupado.

— Sua lista?

— Os nomes nem estavam na *minha* lista. Quando cheguei aos Estreitos... Não tinha mãos suficientes. Não tinha tempo suficiente. Quase não passei por lá inteiro. Seu território está mal, mas o meu, de repente, ficou intransponível.

— Então você não devia ter vindo — Viro-me e desço pelo corredor.

— Sou seu parceiro — diz, vindo atrás de mim. — E, aparentemente, este é o problema. Você estava lá no julgamento, Mac. Ouviu a advertência. Só poderemos continuar parceiros desde que meu território fique limpo. Alguém *fez* isso. E fiquei tentando entender a manhã inteira por que um membro do Arquivo não gostaria de que trabalhássemos juntos. Tudo o que sei é que tem alguma coisa de que não estou sabendo. — No meio do caminho, ele segura meu braço e eu faço um esforço para não empurrá-lo quando sou tomada pelo barulho. — *Tem* alguma coisa de que não estou sabendo?

Não sei o que responder. Não tenho uma verdade ou uma mentira que resolva tudo. Já o coloquei em perigo só por deixá-lo perto de mim, com um alvo pintado nas suas costas. Ele estaria mais seguro se ficasse longe. Se eu pudesse mantê-lo longe da confusão. Longe de mim.

— Wesley... — Tudo o mais está se desfazendo. Não preciso perder isso também.

— Você confia em mim? — Sua pergunta é tão abrupta e franca que sou pega de surpresa.

— Sim. Confio.

— Então me fale. O que quer que esteja acontecendo, me deixe ajudar. Você não está sozinha, Mackenzie. Nossas vidas inteiras estão baseadas em mentiras, em manter segredos. Só quero que você saiba que não precisa esconder as coisas de mim.

E isso parte meu coração, pois sei o significado de cada uma daquelas palavras. E por isso não posso me abrir para ele. *Não vou.* Não vou contar para ele sobre os assassinatos ou as Histórias alteradas ou do Bibliotecário delinquente, ou sobre Regina ou Owen. E não é por um impulso de nobreza para que ele não seja ferido; não há nada disso no momento. A verdade é que estou apavorada.

— Obrigada — digo, e isso é tão constrangedor como quando se responde um "Eu te amo" apaixonado com um "Eu sei". Então, acrescento: — Somos um time.

Eu me odeio quando vejo seus ombros caírem. Ele solta as mãos, deixando um silêncio ainda mais pesado do que o ruído. Parece cansado, as olheiras escuras ultrapassam até mesmo o delineador preto.

— Você está certo — diz ele, a voz vazia. — Somos mesmo. E é por isso que estou te dando uma última chance de me contar exatamente o que está acontecendo. E nem precisa tentar mentir. Logo antes de você começar uma mentira, você mede as palavras e mexe o queixo de leve. Você tem feito muito isso. Então, *não* faça.

E é quando percebo como estou cansada, de mentiras e omissões e meias verdades. Coloco Wes em perigo, mas ele ainda está aqui — e se ele está tentando ser corajoso ao meu lado no meio deste caos, então ele merece saber o que sei. Estou prestes a falar, a dizer isso para ele, contar tudo, quando ele coloca a mão na minha nuca, me puxa para a frente, e me beija.

O ruído me invade. Não resisto, não bloqueio e, por um momento, só consigo pensar que ele tem gosto de chuva de verão.

Seus lábios ficam colados aos meus, com urgência, quentes.

Demorados.

E então ele se afasta, a respiração acelerada.

Sua mão se solta da minha pele, e eu compreendo.

Não está usando o anel.

Não apenas me beijou.

Estava me *lendo*.

Seu rosto está pálido de dor, e não sei o que ele viu, ou sentiu, mas o que quer que tenha lido em mim, é o bastante para me dar as costas e correr.

VINTE E OITO

Wesley bate a porta da escada. Eu me viro e soco a parede, com tanta força que deixo uma marca no papel de parede amarelo desbotado, a dor se espalhando pela mão. Meu reflexo me olha do espelho da parede do outro lado e parece... perdido. Finalmente, meus olhos deixam transparecer. Os olhos de Da. Sustento o olhar e procuro alguma coisa dele em mim, procuro pela parte que sabe mentir, sorrir, viver e ser. E não encontro nada.

Que confusão. Verdades são confusas, mentiras são confusas, e, não importa o que Da disse, é impossível cortar uma pessoa em pedaços de torta, exatos e organizados.

Empurro a parede, a raiva se juntando em algo sólido, teimoso, inquieto. Preciso encontrar Owen. Viro-me para a porta dos Estreitos, tirando a chave do pescoço e a lista do bolso. Meu estômago afunda quando abro o papel. O arranhar das letras tem sido quase constante, mas não esperava que o papel estivesse *coberto* de nomes. Meus pés hesitam e, por um momento, penso que é demais, penso que eu não deveria ir sozinha. Mas então penso em Wesley e me apresso. Não preciso da ajuda dele. Eu era uma Guardiã antes mesmo de ele saber o que são Guardiões. Tiro o anel e entro nos Estreitos.

Há muito barulho.

Passos, choro, murmúrios e batidas. O medo me atravessa, mas não se desfaz: então me apego a ele, para que me mantenha atenta. O movimento é benéfico, o latejar nos meus ouvidos é o próprio ruído branco, bloqueando tudo o mais, a não ser o instinto, o hábito e a memória muscular enquanto atravesso os estreitos à procura de Owen.

Não consigo percorrer mais do que um corredor sem problemas, e despacho dois adolescentes mal-humorados; mas, no momento em que fecho a porta dos Retornos, mais nomes aparecem para ocupar as vagas. Uma gota de suor escorre pelo meu pescoço. O metal da faca aquece minha batata da perna, mas eu a deixo ali. Não preciso dela. Vou abrindo caminho até a alcova de Owen.

E então, os Matadores de Guardiões começam a brotar na minha lista.

Mais duas Histórias.

Mais duas brigas.

Caio com as costas apoiadas na porta dos Retornos, sem fôlego, e olho para o papel.

Mais quatro nomes.

— *Droga.* — Soco a parede, ainda sem ar. A fadiga começando a se acumular, o aumento da caça nada significando uma vez que a lista cresce no mesmo ritmo, um para um, e, às vezes, dois ou três para um. Não é possível reduzir a lista, que dirá limpá-la. Se aqui está ruim, o que estará acontecendo no Arquivo?

— Mackenzie?

Viro-me e encontro Owen. Ele me envolve nos seus braços e sinto um breve alívio, silêncio, mas nenhuma coisa nem outra são suficientes para bloquear a mágoa que vi nos olhos de Wesley, ou a dor, a culpa ou a raiva dele, minha, de tudo.

— Está desmoronando — digo no seu ombro.

— Eu sei — Owen responde, depositando um beijo no meu rosto, e mais um na minha têmpora antes de apoiar a testa ali. — Eu sei.

O silêncio emerge e se desfaz, e penso nele segurando o rosto de Regina, pressionando a testa na dela, a estática baixa da voz dele falando com ela. Mas o que ela estava fazendo lá? Como ele a encontrou? Será que ele fazia alguma ideia do *que* ela era? Será que é por essa razão que arrancaram isso de suas lembranças?

Mas isso não se encaixa. As paredes do Coronado e as mentes das Histórias foram alteradas por pessoas diferentes, mas, nos dois casos, as remoções foram meticulosas, e o tempo apagado das paredes parece quase coincidir com o tempo apagado das mentes das pessoas. Mas a casa de Angelli permaneceu inalterada, o que significa que não chegaram lá, ou que não precisaram apagar o lugar. Então por que isso se apagou da mente de Owen? E, acima de tudo, as outras Histórias tinham *horas* apagadas, um dia ou dois, no máximo. Por que Owen perdeu *meses*?

Não faz sentido. A não ser que ele esteja mentindo.

Assim que penso nisso, a horrível sensação de que estou certa me atinge como uma onda, como se estivesse à espera. Se acumulando.

— Qual é a última coisa do qual você se lembra? — pergunto.

— Eu já te disse...

Eu me solto.

— Não, você me contou o que sentiu. Que não queria deixar Regina lá. Mas a última coisa que você *viu*? O derradeiro momento da sua vida?

Ele hesita.

Alguém chora a distância.

Alguém grita a distância.

A distância, passos fortes no chão, mãos batendo, tudo cada vez mais próximo.

— Não lembro... — diz ele.

— É importante.

— Você não acredita em mim?

— Eu quero acreditar.

— Então acredite — ele diz, suavemente.

— Você quer saber o final da sua história, Owen? — pergunto, o pressentimento se revirando dentro de mim. — Eu vou te dizer o que consegui juntar, e talvez isso ajude a sua memória. Sua irmã foi morta. Seus pais foram embora, mas você, não. Em vez disso, se mudou para outro apartamento e Regina voltou, só que não era Regina, Owen. Era a História dela. Você sabia que ela não era normal, não sabia? Mas não conseguiu ajudá-la. E então pulou do telhado.

Owen fica apenas olhando para mim, por um longo tempo.

Até finalmente falar com um tom calmo, baixo.

— Eu não queria pular.

E me sinto mal.

— Então você lembra.

— Achei que poderia ajudar Regina. Realmente achei. Mas ela não parava de se desgarrar. Eu nunca quis pular, mas eles não me deram escolha.

Quem?

— A Equipe que veio levá-la de volta. E me prender.

Equipe? Como ele poderia saber essa palavra, a não ser que...

— Você fazia parte. Do Arquivo.

Quero que ele negue, mas não.

— Ela não pertencia àquele lugar — diz.

— Você deixou ela sair?

— Ela pertencia ao meu lado. Pertencia à nossa casa. E, falando em casa — diz —, acho que você tem uma coisa que me pertence.

Minha mão vacila na direção do último fragmento da história no meu bolso. Eu me controlo, mas é tarde demais.

— Não sou um monstro, Mackenzie. — Ele dá um passo na minha direção ao falar, a mão vindo em direção à minha, mas eu recuo. Ele aperta os olhos e deixa a mão cair. — Me diga se você não teria feito isso. Se não teria levado Ben para casa.

Vejo Ben no fundo da minha cabeça, logo depois de despertar, já se desgarrando, e eu, ajoelhada diante dele, dizendo-lhe que ficaria tudo bem, prometendo levá-lo para casa. Mas eu não teria ido tão longe. Pois no momento em que me empurrou, vi a verdade no negror que se espalhava nos olhos dele. Aquilo não era o meu irmão. Não era Ben.

— Não — digo. — Você está errado. Eu não teria ido tão longe.

Recuo mais um passo, em direção a uma curva no corredor. Ele está bloqueando as portas numeradas, mas se eu puder chegar ao Arquivo...

— Mackenzie — diz, esticando a mão de novo. — Por favor, não...

— E aquelas outras pessoas? — pergunto, recuando. — Marcus, Eileen e Lionel? O que aconteceu com eles?

— Não tive escolha — responde ele, ainda me seguindo. — Tentei manter Regina na sala, mas ela estava transtornada...

— Se desgarrando — digo.

— Tentei tanto ajudá-la, mas não podia estar sempre lá. Aquelas pessoas a viram. Poderiam ter estragado tudo.

— Então você matou todas elas?

Ele sorri com amargura.

— O que você acha que o Arquivo teria feito?

— Não isso, Owen.

— Não seja ingênua — responde irritado, a raiva lampejando em seus olhos como um raio.

A curva no corredor está a apenas alguns passos atrás de mim, e saio correndo enquanto ele diz:

— Eu não iria por aí.

Mas não entendo o que ele falou até fazer a curva e dar de cara com uma História mal-encarada. Atrás dele, há mais uma dezena. Parados, olhando, os olhos negros.

— Eu disse para esperarem — diz ele, enquanto eu voltava para o corredor onde ele estava. — E eu os deixaria sair. Mas devem estar perdendo a paciência. Eu estou. — Ele estica a mão. — O final, por favor.

Owen fala com delicadeza, mas vejo que muda a postura, a sequência de transformações mínimas nos ombros, joelhos e nas mãos. Eu me abraço.

— Não está comigo — minto.

Owen solta um suspiro longo, desapontado.

E então o momento passa. Num piscar de olhos, ele cobre a distância entre nós e eu me abaixo, tiro a faca da perna e vou em direção ao seu peito, mas ele segura meu pulso e bate a minha mão na parede de concreto com força suficiente para quebrar os ossos e, antes que eu consiga chutá-lo, ele me achata contra a parede. Minhas costelas doem sob seu peso. O silêncio me invade, pesado demais.

— Senhorita Bishop — diz ele, apertando a pressão nas minhas mãos. — Guardiões deveriam saber que não devem carregar armas. — Alguma coisa é esmigalhada dentro do meu pulso, eu engasgo e minha mão se abre, a faca cai. Owen me solta e salto para o lado, mas ele pega a faca antes de ela cair no chão com uma das mãos e meu braço com a outra, então me faz girar de volta para ele, a faca sob meu queixo. — Eu ficaria parada se fosse você. Não seguro minha faca há sessenta anos. Posso estar um pouco enferrujado.

Sua mão livre percorre minha barriga e desce pela frente do meu jeans, deslizando para dentro do bolso. Os dedos encontram o papel e o quadrado de metal e ele suspira com alívio ao tirar ambos. Ele beija atrás do meu cabelo, a faca ainda no meu pescoço, e segura as duas coisas juntas, para que eu possa ver. — Eu estava começando a me preocupar, achando que a pintura não estivesse mais lá. Não esperava ficar longe por tanto tempo.

— Você escondeu a história.

— Escondi, mas não era a *história* que eu queria esconder.

A faca desaparece da minha garganta e ele me empurra para a frente. Eu me viro e o vejo jogando fora o papel, alinhando os pedaços de metal na palma da mão. Um anel, uma barra e um quadrado.

— Quer ver uma mágica? — ele pergunta, mexendo com as peças.

Ele abre a mão com o quadrado e segura o anel e a barra. Desliza a ponta afunilada da barra no pequeno buraco aberto no anel e gira as duas peças juntas. Pega o quadrado e desliza a aresta com a marca ao longo da ranhura na barra.

E quanto ele me mostra o resultado, o sangue gela em minhas veias. Não é tão decorada quanto a que Roland me deu, mas não há dúvida do que realmente é.

O anel, a barra, o quadrado.

O suporte, a haste, o dente.

Uma chave de Equipe.

— Não me impressiona — digo, segurando meu pulso. Quando dobro os dedos, a dor corta minha mão. Mas a chave pende do outro pulso e, se eu puder encontrar uma porta para os Retornos... Olho pelo corredor, mas o círculo de giz mais próximo está a vários metros atrás de Owen.

— Deveria ficar — diz ele. — Se é crédito o que você deseja, fico feliz por dá-lo a você. Não teria conseguido sem sua ajuda.

— Não acredito nisso — digo.

— Eu não poderia me arriscar. E se a Equipe me achasse antes de eu juntar as peças? E se as peças não estivessem onde deveriam estar? Não, isso — ele levanta a chave —, isso foi tudo feito por você. Você me entregou a chave que abre portas entre os mundos, a chave que vai me ajudar a destruir o Arquivo, uma seção de cada vez.

A raiva cresce dentro de mim. Avalio se consigo quebrar seu pescoço antes que me esfaqueie. Ele não se mexe.

— Não vou deixar que isso aconteça, Owen. — Tenho que pegar a chave antes que ele comece a abrir portas. Mas, como se pudesse ler minha mente, a chave desaparece em seu bolso.

— Você não precisa ficar no meu caminho.

— Preciso sim. Este é exatamente o meu trabalho, Owen. Impedir as Histórias, por mais insanas que sejam, de sair.

— Eu só queria minha irmã de volta — diz ele, ainda girando a faca. — Eles pioraram as coisas mais do que o necessário.

— Parece que você mesmo piorou bastante. — Dou mais um passo na direção dele.

— Você não sabe de nada, Guardiãzinha. — Ele rosna. Ótimo. Ele está começando a ficar zangado, com raiva, e é aí que as pessoas cometem erros. — O Arquivo tira *tudo* e não dá nada de volta. Eu só queria uma coisa...

O barulho de briga ecoa pelo corredor, um grito, um berro, e a atenção de Owen se desvia por um instante. Eu ataco, transferindo meu peso para frente. A ponta da minha bota acerta a base da faca no meio de um giro e a joga para alto, para a escuridão sem teto dos estreitos. Meu próximo chute acerta suas costas quando a faca cai ruidosamente no chão, vários metros atrás de mim. Owen também cai no chão, rola e se agacha, conseguindo se levantar a tempo de desviar de mais um golpe. Segura minha perna, me puxa para frente e acerta meu peito com o braço e sou arremessada contra o chão de concreto. A dor parece romper minhas costelas machucadas.

— Tarde demais — diz ele, enquanto faço força para conseguir respirar. — Vou fazer o Arquivo em pedaços.

— O Arquivo não matou Regina — consigo dizer, apoiando-me com as mãos e os joelhos no chão. — Foi Robert.

Seus olhos escurecem.

— Eu sei. E fiz com que ele pagasse.

Meu estômago se contorce. Eu deveria saber.

Ele fugiu. Deixaram ele escapar. Eu deixei ele escapar. Eu era o irmão mais velho...

Owen pegou tudo o que eu sentia e imitou, distorceu, usou. Ele me usou.

Salto nos meus pés e vou para cima dele, mas Owen é rápido demais; mal o toco e suas mãos já estão no meu pescoço, jogando-me contra uma porta. Não consigo respirar. Minha visão se borra quando arranho seus braços. Ele nem mesmo pisca.

— Eu não queria fazer isso — diz.

E, com a mão livre, pega o cordão de couro enrolado no meu pulso. Minha chave. Não. Ele puxa com força, arrebentando o cordão e enfia a chave na porta atrás de mim.

Gira a chave e, com um clique, a porta se abre e somos banhados por luz branca, cristalina. Ele se inclina, próximo o bastante para encostar o queixo no meu, e sussurra no meu ouvido.

— Sabe o que acontece com uma pessoa viva nos Retornos?

Abro a boca, mas nenhuma palavra sai.

— Nem eu — diz ele, então me empurra para trás, pela porta, e a fecha.

VINTE E NOVE

Na semana antes de você morrer, vejo o que se aproxima.

Vejo o adeus em seus olhos. Os olhares demorados para todas as coisas, como se assim você pudesse fazer com que as lembranças ficassem fortes o bastante para permanecerem contigo.

Mas não é o mesmo. E aqueles olhares demorados me assustam.

Não estou pronta.

Não estou pronta.

Não estou pronta.

— Não vou conseguir sem você, Da.

— Vai sim. Você precisa.

— E se eu estragar tudo?

— Ah, você vai. Vai estragar tudo, vai cometer erros, vai quebrar coisas. Algumas, vai conseguir consertar, e outras serão perdidas. Isso tudo é um fato. Mas só há uma coisa que você pode fazer por mim.

— O que é?

— Continuar viva por tempo bastante para estragar tudo de novo.

No momento em que a porta se fecha, não há mais porta. O branco é tão claro, sem sombra alguma, que faz a sala parecer um espaço infinito: nenhum chão, nenhuma parede, nenhum teto. Nada a não ser o branco ofuscante. Sei que preciso me concentrar, encontrar o lugar onde estava a porta, sair e encontrar Owen. Sou capaz de fazer isso, é o que pensa a parte racional da Guardiã, só preciso respirar e chegar até a parede.

Dou um passo, e o branco por todo o lado explode em cores, som e vida.

Minha vida.

Mamãe e papai no balanço da varanda da nossa primeira casa, aquele que eu mal conseguia alcançar, as pernas dela esticadas no colo de papai com o livro dele apoiado em cima e então a casa nova azul com mamãe grande demais para caber na porta e Ben subindo as escadas como se fossem montanhas e Ben desenhando pelas paredes e pelo chão, por toda parte, menos no papel, e Ben transformando o espaço debaixo da cama numa casa na árvore porque tinha medo da altura e Lyndsey se escondendo com ele, mesmo mal cabendo ali embaixo, e Lyndsey no telhado e Da na casa de verão me ensinando a arrombar uma tranca levar um soco mentir ler a ser forte e cadeiras de hospital e sorrisos iluminados e brigas e mentiras e sangrar e se fazer em pedaços e carregar caixas e Wesley e Owen e tudo transborda de mim por toda a superfície, levando algo vital junto, algo como sangue e oxigênio, pois meu corpo e minha mente estão se fechando mais e mais a cada imagem extraída da minha cabeça.

E então as imagens começam a se dobrar para dentro enquanto o branco retoma a sala, pedaço a pedaço, borrando minha vida como telas sendo trocadas. Oscilo sobre meus pés. O branco se espalha, devorador, e sinto minhas pernas se dobrando. As imagens piscam, somem, uma a uma, e meu coração falha.

Não.

O ar e a luz estão rareando.

Fecho os olhos com força e me concentro no fato de que a gravidade me diz que estou sobre o chão. No fato de que preciso ficar de pé. Estou ouvindo vozes agora. A voz de mamãe, cantarolando pela cafeteria; papai me dizendo que será uma aventura; Wesley me dizendo que não vai a lugar algum; Ben me chamando para ver; e Owen me dizendo que era o fim.

Owen. Sinto uma descarga de raiva que me ajuda a me concentrar, mesmo com as vozes enfraquecendo. Ainda de olhos fechados, imploro para que meu corpo se levante. Não consigo, então tento engatinhar, arrastar-me até a parede que sei que existe em algum lugar à minha frente. A sala está ficando muito silenciosa, e minha cabeça começa a ficar lenta, mas continuo avançando de gatinhas

— a dor no pulso me lembrando de que ainda estou viva — até meus dedos esbarrarem na parede.

Meu coração dispara novamente, então falha.

Minha pele formiga, entorpecida enquanto tento tirar a chave de Equipe de Da de minha bota. Uso a parede para me apoiar e me seguro quando meu corpo oscila, então passo as mãos pela superfície até sentir a aresta da moldura da porta.

Todas as cenas silenciaram, a não ser aquela em que vejo Da.

Não consigo distinguir as palavras e não sei mais se meus olhos estão abertos ou fechados. Isso é aterrorizante. Volto-me então para o sotaque suave de Da, da Louisiana. Enquanto ele fala, apalpo a porta de um lado para outro até meus dedos tocarem a fechadura.

Enfio a chave e viro com força para a esquerda, e a voz de Da cessa. Tudo escurece no momento em que a fechadura cede e a porta se abre. Tropeço para fora, respirando com força, todos os músculos tremendo.

Estou de volta aos Estreitos. As chaves de Equipe não deveriam de forma alguma levarem para lá. Mas, enfim, também sei que as chaves de Equipe não deveriam ser usadas de *dentro* dos Retornos. Levanto-me com esforço, meu coração batendo forte nos meus ouvidos. Vejo um pedaço de papel amassado no chão. Minha lista. Eu a pego, esperando ver nomes, mas não vejo nenhum, apenas uma ordem.

Saia dos Estreitos. Fique fora dos Estreitos. É tarde demais. — R.

Olho em torno.

Os Estreitos estão vazios e dolorosamente silenciosos, e, quando faço a curva, vejo que minhas portas numeradas estão todas escancaradas. Ouço os gritos no saguão e no café — comandos, do tipo frio, determinados, como os feitos pelos membros do Arquivo, não por Histórias ou moradores —, mas o terceiro andar está muito silencioso. Alguma coisa em mim se contorce. Fecho as outras duas portas e entro no corredor.

O papel de parede amarelo desbotado está manchado de vermelho.

Sangue.

Caio de joelhos e rezo antes de tocar o chão e buscar. A lembrança zumbe nos meus ossos, entorpece minhas mãos conforme a faço voltar. A cena está logo no começo e passa rápido demais, um borrão de cabelo espetado, metal e vermelho. Tudo em mim se contrai. Faço com que as lembranças parem, e então avancem.

Sou tomada pela raiva enquanto vejo Owen sair pela porta dos Estreitos, tirar uma caneta e uma folha de papel do bolso. Do mesmo tamanho da minha lista. Papel do Arquivo. Há um som abafado no corredor, como batida e Owen apoia o papel contra o espelho e escreve uma palavra *Fora*.

Logo depois, uma mão escreve a resposta: *Ótimo*.

Owen sorri e guarda o papel de novo.

A batidas param, e vejo Wesley em pé diante da minha porta. Ele se vira, o punho se fechando junto às pernas, e, a julgar pelo jeito como olha para Owen, sei que viu mais do que o suficiente quando leu minha pele.

Owen apenas sorri. E diz alguma coisa. As palavras não passam de um sussurro, um murmúrio, mas o rosto de Wesley se transforma. Seus lábios se mexem, e Owens dá de ombros; a faca aparece em sua mão. Ele enfia o dedo no furo do cabo, gira a lâmina casualmente.

Wesley cerra o punho e ataca Owen, que sorri, desvia facilmente e golpeia com a faca para o alto. Wesley se inclina para trás bem a tempo, mas Owen gira a lâmina nos dedos quando completa o arco do movimento e golpeia para baixo. Desta vez, Wesley não é rápido o bastante. Ele engasga, cambaleia para trás, segurando o ombro. Owen golpeia de novo e Wes desvia da lâmina, mas não da mão livre de Owen, agora um punho fechado que acerta Wes na têmpora. Um joelho se dobra sobre o chão e, antes que ele possa se levantar, Owen o joga de costas contra a parede. O ombro de Wes deixa uma mancha vermelha numa das portas fantasmagóricas do corredor, e o lado esquerdo de seu rosto está coberto por uma máscara de sangue, jorrando de um corte profundo na testa e cobrindo seu olho. Ele despenca no chão e Owen desaparece pela escada.

Wesley cambaleia ao ficar de pé e o segue.

E eu faço o mesmo. Levanto-me do chão com um pulo, o passado se desfazendo no presente conforme corro pelo corredor até a escada. Estou perto. Ouço os passos no andar de cima. Subo aos pulos até o sexto andar — mais sangue nos degraus. Acima de mim, ouço a porta do telhado bater, e o som ainda ecoa quando chego lá e tropeço para o jardim de demônios de pedra.

E lá estão eles.

Wesley acerta Owen uma vez, um cruzado no queixo. O rosto do seu oponente vira para o lado — o sorriso se abre no momento em que Wes dá outro soco, Owen segura sua mão, empurra-o para frente e enfia a faca na barriga dele.

TRINTA

Um grito irrompe da minha garganta quando Owen solta a faca e Wesley despenca no concreto.

— Estou impressionado, senhorita Bishop — diz Owen, virando-se para mim. O sol se põe, e as gárgulas se multiplicam pelas sombras.

Wesley tosse, tenta se mover e não consegue.

— Aguenta aí, Wes — digo. — Por favor, me desculpe. Por favor. — Avanço um passo, e Owen segura a faca sobre Wes, advertindo-me.

— Tentei evitar os órgãos vitais — diz ele —, mas como avisei, estou enferrujado.

Ele estica um pé para a beira do telhado enquanto olha para baixo, a faca encharcada de sangue ainda pendendo frouxamente dos dedos.

— É uma longa queda, Owen. E vai ter uma grande Equipe lá embaixo.

— E estarão com as mãos cheias de Histórias. É por isso que estou aqui em cima.

Ele tira a chave de Equipe do bolso e estica a mão, passa a chave pelo ar como se houvesse uma... porta. Meus olhos procuram por todo lado até eu conseguir distinguir o contorno.

Um atalho.

O dente desaparece na porta.

— É por isso que você estava no telhado da última vez? Para fugir?

— Se me pegassem vivo — diz, ainda segurando a chave —, teriam apagado minha vida.

Tenho que afastá-lo daquela porta antes que ele passe. Antes que fuja.

— Não acredito que você está fugindo — digo, com um claro tom de desprezo na minha voz.

E, é claro, ele solta a chave. Ela fica suspensa no ar e seu pé se afasta da beirada.

— Como você escapou? — pergunta.

— É segredo. — Giro e recuo, sentindo o peso da minha chave de Equipe no bolso do casaco. Nada me ocorre. — Tem uma coisa que não entendo. E daí que você era da Equipe? Você ainda é uma História. — Dou mais um passo. — Deveria ter se desgarrado.

Ele tira a chave do ar e a guarda no bolso, afastando-se do corpo de Wesley e vindo na minha direção.

— Há um motivo para as Histórias se desgarrarem — diz ele. — Não é raiva nem medo. É confusão. Tudo é estranho, assustador. Foi por isso que Regina se desgarrou, e Ben também.

— Não me fale do meu irmão. — Dou mais um passo para trás, quase tropeçando na base de uma estátua. — Você sabia o que ia acontecer.

Owen passa por cima da perna quebrada de uma estátua, sem olhar para baixo.

— A confusão desequilibra a balança. E é por isso que todos os membros do Arquivo são mantidos nas Coleções Especiais. Porque *nossas* Histórias não desgarram. Porque abrimos os olhos e sabemos onde estamos. Não somos simples, assustados e facilmente detidos.

Esgueiro-me entre as estátuas, e Owen sai de vista. Reaparece logo depois, seguindo-me pelo labirinto de gárgulas. Ótimo. Isso significa que ele está longe do atalho, longe de Wes.

— Mas outras Histórias não são como nós, Owen. *Elas* se desgarram.

— Você não entende? Elas se desgarram porque estão perdidas, confusas. Regina se desgarrou. Ben se desgarrou. Mas não se nos fosse permitido contar a eles sobre o Arquivo enquanto ainda estivessem vivos; então, talvez, conseguissem resistir.

— Você não tem como saber — digo, me escondendo por tempo suficiente para tirar a chave de Equipe do bolso e segurá-la junto ao pulso.

— O Arquivo nos devia uma chance. Eles ficam com tudo. Merecemos algo de volta. Mas não, isso seria contra as regras. Você sabe por que o Arquivo tem tantas regras, senhorita Bishop? É porque tem medo de nós. Pavor. Nos fazem fortes, fortes o bastante para mentir, trapacear, lutar, caçar e matar, fortes os bastante para nos levantarmos, nos libertarmos. Tudo o que eles têm são seus segredos. O que não significa que o que fazem seja certo.

— Sem regras — eu me obrigo a dizer —, haveria o caos. — Recuo, sinto meu ombro encostar numa gárgula. Saio para o lado, sem tirar os olhos de Owen. — É isso que você quer, não é? Caos?

— Quero liberdade — diz, ainda me vigiando. — O Arquivo é uma prisão, não apenas para os mortos. E é por isso que vou destruí-lo, prateleira por prateleira, seção por seção.

— Você sabe que não vou deixar.

Ele dá um passo à frente, a faca balançando ao lado. Sorri.

— Você queria que isso acontecesse.

— Não, não queria.

Ele dá de ombros.

— Não importa. É assim que o Arquivo vai pensar. E eles vão apagá-la e descartá-la. Você não é nada para eles. Pare de fugir, senhorita Bishop. Não há para onde ir.

Sei que ele está certo. Estou contando com isso. Estou parada num círculo de estátuas, todas sem cabeça, com asas e muito próximas. Owen olha para mim como se eu fosse um camundongo encurralado, os olhos azuis brilhantes, apesar do anoitecer.

— Enfrentarei o julgamento por meus erros, Owen, mas não pelos seus. Você é um monstro.

— E você não? O Arquivo nos transforma em monstros. E então destrói aqueles que ficam fortes demais e enterra os que sabem demais.

Escapo para o lado quando ele estica as mãos para me segurar. Finjo perceber tarde demais, finjo que sou lenta. Ele segura meu cotovelo e me empurra para trás, contra um demônio, os braços me prendendo. E, então, ele sorri, me puxa para perto o suficiente apenas para encostar a ponta da faca ensanguentada entre minhas omoplatas.

— Eu não faria julgamentos tão rápidos. Você e eu não somos tão diferentes.

— Você distorceu tanto as coisas que quase me fez pensar assim. Você me fez confiar, achar que éramos iguais, mas não sou *nada* parecida com você, Owen.

Ele pressiona a testa contra a minha. O silêncio se infiltra em mim, e eu o odeio.

— Só porque não pode me ler — sussurra ele—, isso não significa que eu não possa ler você. Vi o seu interior. Sua escuridão e seus sonhos, seus medos, e a única diferença entre nós é que eu sei a verdadeira extensão do Arquivo e seus crimes, e você está apenas começando a aprender.

— Se está falando da minha incapacidade de desistir, já sei disso.

— Você não sabe de *nada* — diz Owen entre os dentes, apertando o corpo contra o meu. Passo minha mão vazia por trás de suas costas para me equilibrar e levanto a chave com a outra, atrás dele.

— Mas posso te mostrar — diz ele, relaxando. — Não precisa terminar assim.

— Você me usou.

— Assim como eles — responde — Mas estou dando a você a única coisa que eles nunca ofereceram. Uma escolha.

Deslizo a chave pelo ar atrás dele e começo a me virar. Da disse que era preciso fazer um círculo completo, mas na metade do movimento, o ar *resiste*, coalesce em torno do metal como se formasse uma fechadura. Uma sensação estranha passa da chave para meus dedos quando a porta surge do nada, quase invisível, no entanto está lá, uma sombra pairando no ar atrás de Owen. Olho nos olhos dele. Tão frios, tão vazios e cruéis. Nada de borboletas, nada de ombro no ombro, joelho contra joelho, nenhum sorriso de lado. Isso facilita as coisas.

— Jamais vou te ajudar, Owen.

— Bem, eu vou ajudar você — diz ele. — Vou te matar antes que eles o façam.

Seguro a chave com força, mas deixo o outro braço cair de suas costas.

— Você não vê, Owen?

— Ver o quê?

— O dia chegou ao fim — digo, girando a chave até o fim.

Seus olhos se abrem, surpresos, quando ouve o clique atrás dele, mas é tarde demais. No momento em que a chave completa a volta, a porta abre para trás com força explosiva, não para os corredores escuros dos Estreitos, ou para a claridade ampla do Arquivo, mas para uma escuridão de caverna, um vazio, como o espaço sem estrelas. Um nada. Lugar nenhum. Exatamente como Da me advertiu. Mas Da não falou da força esmagadora, o empuxo, como ar sendo sugado pela porta aberta de um avião. Owen e a faca são arrastados para trás, o vazio o engole de uma vez e me puxa atrás dele; mas me agarro aos braços quebrados de uma gárgula com tudo o que resta da minha força. O vento violento que atravessa o portal oscila e, após devorar a História, se inverte e fecha a porta com força na minha cara.

Não sobra nada. Nenhuma porta, nada a não ser a chave que Roland me emprestou, pendendo no ar, ainda enfiada na fechadura invisível, o cordão ainda balançando devido à força.

Meus joelhos fraquejam.

Alguém solta uma tosse entrecortada.

Wesley.

Solto a chave e corro, desviando das gárgulas e voltando para a beira do telhado, onde Wesley está deitado, encolhido, o sangue vermelho se espalhando debaixo dele. Caio no chão ao seu lado.

— Wes. Wes, por favor, venha.

Está com os dentes travados, a mão pressionando a barriga. Ainda não estou usando meu anel e quando seguro seu braço para levantá-lo nos meus ombros, ele tosse, e é *dor medo raiva pelo corredor casa não onde ela está onde ela está eu não devia ter saído e alguma coisa apertada como pânico* antes que eu consiga me concentrar para fazer com que ele se levante.

— Sinto muito — sussurro, arrastando ele para cima, seu medo e dor me invadindo, seus pensamentos entrando nos meus. — Preciso que você aguente. Sinto muito.

Lágrimas escorrem pelo seu rosto, escuras pelo delineador. Ele respira com dificuldade enquanto o carrego, muito lentamente, até a porta do telhado. Deixa um rastro de sangue.

— Mac — diz, entre os dentes cerrados.

— Shhh. Tudo bem. Vai ficar tudo bem. — E é uma mentira muito ruim, pois como pode alguma coisa estar bem quando ele está perdendo tanto sangue? Nunca chegaremos lá embaixo a tempo. Ele não vai durar o bastante para uma ambulância. Precisa de cuidados médicos. Precisa de Patrick. Chegamos à porta do telhado e enfio a chave de Equipe na fechadura.

— Vou te dar uma surra se você morrer em cima de mim, Wes — digo, puxando-o para perto enquanto giro a chave para a esquerda e o arrasto para dentro do Arquivo.

TRINTA E UM

Um dia antes de você morrer, eu pergunto se tem medo.

— Tudo termina — responde você.

— Mas você está com medo? — pergunto.

Você tão magro. Não apenas pelos ossos frágeis, tão parecidos com arame farpado: a pele se parece com uma cobertura de papel.

— Quando soube dos Arquivos pela primeira vez, Kenzie — diz, a fumaça escapando pelos cantos da boca —, todas as vezes que eu tocava alguma coisa, em alguém, pensava: *Isso vai ficar registrado*. Minha vida vai virar um registro de todos os momentos. Ela pode ser fragmentada dessa maneira. Eu apreciava a lógica daquilo, a certeza. Não somos nada além de momentos registrados. Era assim que eu pensava.

Você apaga o cigarro no corrimão da varanda recém-pintado pela mamãe.

— E então encontrei minhas primeiras Histórias, cara a cara, e elas não eram livros e não eram listas e não eram arquivos. Não queria aceitar, mas o fato é que eram pessoas. Cópias de pessoas. Pois a única maneira de realmente registrar uma pessoa não é em palavras, não em retratos fixos, mas em pele, ossos e memória.

Você pega o cigarro para fazer aquele mesmo desenho de três linhas na cinza.

— Não sei se isso deveria me aterrorizar ou confortar, o fato de que tudo é armazenado assim. Que, em algum lugar, minha História está se escrevendo.

Você joga a ponta do cigarro com um peteleco nas plantas de papai, mas não limpa as cinzas do corrimão.

— Como eu disse, Kenzie. Tudo termina. Não tenho medo de morrer — diz com um sorriso forçado. — Só espero ser inteligente o bastante para continuar morto.

A primeira coisa que percebo é o barulho.

Num lugar onde o silêncio é obrigatório, ouço batidas ensurdecedoras, estampidos, rangidos, quedas, coisas se partindo, alto o suficiente para despertar os mortos. E, claramente, eles estão acordando. As portas atrás da mesa ficaram escancaradas e mostram o caos lá para dentro, a vastidão de paz destroçada por estantes despencadas, pessoas correndo, formando grupos em disparada pelos corredores, gritando ordens, todas muito distantes. Da está lá. Ben está lá. Wes está morrendo nos meus braços e não tem ninguém à mesa. Como pode não ter ninguém à mesa?

— Socorro! — grito, e a palavra é engolida pelo som do Arquivo desmoronando ao meu redor. — Alguém! — Os joelhos de Wesley se dobram ao meu lado e seu peso me faz escorregar para o chão. — Vamos lá, Wesley, *por favor*. — Eu o sacudo. Ele não responde. — Socorro! — grito de novo, enquanto procuro seu pulso, e, desta vez, ouço passos, levanto os olhos e vejo Carmen vindo apressada pelas portas, fechando-as ao passar.

— Senhorita Bishop?

— Carmen, estou tão feliz por ver você.

Ela franze a testa, olha para o corpo de Wesley.

— O que estão fazendo aqui?

— Por favor, preciso que você...

— Onde está Owen?

Fico chocada, e o mundo inteiro desacelera. E para.

Era Carmen, o tempo todo.

A faca do Arquivo nas mãos de Jackson.

O nome de Hooper aparecendo tardiamente na minha lista.

Jackson escapando uma segunda vez.

A ruptura se espalhando pelas estantes.

Alterando Marcus Elling, Eileen Herring e Lionel Pratt. A ocupação do território de Wesley depois do julgamento.

Escrevendo em resposta a Owen no momento em que ele saiu. Tudo obra dela.

Sob minhas mãos, Wesley engasga e tosse sangue.

— Carmen — digo com toda a calma que consigo. — Não sei como você conhece Owen, mas, neste exato momento, precisamos conseguir ajuda para Wesley. Não posso deixar que ele...

Ela não se mexe.

— Me diga o que você fez com Owen.

— Ele vai morrer!

— Então é melhor me falar rápido.

— Owen está em lugar nenhum — respondo com raiva.

— O quê?

— Você nunca vai encontrá-lo — digo. — Ele se foi.

— Ninguém jamais *se vai.* — diz ela. — Veja Regina.

— Foi você que a acordou.

Carmen franze a testa.

— Você realmente poderia ser mais compreensiva. Afinal, você acordou Ben.

— Porque vocês dois me manipularam. E você traiu o Arquivo. Encobriu os crimes de Owen. Alterou as *Histórias*. Por quê? Por que faria essas coisas por ele?

Carmen levanta as costas das mãos para mim e mostra as três linhas do Arquivo gravadas na pele. Marcas de Equipe.

— Estivemos juntos, certa vez. Antes de eu ser promovida. Você não é Equipe. Nunca teve um parceiro. Se tivesse, compreenderia. Eu faria qualquer coisa por ele. E fiz.

— Wes é o que tenho de mais próximo de um parceiro — digo, passando os dedos por seu casaco até encontrar o bastão *Bō*. — E *você* está matando ele.

Faço força para ficar em pé, a visão ficando borrada. Com um movimento do pulso, o bastão se abre. Algo em que me apoiar.

— Você não pode me ferir, senhorita Bishop — diz ela, com um olhar cortante. — Acha que estou aqui por escolha? Acha que qualquer um daria uma *vida* no Exterior por este lugar? Não dariam. Não dão.

E, pela primeira vez, noto os arranhões nos seus braços, o corte no rosto. Cada marca pouco mais do que uma linha fina, sem sangue.

— Você está morta.

— Histórias são *registros* dos mortos — diz ela. — Mas sim, somos todos Histórias aqui. — Ela vem na minha direção, bloqueando minha passagem para as portas e para o resto do Arquivo. — Terrível, não é mesmo? Pense só nisso. Patrick, Lisa, até mesmo o seu Roland. Ninguém te contou.

— Quando você morreu?

— Logo depois de Regina. Owen ficou tão devastado sem a irmã, com tanta raiva do Arquivo. Eu só queria vê-lo sorrir de novo. Achei que Regina fosse ajudar. No final, ele fez uma confusão tão grande, não pude salvá-lo. — Seus olhos verdes se abrem. — Mas sabia que poderia trazê-lo de volta.

— Então por que esperou tanto tempo?

Ela se aproxima.

— Você acha que eu queria? Acha que eu não sentia a falta dele, todos os dias? Tive que me transferir de uma seção para outra, esperar que esquecessem, perdessem meu rastro e então — ela aperta os olhos — tive que esperar que um Guardião assumisse o Coronado. Alguém jovem, impressionável. Alguém que Owen pudesse usar.

Usar. A palavra rasteja pela minha pele.

Os estrondos no Arquivo crescem lá atrás, e ela se vira para olhar.

— Incrível como é fácil fazer um pouco de barulho.

Naquele momento, quando ela afasta o olhar, corro para as portas. Empurro com toda a força que consigo antes que suas mãos agarrem meu braço e ela me jogue para trás, sobre o chão de pedra. As portas se abrem, o caos e o ruído invadindo tudo. Mas, antes que eu consiga me levantar, ela está em cima de mim, com o bastão na minha garganta.

— Onde. Está. Owen? — pergunta ela.

Poucos metros além, Wesley geme. Não consigo chegar até ele.

— Por favor — digo com um suspiro.

— Não se preocupe — diz Carmen. — Logo estará terminado e ele voltará. O Arquivo não deixa você partir. Você serve até morrer, e, quando morre, eles te acordam na sua prateleira e te dão uma escolha, uma oferta única. Você se levanta e trabalha, ou eles te fecham na gaveta para sempre. Não chega a ser exatamente uma escolha, não é mesmo? — Ela força o bastão para baixo. — Você não consegue ver por que ele odiava tanto este lugar?

Atrás de seu ombro e do outro lado das portas vejo pessoas. Coloco os dedos entre o bastão e minha garganta e grito por ajuda antes que Carmen me corte.

— Me diga o que você fez com Owen! — ordena ela.

Pessoas estão vindo pela porta, passam a mesa, mas Carmen não vê porque todo seu medo, raiva e atenção estão voltados para mim.

— Eu o mandei para casa — digo. E então consigo colocar o pé entre nós e chutar, Carmen cai para trás, em cima de Patrick e Roland.

— Que diabos? — resmunga Patrick, enquanto eles tentam colocar os braços dela para trás.

— Ele vai voltar — grita ela, quando eles a forçam a se ajoelhar. — Ele jamais me deixaria aqui... — Seus olhos se arregalam quando a vida se esvai deles. Os Bibliotecários a soltam e ela despenca no chão com o barulho nauseabundo do peso morto. A chave de Patrick, brilhante e dourada, está firme entre os dedos dele.

Tusso, ofegante, tentando respirar enquanto a sala se enche de barulho, não apenas o caos do Arquivo se despejando pelas portas, mas pessoas gritando.

— Patrick! Rápido!

Viro-me e vejo Lisa e outros dois Bibliotecários ajoelhados sobre Wesley. Ele não se mexe. Não consigo ver seu corpo, então olho para dentro do Arquivo pelas portas abertas, e as pessoas correndo para todo lado, bloqueando as portas, fazendo muito barulho.

Ouço Patrick perguntar.

— Ele tem pulso?

Minhas mãos não param de tremer.

— Está baixando. Você tem que correr.

Sinto como se eu estivesse me partindo, mas não sobrou mais nada para se partir.

— Ele perdeu muito sangue.

— Levantem ele, rápido.

Uma Bibliotecária que eu nunca tinha visto me segura pelo cotovelo, me leva até a mesa da frente para eu me sentar e esperar. Escorrego para a cadeira. Ela tem um corte profundo abaixo do pescoço. Não há sangue. Fecho os olhos. Sei que estou ferida, mas não consigo sentir mais nada.

— Senhorita Bishop. — Pisco e vejo Roland ajoelhado ao lado da cadeira.

— Quem são todas essas pessoas? — pergunto, ainda prestando atenção naquele mundo se despedaçando na antecâmara.

— Trabalham para o Arquivo. Alguns são Bibliotecários. Outros de escalões mais altos. Estão tentando conter a ruptura.

Mais um estrondo ensurdecedor.

— Mackenzie... — Ele segura o braço da cadeira. Há sangue em suas mãos. De Wesley. — Você precisa me contar o que aconteceu.

É o que eu faço. Conto tudo a ele.

— É melhor ir para casa — diz ele para mim quando termino.

Olho para a mancha vermelha no chão. No fundo da minha cabeça, vejo Wes caindo no telhado, vejo-o fugir correndo, sentado no chão diante da porta de Angelli, ensinando-me a flutuar no ruído, caçando comigo, lendo para mim, enrolado numa cadeira de ferro fundido, mostrando os jardins, apoiado na parede no meio do corredor, no meio da noite, com seu risinho enviesado.

— Não posso perder Wes — murmuro.

— Patrick vai fazer tudo o que puder.

Olho de novo para seu corpo. Não está mais lá. O corpo de Carmen não está mais lá. Olho para minhas mãos. O sangue seco racha nas palmas. Pisco e me volto para Roland. Os tênis vermelhos de cano alto, os olhos cinzentos, o sotaque que nunca consegui identificar.

— É verdade? — pergunto.

— O que é verdade? — ele pergunta.

— Que todos os Bibliotecários... que vocês estão mortos?

A expressão de Roland se desfaz.

— Há quanto tempo você está... — Qual a palavra que estou procurando? *Morto?* Somos treinados para considerar as Histórias como outra coisa, algo menos do que uma pessoa, mas como Roland pode ser menos?

Ele sorri com tristeza.

— Estava prestes a me aposentar.

— Você quer dizer, voltar a estar morto. — Ele concorda. Eu me arrepio. — Tem uma gaveta vazia lá com o seu nome e as datas?

— Tem. E estava começando a ficar tentadora. Mas então fui chamado para uma certa reunião. Uma cerimônia de iniciação. Um velho maluco e sua neta. — Ele se levanta, me leva para o seu lado. — E não me arrependo. Agora, vá para casa.

Roland me conduz para a porta do Arquivo. Um homem que não conheço se aproxima e começa a falar com ele, com urgência, pressa. Diz que o Arquivo ainda sangra, mas que mais membros foram chamados de outras seções. Quase metade das estantes padrão tiveram que ser seladas para conter o fluxo. Estantes vermelhas e as Coleções Especiais foram protegidas.

Roland pergunta e o homem confirma que Ben e Da estão seguros.

A Equipe aparece, os sorrisos afetados do tribunal substituídos por cenhos franzidos, cansados. Informam que o Coronado foi contido. Sem mortes. Duas Histórias conseguiram sair, mas estão sendo perseguidas.

Pergunto sobre Wesley.

Eles me dizem que serei chamada quando souberem.

Dizem que é para eu ir para casa.

Pergunto sobre Wesley.

Dizem, novamente, para eu ir para casa.

TRINTA E DOIS

No dia em que você morre, diz que tenho um dom.

No dia em você morre, diz que nasci para isso.

No dia em que você morre, diz que sou forte o bastante.

No dia em que você morre, diz que vai ficar tudo bem.

Nada disso é verdade.

Nos anos, meses e dias anteriores, você me ensina tudo o que sei.

Mas, no dia em que você morre, você não diz nada.

Você descarta o cigarro, encosta o rosto no meu cabelo e fica ali até eu começar a achar que adormeceu. Então se endireita, olha nos meus olhos e, naquele momento, sei que você terá partido quando eu despertar.

Na manhã seguinte, há um bilhete na minha mesa, preso sob sua chave. Mas está em branco, a não ser pela marca do Arquivo. Mamãe está na cozinha, chorando. Papai, ao menos desta vez, veio para casa da escola e está ao lado dela. Quando encosto o ouvido na porta do meu quarto, tentando ouvir acima das batidas do meu coração, desejava que você tivesse dito alguma coisa. Teria sido bom; eu teria algumas palavras a que me apegar, como em todas aquelas outras vezes.

Fico acordada por anos e reimagino aquele adeus, reescrevo aquele bilhete e, dessas vezes, em vez daquele silêncio pesado, daquelas três linhas, você me diz exatamente o que preciso ouvir, o que preciso saber, para conseguir sobreviver a isso.

• • •

Todas as noites, tenho o mesmo pesadelo.

Estou no telhado, presa dentro do círculo de gárgulas, as garras, braços e asas quebradas me segurando numa jaula de pedra. Então, o ar diante de mim vibra, ondula e a porta para o vazio ganha forma, espalhando-se pelo céu como sangue até estar ali, sólida e escura. Tem uma maçaneta, e a maçaneta se move, a porta se abre, e Owen Chris Clarke está ali, com seus olhos assombrados e a faca amaldiçoada. Ele pisa no concreto do telhado e os demônios de pedra me seguram com mais força à medida que ele se aproxima.

— Eu vou te libertar — diz, e enterra a faca no meu peito, e eu acordo.

Todas as noites tenho esse sonho, e todas as noites acabo no telhado, verificando o ar no círculo de demônios à procura de sinais de uma porta. Quase não há marca no vazio que abri, nada além de uma ligeira ondulação, como uma rachadura no mundo, e, quando fecho os olhos e pressiono o espaço com as mãos, elas passam direto.

Todas as noites tenho esse sonho e todos os dias confiro minha lista em busca de um chamado. Os dois lados do papel estão em branco; assim tem sido desde o incidente. No terceiro dia, estou tão apavorada com a possibilidade de a lista não estar funcionando que pego uma caneta e escrevo um bilhete, sem me preocupar com quem vai achar.

Notícias, por favor.

Observo as palavras desaparecerem na página.

Ninguém responde.

Pergunto de novo. E de novo. E de novo. E todas as vezes a resposta é silêncio, espaço em branco. O pânico consome meu corpo machucado. E, quando os ferimentos melhoram, meu medo piora. Eu já deveria ter recebido notícias. Já deveria saber.

Na terceira manhã, papai me pergunta sobre Wes e sinto um nó na garganta. Mal consigo inventar uma mentira idiota. E então, ao final do terceiro dia, um chamado finalmente aparece no papel...

Largo tudo e vou.

Por favor, compareça ao Arquivo. — A.

Tiro o anel do dedo e a chave de Equipe do bolso, já que Owen levou minha chave de Guardiã com ele para dentro do vazio, e a enfio na fechadura da porta do quarto. Respiro fundo, giro para a esquerda e dou um passo para dentro do Arquivo.

A seção ainda está se recuperando, e a maioria das portas continua fechada; porém o caos cedeu, e o barulho diminuiu para um zumbido surdo, contínuo, como o de um exaustor. Sequer passei da porta e já abro a boca para perguntar sobre Wes, mas levanto os olhos e a pergunta fica entalada na minha garganta.

Roland e Patrick estão em pé atrás da mesa, e diante deles há uma mulher com um casaco cor de marfim. Ela é alta e magra, de cabelos ruivos, pele clara e um rosto agradável. Uma chave dourada fina pende de uma fita preta em seu pescoço, e ela usa um par de luvas pretas combinando. Há uma calma nela que contrasta com o ruído insistente do Arquivo danificado.

Ela dá um passo suave à frente.

— Senhorita Bishop — diz, com um sorriso acolhedor —, meu nome é Agatha.

TRINTA E TRÊS

Agatha, a avaliadora.

Agatha, a que decide se um Guardião está apto para o serviço ou se deve ser dispensado. Apagado. Sua expressão é absolutamente ilegível, mas a expressão grave de Patrick é clara, assim como o medo nos olhos de Roland. Subitamente, sinto como se a sala estivesse coberta de vidro quebrado e eu devesse caminhar sobre ele.

— Obrigado por vir — diz ela. — Sei que você passou por muita coisa recentemente, mas precisamos conversar...

— Agatha — diz Roland. Há um tom de súplica na sua voz. — Eu realmente acho que você deveria deixar isso...

— Seu senso de paternidade é admirável. — Ela sorri de leve, paciente. — Mas, se Mackenzie não se importar...

— Não me incomodo, absolutamente — digo, com uma calma que não sinto.

— Adorável — diz Agatha, voltando-se para Roland e Patrick. — Vocês dois estão liberados. Com certeza, têm muito o que fazer no momento.

Patrick sai sem sequer olhar para mim. Roland hesita, e eu imploro a ele com os olhos por notícias de Wes, mas fico sem resposta quando ele se volta para dentro do Arquivo e fecha as portas atrás de mim.

— Você teve uns dias bem emocionantes — diz Agatha. — Sente-se.

Obedeço. Ela se senta ao outro lado da mesa.

— Antes de começarmos, creio que você tem uma chave que não deveria ter. Por favor, coloque-a sobre a mesa.

Fico dura. Só existe uma saída do Arquivo — a porta atrás de mim —, e ela requer uma chave. A velha chave de Equipe de Da pesa na minha mão quando a tiro do bolso e coloco sobre a mesa, entre nós duas. Preciso usar toda a minha força para afastar minha mão e deixá-la ali.

Agatha cruza as mãos e concorda em silêncio.

— Você não sabe nada a meu respeito, senhorita Bishop — diz ela, o que não é verdade —, mas eu sei sobre a senhorita. É meu trabalho. Sei sobre você, sobre Owen e sobre Carmen. E sei que você descobriu muitas coisas sobre o Arquivo. A maior parte teria sido melhor que aprendesse no devido tempo. Você deve ter muitas perguntas.

É claro que tenho perguntas. Não tenho mais nada além delas. E parece uma armadilha perguntar, mas preciso saber.

— Um amigo meu foi ferido por uma das Histórias envolvidas nos ataques recentes. Você sabe o que aconteceu a ele?

Ela sorri, indulgente.

— Wesley Ayers está vivo.

São as quatro palavras mais incríveis que já ouvi.

— Foi por pouco — acrescenta ela. — Ele ainda está se recuperando. Mas sua lealdade é comovente.

Tento acalmar meus nervos em frangalhos.

— Ouvi dizer que esta é uma qualidade importante na Equipe.

— Leal e ambiciosa — observa ela. — Alguma outra coisa que queira perguntar? — A chave dourada brilha na fita preta, e eu hesito. — Por exemplo — oferece alegremente —, imagino que você se pergunte por que mantemos a origem dos Bibliotecários secreta. Por que mantemos tantas coisas em segredo.

Agatha transmite um perigoso sentimento de tranquilidade ao seu redor. Como Lyndsey, é o tipo de pessoa que queremos que goste da gente. Não confio nem um pouco nisso, mas concordo com um aceno.

— O Arquivo precisa de funcionários — diz ela. — Guardiões são sempre necessários nos Estreitos. Equipes são sempre necessárias no Exterior. E Bibliotecários são sempre necessários no

Arquivo. É uma escolha, Mackenzie, saiba disso. É apenas uma questão de quando a escolha é oferecida.

— Vocês esperam até que estejam mortos — digo, contendo o desprezo na minha voz. — São acordados em suas prateleiras quando não podem dizer não.

— *Não querem*, Mackenzie, é bem diferente de *não podem*. — Ela chega para frente da cadeira. — Serei honesta. Acho que você merece um pouco de honestidade. Guardiões se preocupam em ser Guardiões, sabendo que vão aprender o que é preciso para ser da Equipe no devido tempo. Membros da Equipe se preocupam em ser da Equipe, sabendo que vão aprender a ser Bibliotecários no devido tempo. Descobrimos que a maneira mais fácil de manter as pessoas focadas é dar a elas alguma coisa em que se concentrar. A pergunta é: diante do influxo de distrações, você será capaz de se concentrar?

Ela está me perguntando, mas sei que meu destino não depende da minha decisão. Depende da decisão dela. Sou uma ponta solta. Owen se foi. Carmen se foi. Mas eu estou aqui. E, mesmo depois de tudo, ou talvez devido a tudo, preciso lembrar. Não quero ser apagada. Não quero que o Arquivo seja cortado da minha vida. Não quero morrer. Minhas mãos começam a tremer, e eu as mantenho debaixo da mesa.

— Mackenzie? — insiste Agatha.

Há só uma coisa a ser feita, e não tenho certeza se consigo me safar com isso, mas não tenho escolha. Sorrio.

— Minha mãe diz que não há nada que um bom banho e uma noite de sono não resolvam.

Agatha ri; é uma risada suave, perfeita.

— Posso ver por que Roland luta por você.

Ela se levanta, dá a volta na mesa, a mão deslizando pela superfície.

— O Arquivo é uma máquina — diz ela. — Uma máquina cujo propósito é proteger o passado. Proteger o conhecimento.

— Conhecimento é poder — digo. — É o que dizem, certo?

—Sim. Mas poder nas mãos erradas, em muitas mãos, leva ao perigo e ao desentendimento. Você mesma viu o estrago causado por dois.

Resisto ao impulso de desviar o olhar.

— Meu avô costumava dizer que toda tempestade começa com uma brisa.

Ela passa por trás de mim e eu seguro o assento da cadeira com força.

— Ele parece ser um homem muito sábio — diz ela. Uma mão pousa no encosto da cadeira.

— Ele era — digo.

E então fecho os olhos, porque sei que chegou a hora. Imagino a chave dourada atravessando a cadeira, o metal se enterrando nas minhas costas. Imagino se vai doer, ter minha vida esvaziada. Engulo com força e espero. Mas nada acontece.

— Senhorita Bishop — diz Agatha. — Segredos são uma necessidade desagradável, mas eles têm um lugar e um propósito aqui. Eles nos protegem. E protegem àqueles que amamos. — A ameaça é sutil, mas clara. — Conhecimento é poder — ela conclui, e abro meus olhos para ver que ela está contornando a cadeira —, mas a ignorância pode ser uma benção.

— Eu concordo — digo, encontro seus olhos e sustento seu olhar. — Mas uma vez que aprendemos, não podemos voltar. Não de verdade. Você pode arrancar as lembranças da pessoa, mas elas não serão mais quem eram antes. Apenas estarão cheias de buracos. Se eu tivesse escolha, iria preferir aprender a viver com o que aprendi.

O salão ao nosso redor silencia até que, finalmente, Agatha sorri.

— Esperemos que você esteja fazendo a escolha certa. — Ela tira algo do bolso do casaco marfim e o coloca na minha mão aberta, fechando meus dedos em torno com sua mão enluvada. — Esperemos que eu também — diz, com a mão sobre a minha. Quando ela se afasta, olho para baixo e vejo uma chave de Guardião aninhada ali, mais leve do que a que Da me deu, e novíssima, mas ainda assim com um lugar para segurar, uma haste e dentes, e, acima de tudo, a liberdade para eu voltar para casa.

— Isso é tudo? — pergunto em voz baixa.

Agatha se recosta na mesa.

— Por ora.

TRINTA E QUATRO

O Café Bishop está lotado.

Passaram-se apenas dois dias desde meu encontro com Agatha, e a cafeteria não está nem perto de ser concluída — metade do equipamento sequer foi entregue —, mas depois dos mais do que fracassados *muffins* de boas-vindas, mamãe insistiu em fazer uma pequena inauguração para os moradores, completa, com café e quitutes de graça.

Ela sorri, serve e conversa, e, mesmo operando no suspeito modo de alta voltagem, parece realmente feliz. Papai conversa com mais três ou quatro homens em torno do café, vai com eles para atrás do balcão, mostrar a nova máquina de moer que mamãe acabou comprando para ele. Um trio de crianças, Jill entre elas, está sentado no pátio, pernas ao sol e copos de bebidas geladas, dividindo um *muffin*. Uma garotinha numa mesa de canto rabisca num bloco de papel com lápis de cera azuis. Mamãe comprou apenas dessa cor. A favorita de Ben. A senhora Angelli admira a rosa de pedras vermelhas do chão. E, milagre dos milagres, a cadeira de Nix é empurrada até uma mesa no pátio, meu exemplar do *Inferno* no colo, ele batendo a cinza num canto quando Betty olha para outro lado. O lugar está transbordando.

E, o tempo todo, me agarro a quatro palavras: *Wesley Ayers está vivo*. Ainda não encontrei com ele. O Arquivo continua fechado, e minha lista, em branco. Tudo o que tenho são aquelas quatro palavras e a advertência de Agatha zumbindo na minha cabeça.

— Mackenzie Bishop!

Lyndsey se joga em cima de mim, os braços em volta do meu pescoço, e caio para trás com uma careta. Sob minhas mangas compridas e meu avental, ainda estou coberta de machucados e curativos. Com o anel no dedo, ela tem o som de chuva, harmonia e risadas altas, mas o barulho vale a pena e nem chego para trás, nem empurro ela.

— Você veio — digo, sorrindo. É bom sorrir.

— Dã. Belo avental, aliás — diz, apontando para o enorme *B* na frente. — Mamãe e papai estão em algum lugar por aqui. E belo trabalho, dona Bishop, o lugar encheu!

— Cafeína e açúcar de graça, receita certa para fazer amigos — digo, olhando para a minha mãe voejando entre as mesas.

— Você vai ter que me levar para um tour completo mais tarde. Ei, aquele lá é o menino do delineador?

Ela aponta para as portas do pátio com a cabeça e tudo para.

Seus olhos estão cansados, a pele um tanto pálida, mas lá está ele, com o cabelo espetado e os olhos com delineador, as mãos enfiadas nos bolsos. E então, como se sentisse meus olhos nele, Wes encontra meu olhar através da sala e abre um grande sorriso.

— É ele — respondo, com um aperto no peito.

Mas em vez de atravessar a cafeteria lotada, ele indica o saguão com a cabeça e sai.

— Bom, vai lá então — diz Lynds, empurrando-me com uma risadinha. — Eu mesma me sirvo. — Ela se inclina por cima do balcão e subtrai um biscoito.

Tiro o avental e o jogo para Lyndsey quando saio, seguindo Wes para o saguão, onde mais gente circula com café, pelo corredor, passando pelo estúdio até sair para o jardim. Quando chegamos àquele mundo de musgo e trepadeiras, ele para e se vira, e eu jogo meus braços ao seu redor, entregando-me com prazer ao baixo, bateria e ao metal do rock que me inunda, bloqueando a dor, a culpa, o medo e o sangue da última vez que nos tocamos. Nós dois fazemos cara de dor, mas não nos soltamos. Escuto o seu som, tão estranho e contínuo como as batidas de seu coração, e devo então ter apertado um pouco mais, porque ele ofega.

— Devagar aí — diz, segurando-se junto ao encosto do banco, uma mão aberta protegendo a barriga. — Eu juro, você só está arrumando desculpas para botar as mãos em mim.

— Me pegou — respondo, fechando os olhos quando eles começam a arder. — Eu sinto muito — digo, com o rosto encostado em sua camisa.

Ele ri, então geme de dor.

— Ei, não é para tanto. Sei que você não consegue se controlar.

Dou uma risada.

— Não estou falando do abraço, Wes.

— Então, por que está se desculpando?

Chego para trás e olho em seus olhos.

— Por tudo o que aconteceu.

Ele franze as sobrancelhas, e meu coração parece de chumbo.

— Wes — digo devagar — você se lembra, não lembra?

Ele olha para mim, confuso.

— Lembro-me de marcar com você para a gente ir caçar de novo. Às nove em ponto. — Ele se senta no banco de pedra e relaxa — Mas, para falar a verdade, não me lembro de nada do dia seguinte. Não lembro de ser esfaqueado. Patrick me disse que é normal. Por causa do trauma.

Tudo dói quando eu me afundo no banco ao lado dele.

— Sei...

— Do *que* eu deveria lembrar, Mac?

Fico parada, olhando para o chão do jardim.

Conhecimento é poder, mas a ignorância pode ser uma benção.

Talvez Agatha esteja certa. Lembro-me daquele momento nas estantes, quando Roland me contou sobre as alterações, quando me avisou sobre o que aconteceria com quem falhasse e fosse demitido. Naquele momento em que o odiei por ter me contado, quando desejei que pudesse voltar. Mas não existe volta.

Então não podemos simplesmente seguir em frente?

Não quero mais machucar Wes. Não quero lhe causar mais dor, que reviva a traição. E, com a conversa com Agatha ainda fresca na minha cabeça, não tenho qualquer desejo de desobedecer o Arquivo. Mas o que me leva ao limite é o fato de que, na minha mente, mais alto do que todos os outros pensamentos, está o seguinte:

Não quero confessar.

Não quero confessar porque *eu* não quero lembrar. Mas Wesley não teve essa escolha, e o único motivo para ele ter perdido esse tempo sou eu.

A verdade é uma coisa complicada, mas eu conto.

Ficamos no jardim enquanto o dia passa, e conto tudo para ele. De bom e de ruim. Ele ouve, com atenção, e não me interrompe, a não ser para pontuar com rápidos "Oh", "Uau", "O quê?".

E depois de tudo, quando finalmente fala, a única coisa que diz é:

— Por que você não me procurou?

Estou prestes a lhe contar sobre as ordens de Roland, mas isso é apenas uma parte da verdade, por isso começo de novo.

— Eu estava fugindo.

— Do quê?

— Não sei. Do Arquivo. Daquela vida. Disso. Ben. De mim.

— Qual o seu problema? — pergunta ele. — Eu gosto de você. — E logo depois, acrescenta — Só não consigo acreditar que perdi para um louro magrelo com uma faca.

Acho graça. A dor me atravessa em ondas, mas vale a pena.

— Era uma faca bem grande — digo.

Ficamos em silêncio. Wes é o primeiro a falar.

— E aí? — diz.

— E aí?

— Você vai ficar bem?

Fecho os olhos.

— Não sei, Wes. Tudo dói. Não sei como fazer parar. Dói quando respiro. Dói quando penso. Me sinto afundando, e é minha culpa, e não sei como ficar bem. Não sei se *posso* ficar bem. Não sei se deveria ser *autorizada* a me sentir bem.

Wesley bate com o ombro no meu.

— Somos um time, Mac — diz ele. — Vamos superar.

— Que parte? — pergunto.

Ele sorri.

— Tudo.

E eu sorrio de volta, pois quero que ele esteja certo.

Para o MEU PAI, por gostar deste livro mais do que do primeiro. E por querer contar para todo mundo. E para minha mãe, por dar uma cotovelada nele sempre que fazia isso. Para Mel, por sempre saber o que dizer. E para o resto da minha família, que sorriu e concordou mesmo quando não sabiam muito bem o que eu estava fazendo.

Para a minha agente, Holly, por aguentar os frequentemente patéticos — mas inegavelmente fofos — desenhos de bichinhos que uso para explicar meu estado emocional, além de por acreditar em mim e neste livro.

Para a minha editora, Abby, por construir esse mundo tijolo a tijolo ao meu lado, para em seguida me ajudar a derrubá-lo e levantá-lo novamente com pedras mais fortes. E para Laura, por cada bocado de cimento que ela adicionou. É uma alegria e uma aventura.

Para o meu absurdamente talentoso capista, Tyler, e para toda a minha família editorial na Disney-Hyperion, por fazerem com que eu me sentisse em casa.

Para os meus amigos, que me estimularam com subornos, ameaças e promessas e me acompanharam até o fim. Especificamente, para Beth Revis, por seus olhares zangados e estrelas douradas quando eram mais necessários. Para Rachel Hawkins, por iluminar todos os dias com uma risada ou uma foto de Jon Snow. Para Carrie Ryan, pelas caminhadas na montanha e longas conversas e por ser uma pessoa incrível. Para Stephanie Perkins, por brilhar com tanta intensidade quando eu precisava de uma luz. Para Myra McEntire, por me arrastar de volta das cordilheiras da insanidade. Para Tiffany Schmidt, por ler e por amar Wesley tão intensamente. Para Laura Whitaker, pelo chá e boas conversas.

Para Patricia e Danielle, pela gentileza e atenção. E para a equipe da Black Mountain, que me ajudou a cumprir meu prazo e me empurrou um pote de Nutella nas mãos logo depois.

Para os meus colegas de casa de Liverpool, por estarem sempre dispostos a ajudar, fosse para fazer um chá ou criar ambientes silenciosos onde eu pudesse trabalhar. E para meus colegas de casa de Nova York, por não me olharem de jeito estranho quando me viam falando sozinha, ou balançando nos cantos, ou explodindo com risadas nervosas.

Para a comunidade on-line, pelo amor e apoio contínuos.

Para os leitores, que transformaram dias ruins em dias bons, e dias bons em dias ainda melhores.

E para Neil Gaiman, pelo abraço.

Este livro foi composto na tipografia
Minion Pro, em corpo 12/15, e impresso em
papel off-white no Sistema Digital Instant Duplex
da Divisão Gráfica da Distribuidora Record.